文學研究叢書・辭章修辭叢刊

章法論叢

第十六輯

中華民國章法學會

主編

序

　　「章法學會」今年初（1月20日）在國立成功大學中國文學系、國立臺灣海洋大學海洋文化研究所以及諸多師友的支持下，順利地舉辦了「第十六屆兩岸辭章章法學暨華語教學文創設計學術研討會」，會中發表廿四篇學術論文，不僅涵蓋了辭章學、華語教學、文創設計等領域，更有將 AI 技術應用至華語教學的論述，體現出本會立足章法、擴大應用層面的努力已有顯著的成果。本次研討會最大的亮點，則是張高評名譽教授的專題演講，以「章法學研究之視角開拓與成果創新」為題，從「《春秋》書法」、「歷史編纂」、「敘事傳統」、「《左傳》《史記》評點」、「古文義法」、「詩話、筆記、文話」、「詞話、曲話」、「小說評點」等八大面向談章法學之視角開拓與成果創新，啟示我們章法學的應用可以有如許的廣度與高度，帶給我們一個全新的視野。相信陳滿銘老師若地下有知，當深感認同與欣慰。

　　在此，也要感謝多位與會發表學者接續將論文投至《章法論叢》第十六輯，共有九篇論文通過雙匿名審查，且皆依據審查意見修改。本輯所收論文中，辭章學方面有六篇，其中，有論辭章意象者，如顏智英〈寫實與審美：論宋詩「漁釣」意象之義蘊〉；有論辭章文類者，如仇小屏〈論「多媒體語」──第五文類之必要與重要〉；有論辭章修辭者，如劉楚荊〈互文性視角下的曹敬賦作與《淵明歸隱賦》的修辭藝術〉、黃慧萍〈意豐文巧──《東坡志林》探析〉；有論辭章作法者，如麗壯城、林靜楠〈從章法處探析《諫逐客書》的心理策略〉、何雯意〈王葆心《古文辭通義·識塗篇》「文之作法」析論〉。

華語教學方面有一篇，即李義海〈辭章學視角內面向國際中文教學的「話題」內涵〉，極具國際視野。文化與文創設計方面有兩篇，楊惠玲〈金門話慣稱地名之文化記憶：分歧、斷裂與承續〉，對金門的語言結合地域文化作出貢獻；莊育鯉〈和平島的永續生活實踐——以在地特色商家之場域優化設計為例〉則致力於基隆和平島在地商家的場域優化，藉 USR 的計畫執行落實對地域活化的努力。同時，我們要特別感謝張高評教授，願意將其專題演講的簡報內容收錄在本輯之中，讓更多學界同好能看到張教授對章法學發展的觀點與閎論。

《章法論叢》，如今能出版至第十六輯，實屬不易。一路走來，有太多值得感恩的人。首先，要特別感謝萬卷樓梁錦興總經理的鼎力支持，以及張晏瑞先生、彭秀惠小姐的周詳擘劃，還有林以邠小姐的庶務料理，使得研討會、論叢得以順利進行、出版。其次，要感謝國立成功大學中國文學系黃聖松主任、國立臺灣海洋大學海洋文化研究所吳智雄所長在諸多方面的熱情協助，還有「章法學會」的核心成員與所有會員們的齊心努力。「章法學會」，自二〇〇八年正式成立以來，已歷經十六個寒暑，這是一個仍在不斷成長的溫暖的大家庭，更是一個學術交流、以文會友的極佳園地，歡迎更多的章法學愛好者與辭章學、華語教學、文創領域的學界同好加入我們，一起開創學界的新氣象與新境界。

中華民國章法學會理事長　顏智英謹序

二〇二四年五月十五日

目次

主題演講大綱[*]
章法學研究之視角開拓與研究創新

張高評

國立成功大學名譽教授

講授綱目

一、《春秋》書法與章法學研究

二、歷史編纂與章法學研究

三、敘事傳統與章法學研究

四、《左傳》《史記》評點與章法學研究

五、古文義法與章法學研究

六、詩話、筆記、文話與章法學研究

七、詞話、曲話與章法學研究

八、小說評點與章法學研究

---

[*] 承蒙張高評教授授權刊登「第十六屆兩岸辭章章法學暨華語教學文創設計學術研討會」專題演講〈章法學研究之視角開拓與研究創新〉之簡報內容，今將簡報內容以圖片形式轉錄於此，謹致謝忱。

　　凡是語言運用問題，無論是關於語法修辭的，關於語言聲律的，還是關於體裁風格的，都屬於辭章之學。所謂辭章學，包括修辭學的內容，但比修辭學的範圍廣，綜合性大。（陳滿銘、鄭頤壽主編：《大學章法學》引張志公〈談辭章之學〉，福建人民出版社，2004，頁39）

　　聖賢書辭，總稱文章，非采而何？……文附質，……質待文也。夫鉛黛所以飾容，而盼倩生於淑姿；文采所以飾言，而辯麗本於情性。故情者文之經，辭者理之緯；經正而後緯成，理定而後辭暢：此立文之本源也。（梁劉勰《文心雕龍》，〈情采第三十一〉）

　　要解決問題，就必須樂用方法、善用方法、常用方法，以及用對方法。治學懂得方法，有助於解決疑難，提昇研究之成效。（張高評《論文寫作演繹》，第六章〈緒論・研究方法〉）

　　創新的兩個關鍵字，是「借用」與「連結」。但前提是，你得先知道別人做了什麼。（賈伯斯（Steven Paul Jobs，1955～2011）：〈賈伯斯的10句經典名言〉， 6.創新＝借用與連結，《天下》雜誌，2011年10月6日）

　　修辭學、章法學、文體分類學，以及一切文評、詩論、藝術品評，多出於後設之理論。就作品之解讀而言，研究方法之運用，借鏡異領域之碰撞，憑藉「外鑠」（外考證）者多。本文所謂研究之視角與方法，自不例外。

　　清金聖歎稱：「臨文無法，便成狗嗥，而法莫備于《左傳》。甚矣！《左傳》不可不細讀也。我批《西廂》，以為讀《左傳》例也。」（金批《西廂記》卷四，〈驚豔〉）

一、《春秋》書法與章法學研究

《傳》稱屬辭比事者，《春秋》之大法。此必孔門傳授之格言，而漢儒記之耳。……夫春秋有大屬辭比事，有小屬辭比事。其大者，合二百四十二年之事而比觀之。……其小者，合數十年之事而比觀之。（元程端學《春秋本義》卷首，〈春秋本義通論〉）

《春秋》十二公，桓、莊，僖，文，宣，成，皆娶齊女。襄、昭、定、哀，皆不娶齊女。娶齊女，則書逆書至，獨詳。不娶齊女，則逆與至皆不書，而從略。詳于書齊女者，聖人惡魯之娶齊女也。……嗚呼！醴泉無源，而淫風有自。齊女固善淫焉，而又好殺：通齊侯者，齊女也。通慶父者，又齊女也與？殺其夫者，齊女也與？殺其子者，又齊女也！齊女世濟其惡，以亂魯。魯人當一戒之、再戒之矣！（清張自超《春秋宗朱辨義》卷八，成公十四年，〈九月僑如以夫人婦姜氏至自齊〉）

就《春秋》創作之歷程，或歷史編纂學而言，首先，未下筆，先有義；義先存有，而比事屬辭之法隨之派生。其次，原始文獻經由筆削去取，已微見史義。再次，史事之排比編次，如有無、異同、詳略、先後，再昭示史義。最後，辭文之連屬修飾，如曲直、顯晦、重輕、虛實、主從，復體現史義與文心。（張高評〈《春秋宗朱辨義》與直書示義之書法，《中山大學學報》，2024年第1期，第64卷，總307期，頁28）

清章學誠稱：「史之大原，本乎《春秋》，《春秋》之義，昭乎筆削。」《春秋》推見至隱，以比事屬辭作為詮釋解讀之法門。本初，即《春秋》書法、史家筆法。再變，而為敘事傳統、古文義法。三變，則為修辭章法、文學語言。探討《春秋》屬辭比事，與《左傳》文章義法之關聯，可從六個面向，進行論證：

一，孔子之立義創意，與《春秋》之取義。二，《春秋》或筆或削，與詳略重輕、異同變常。三，《春秋》比事，與前後措注、本末始終。四，《春秋》屬辭，與曲筆直書、變文特筆。五，《春秋》約文與微婉顯晦、增損改易。六，《春秋》屬辭，與言外之意、都不說破。由此觀之，孔子《春秋》一書，堪稱中華經史之星宿海，傳統文學之源頭活水。（張高評：《春秋》屬辭比事與《左傳》文章義法，《華中學術》第36輯，2022年10月。）

參考資料：
張高評：《左傳屬辭與文章義法》，臺北：五南圖書公司，2021.12。
張高評：〈《左傳》敘戰與《春秋》筆削——論晉楚城濮之戰的敘事義法(下)〉，《古典文學知識》2018年第6期（總第201期，2018年11月），PP.104-113。
張高評：〈《左傳》敘戰與《春秋》筆削——論晉楚城濮之戰的敘事義法(上)〉，《古典文學知識》2018年第4期（總第196期，2018年7月），PP.105-112。
張高評：〈比事屬辭與方苞論古文義法：以《文集》之讀史、序跋為核心〉，香港中文大學《中國文化研究所學報》第60期（2015年1月），PP.225-260）

二、歷史編纂與章法學研究

原始要終，本末悉昭，為古春秋記事之成法（劉師培語），孔子作《春秋》因之。左丘明本《春秋》而為傳，或排比史事，或連屬辭文，或探究終始，《晉書・荀崧傳》稱其張本繼末，以發明經義；晉杜預《春秋經傳集解・序》謂左丘明作傳，有先經、後經、依經、錯經之法。可見《左氏》釋經，承比事屬辭《春秋》之教，薪傳張本繼末、探究終始之歷史敘事法。

所謂前後始末者，一事必有首尾，必合數十年之通而後見。或自春秋之始至中，中至終而總論之，正所謂屬辭比事者也。大凡春秋，一事為一事者常少，一事而前後相聯者常多。其事自微而至著，自輕而至重，始之不慎，至卒之不可救者，往往皆是。（元程端學《春秋本義》卷首，〈春秋本義通論〉）

作史者，……事之成敗得失，人之邪正了然於胸中，而後執筆捧簡，發凡起例，定為乙書。……譬如大匠之為巨室也，必先定其規模，向背之已得其宜，左右之已審其勢，堂廡之已正其基，於是入山林之中，縱觀熟視，某木可材也，某木可柱也，某木可棟也、榱也。某石可礎也、階也。乃集諸工人，斧斤互施，繩墨並用，一指揮顧盼之間，而已成千門萬戶之鉅觀。（清戴名世《南山集》卷二〈史論〉）

夫合甘辛而致味，通纂組以成文，低昂時代，衡鑒士風，論世之學也。同時比德，附出均編，類次之法也。情有激而如平，旨似諷而實惜，予奪之權也。或反證若比，或遙引如興；一事互為詳略，異撰忽爾同編，品節之理也。言之不文，行之不遠，聚公私之記載，參百家之短長，不能自具心裁，而斤斤焉徒為文案之孔目，何以使觀者興起，而遽欲刊垂不朽耶？（清章學誠著，葉瑛校注：《文史通義校注》卷六，外篇一，〈和州志列傳總論〉）

《左傳》體雖編年，然于世局變革之際，往往出於終始本末之敘說，如《重耳出亡》、《呂相絕秦》、《聲子說楚》、《季札出聘》、《王子朝告諸侯》諸什，發明尊王、攘夷、重霸之《春秋》大義，皆因事命篇，原始要終，側重事件之本末敘事。「文省于紀傳，事豁於編年」之紀事本末體優長，已胎源於斯。（張高評〈《左傳》敘事見本末與《春秋》書法〉，《中山大學學報》2020年第1期 第60卷，總283期）

參考資料：

柳詒徵：《國史要義》，台灣中華書局，1973
何炳松：《歷史研究法》，《何炳松文集》第四卷，北京：商務印書館，1997

三、敘事傳統與章法學研究

左丘明受《經》於仲尼，以為《經》者不刊之書也，故《傳》或先《經》以始事，或後《經》以終義，或依《經》以辯理，或錯《經》以合異，隨義而發。（晉杜預注，唐孔穎達疏：《春秋左傳注疏》，卷首，〈春秋序〉）

◎敘事有主意，如《傳》之有《經》也。主意定，則先此者為先《經》，後此者為後《經》，依此者為依《經》，錯此者為錯《經》。（清劉熙載著，徐中玉，蕭華榮校點：《劉熙載論藝六種》，《藝概》，卷一，〈文概〉）

◎記事之文，惟《左傳》《史記》各有義法。一篇之中，脉相灌輸，而不可增損，然其前後相應，或隱或顯，或偏或全，變化隨宜，不主一道。（清方苞〈書《五代史‧安重晦傳》〉，《望溪先生文集》卷二）

文章以敘事為最難。文章至敘事而能事始盡，而敘事之文，莫備於《左》、《史》。（清章學誠《章氏遺書‧補遺》，〈論課蒙學文法〉）

中國傳統敘事學，濫觴於孔子作《春秋》之記事書法。其後開枝散葉，體現為歷　史之編纂學，一變為紀傳之表述，二變為敘事之藝術，三變為古文之義法。無論書法、史學、敘事、古文，一言以蔽之，皆薪傳比事屬辭之《春秋》教。

◎至於薪傳《春秋》教之層面，則有四端：其一，筆削取捨，衍為詳略互見。其二，比事措置，化成先後位次。其三，約文屬辭，派生為主從、有無、虛實、顯晦、曲直、重輕，以及潤色、損益諸修飾手法。其四，原始要終，張本繼末，衍化為疏通知遠，脈注綺交。於是敘事傳人注重安章、布局、篇法、部法，體現系統思維。（張高評〈書法、史學、敘事、古文與比事屬辭：中國傳統敘事學之理論基礎〉，《中國文化研究所學報》第64期，2017年1月）

　　《春秋》《左傳》等史籍，「言有物」之義，或筆或削之際，往往推見以至隱，轉而藉「言有序」之「法」以表述。古典小說與戲劇敘事，淵源于史傳，或筆或削之書法，自可作為解讀《三國志》《三國志注》《三國志演義》等史傳、小說、戲劇敘事之津梁與法門。

參考資料：
唐杜甫著，清仇兆鰲注：《杜甫詩集》，中華書局，1979
宋郭茂倩編：《樂府詩集》，人民文学出版社，2010
◎張高評：《左傳英華》，臺北：萬卷樓圖書公司，2020.2。又，《人文經典・左傳》，石家莊：花山文藝出版社，2022.3（簡體中文版）
張高評：《〈春秋〉書法與中國敘事傳統》，（書稿待刊）
張高評：《以史傳經與〈左傳〉之敘事傳統》，（書稿待刊）
張高評：《比事屬辭與〈史記〉敘事傳統》，（書稿待刊）
◎張高評：〈《春秋》筆削見義與傳統敘事學――兼論《三國志》、《三國志注》之筆削書法〉，山東大學《文史哲》學報，2022年第1期（總第388期），頁117～130）
張高評：《春秋》屬辭約文與文章修辭 ―― 中唐以前之《春秋》詮釋法〉，山東大學儒學高等研究院《漢籍與漢學》2021年第一輯（總第八輯），頁65～101。
◎張高評：〈比事屬辭與中國敘事傳統〉，《單周堯教授七秩華誕國際學術研討會論文集》，2020年11月，香港中華書局，頁689～710。
張高評：〈《史記》互見法與《春秋》敘事傳統〉，《國文天地》第35卷第3期（總411期），2019.08，p.9～18。
張高評：〈《春秋》《左傳》《史記》與敘事傳統〉，《國文天地》第33卷第5期（總第389期，2017年10月），PP.16-24。
◎張高評：〈書法、史學、敘事、古文與比事屬辭――中國傳統敘事學之理論基礎〉，香港中文大學《中國文化研究所學報》第64期（2017年1月），PP. 1‑33。

四、《左傳》《史記》評點與章法學研究

（一）《左傳》評點

敘事之文，其變無窮，故今古文人其才不盡於諸體，而盡於敘事也。蓋其為法，⋯⋯離合變化，奇正相生，如孫、吳用兵，扁、倉用藥，神妙不測，幾於化工，其法莫備於《左氏》。（清章學誠《章氏遺書補遺》，〈論課蒙學文法〉）

◎明凌稚隆：《春秋左傳注評測義》，萬歷十六年吳興凌氏刊本
清金聖歎：《左傳釋》，《金聖歎全集》，鳳凰出版社
清金聖歎：《天下才子必讀古文》，《金聖歎全集》，鳳凰出版社
◎清金聖歎：《貫華堂第六才子書西廂記》，鳳凰出版社《金聖歎全集》
◎清王源：《左傳評》十卷，新文豐出版公司，又《四庫全書存目叢書》
◎清魏禧評點，彭家屏參訂：《左傳經世鈔》二十三卷，《續修四庫全書》，上海古籍出版社
劉繼莊：《左傳快評》八卷
孫琮：《山曉閣左傳選》十卷
◎清方苞口授，清王兆符傳述：《左傳義法舉要》一卷，廣文書局，1977
清盧元昌：《左傳分國纂略》，十六卷
清鄒美中輯評：《左傳約編》二十一卷
◎清馮李驊、陸浩評輯：《左繡》三十卷，文海出版社
清鄒美中：《左傳約編》二十一卷
清周大璋：《左傳翼》三十八卷
清姜炳璋：《讀左補義》五十卷，台北：文海出版社
◎清陳震：《左傳日知錄》八卷，清乾隆年間稿本，國家圖書館藏本
清盛謨：《于埜左氏錄》二卷
清王糸：《左傳說》三十卷，首一卷
清方宗誠：《春秋左傳文法讀本》十七卷
◎林紓：《左傳擷華》二卷，高雄復文圖書出版社，1981
◎吳曾祺：《左傳菁華錄》二十四卷
◎吳闓生：《左傳微》十二卷，台北：台灣中華書局，1070
韓席籌：《左傳分國集注》十二卷，南京：江蘇人民出版社，1963
〔日〕奧田元繼：《春秋左氏傳評林》七十卷，和刻本
◎李衛軍編著：《左傳集評》（一～四冊），北京大學出版社，2016年
張高評主編：《古文觀止鑑賞》，臺南：南一書局，1999年
◎張高評：《左傳屬辭與文章義法》，臺北：五南圖書公司，2021。
◎張高評：《左傳英華》，臺北：萬卷樓圖書公司，2020。又，《人文經典·左傳》，石家莊：花山文藝出版社，2022.3。（簡體中文版）

（二）《史記》評點

明朝《史記》評點，內容廣泛。在評人物、評事實之外，更多的是評敘事特色、人物刻畫、章法結構、文章風格、語言藝術。整體來看，明人高度評價《史記》文學成就。《史記》文學的經典化，明代評點學自是重要促成之途徑。

明代《史記》評點的代表作，如：
◎茅坤：《史記鈔》
◎歸有光：《歸震川評點史記》
楊慎：《史記題評》
唐順之：《荊川先生精選批點史記》
何孟春：《史記評鈔》
王慎中：《史記評鈔》
董份：《史記評鈔》
◎鍾惺：《鍾伯敬評史記》
◎凌稚隆：《史記評林》
朱東觀：（《史記集評》
葛鼎、金蟠：《史記匯評》
陳子龍、徐孚遠：《史記測義》等，多達30餘種。

至清朝，評點之風未熄，評點《史記》之專著，多達15種。以古文選本方式，評點《史記》者，亦有15家。專著與選本合計，明清有關《史記》之評點，文本當在60～70種之間。此中天地，無限寬廣，學術礦苗，十分豐沛，正有待後進之探索與發展。

◎吳見思：《史記論文》130 卷
◎吳楚材、吳調侯：　《古文觀止》，特別注重作品的章法結構，集中評論
　　每篇的藝術特點。
徐乾學：《古文淵鑑》，點評《史記》作品 14 篇。
湯諧：《史記半解》，對《史記》文學特色多有闡述。
◎方苞：《評點史記》，用「義法」評論《史記》的敘事特點
◎牛運震：《史記評註》12 卷，論述《史記》文章筆法
浦起龍：《古文眉詮釋》，評點著重於章法結構與藝術特色。
◎王又樸：《史記七篇讀法》2 卷，分析《史記》作品的藝術特色
◎姚祖恩：《史記精華》，注重藝術手法的分析，在清代流行較廣。
◎劉大櫆：《論文偶記》，談古文作法，多處論述《史記》的文章風格。

　邵晉涵：《史記輯評》，輯錄前人評論，頗有價值。
　高　嵋：《史記鈔》，《史記》文學評點中較為突出的一部著作。
　◎程餘慶：《歷代名家評註史記集說》，為《史記評林》後重要之輯評著
　　作。在《史記》文學評論方面，有重要價值。
　林伯桐：《史記蠡測》，評論史實和文學，著重《史記》文法。
　曾國藩：《求闕齋書錄・史記》，評議《史記》字句、用意、文章，讚譽
　　司馬遷的文筆。
　王拯：彙編歸有光、方苞《史記》評語，為《歸方評點史記合筆》，主要
　　在文學評點。

參考資料：
◎張新科〈《史記》文學經典化的重要途徑　——以明代評點為例〉，《文
　史哲》2014年第3期，2014年12月。
◎張新科：〈論清代的《史記》文學評論〉，《陝西師範大學學報》，第45
　卷第1期，2016年1月。

五、古文義法與章法學研究

　　（孔子）西觀周室，論史記舊聞，興於魯而次春
秋，上記隱，下至哀之獲麟，約其辭文，去其煩重
，以制義法。王道備，人事浹。（漢司馬遷《史記・十二諸
侯年表序》）

◎《春秋》之制義法，自太史公發之，而後之深於文者亦具焉。義即《易》之所謂「言有物」也，法即《易》之所謂「言有序」也。義以為經，而法緯之，然後為成體之文。（清方苞：又書〈貨殖傳〉後，《望溪先生文集》卷二）

古文所從來遠矣，《六經》、《語》、《孟》，其根源也。得其枝流，而義法最精者，莫如《左傳》、《史記》。（清方苞〈《古文約選》序例〉，《望溪先生集外文》卷四）

敘事之文，義法精深至此，所謂出奇無窮。雖太史公、韓退之不過能彷彿其二三。其餘作者，皆無階而升。（清方苞《左傳義法舉要》卷一，〈韓之戰〉評語）

《左傳》敘事之法，在古無兩，宜於此等求之。（清方苞《左傳義法舉要》卷一，〈城濮之戰〉評語）

文章以敘事為最難，文章至敘事而能事始盡。而敘事之文，莫備於《左》、《史》。（清章學誠《章氏遺書・補遺》，〈論課蒙學文法〉，頁1358）

◎古文必推敘事，敘事實出史學，其源本於《春秋》比事屬辭。（清章學誠《章氏遺書・補遺》，〈上朱大司馬論文〉）

參考資料：
張高評：〈張鎡《仕學規範・作文》述評：兼論詩法與文法之會通〉，香港中文大學《中國文化研究所學報》第51期（2010年7月）。
張高評：《比事屬辭與古文義法──方苞「經術兼文章」考論》，臺北：新文豐出版公司，2016。
宋文蔚編：《評註文法津梁》，高雄：復文圖書出版社，1993
朱任生編述：《古文法纂要》，臺灣商務印書館，1984

六、詩話、筆記、文話與章法學研究

◎杜逢祿山之難，流離隴蜀，畢陳於詩，推見至隱，殆無遺事，故當時號為「詩史」。（唐孟啟《本事詩·高逸第三》，見丁福保《歷代詩話續編》）

參考資料：

張高評：〈杜甫詩史與《春秋》書法──以宋代詩話筆記之詮釋為核心〉，香港浸會大學《人文中國學報》第16期（2010年9月）

張高評：〈杜甫詩史、敘事傳統與《春秋》書法〉，香港浸會大學《人文中國學報》第28期，2019.06

張高評：〈杜甫詩史與六義之比興─兼論敘事歌行與《春秋》筆削〉，《人文中國學報》第三十四期，2022.6

張高評：〈史家筆法與宋代詩學──以宋人詩話筆記為例〉，《宋代文學研究叢刊》第四期，1998年12月

張高評：〈《春秋》書法與宋代詩學──以宋人筆記為例〉，《宋代文學研究叢刊》第三期，1997年9月

（一）詩話

宋阮閱著，謬荃孫校：《詩話總龜》，臺北:廣文書局，1973
◎宋胡仔著，廖德明校點：《苕溪漁隱叢話》，人民文學出版社，1981
◎宋魏慶之：《詩人玉屑》，台北:世界書局，1971年
◎元方回選評，李慶甲集評校點:《瀛奎律髓彙評》，上海：上海古籍出版社，2005年
張伯偉編校:《稀見本宋人詩話四種》，南京:江蘇古籍出版社，2002年
清何文煥編：《歷代詩話》，北京：人民文學出版社，1982
丁福保輯：《歷代詩話續編》，北京：人民文學出版社，1983
◎陳伯海：《唐詩彙評》（1~3），杭州：浙江教育出版社，1995
周維德集校：《全明詩話》（1~6），濟南：齊魯書社，2005
丁福保編：《清詩話》，北京：人民文學出版社，1982
郭紹虞編：《清詩話續編》，北京：人民文學出版社，1982
郭紹虞編：《宋詩話輯佚》，中華書局，1980
張寅彭主編：《清詩話三編》（1~8），上海古籍出版社，2021

（二）文話

◎〔日本〕日遍照金剛著，盧盛江校考：《文鏡秘府論彙考》，北京：中華書局，2015

梁劉勰著，范文瀾注：《文心雕龍注》，人民文學出版社，1958
◎梁劉勰著，王更生注譯：《文心雕龍注譯》，文史哲出版社，1985
◎唐劉知幾著，清浦起龍釋：《史通通釋》，上海古籍出版社，1978
◎清章學誠著，葉瑛校注：《文史通義校注》，中華書局，2014
◎林紓著：《畏廬論文》，台北：文津出版社，1978
◎〔日本〕齋藤謙：《拙堂文話》，台北：文津出版社，1978
◎王水照編《歷代文話》（1～10），復旦大學出版社，2007

（三）筆記

傅璇琮主編：《全宋筆記》（1～102），鄭州：大象出版社，2008～2018

程毅中主編：《宋人詩話外編》（上下），北京：國際文化出版公司，1996

七、詞話、曲話與章法學研究

◎文章最妙，是目注此處，却不便寫，却去遠遠處發，迤邐寫到將至時，便且住，却重去遠遠處更端再發；再迤邐又寫到將至時，便又且住。如是更端數番，皆去遠遠處發來，迤邐寫到將至時，即便住，更不復寫出目所注處，使人自于文外瞥然親見。《西廂記》純是此一方法，《左傳》、《史記》亦純是此一方法。（清金聖歎《貫華堂第六才子書西廂記》卷二，〈讀第六才子書西廂記法〉，十六）

◎文章最妙，是先覷定阿堵一處，已却于阿堵一處之四面，將筆左盤右旋，右盤左旋，再不放脫，却不擒住。分明如師子滾毬相似，本只是一個球，卻教師子放出通身解數。一時滿棚人看師子，眼都看花了，師子却是並沒交涉。人眼自射師子，師子眼自射毬。蓋滾者是師子，而師子之所以如此滾、如彼滾，实都為毬也。《左传》、《史记》便純是此一方法，《西廂記》亦純是此一方法。（清金聖歎《貫華堂第六才子書西廂記》卷二，〈讀第六才子書西廂記法〉，十七）

參考資料：
◎張高評：〈《西廂記》筆法通《左傳》——金聖歎《西廂記》評點學發微〉，《復旦學報》2013年第2期（2013年3月），PP.134-143。
唐圭璋主編：《詞話叢編》（1～5），北京：中華書局，1986
屈興國主編：《詞話叢編二編》（1～5），浙江古籍出版社，2013年
王兆鵬主編：《唐宋詞彙評·唐五代卷》，杭州：浙江教育出版社，2004
◎吳熊和主編：《唐宋詞彙評·兩宋卷》（1～3），杭州：浙江教育出版社，2006
俞為民、孫蓉蓉等編《歷代曲話滙編》（1～15）黃山書社，2023年

八、小說評點與章法學研究

◎筆削，原指史料的刪存去取，乃歷史編纂學之必要步驟。清章學誠稱：「《春秋》之義，昭乎筆削。」筆與削彼此互發其蘊，互顯其義。或筆或削，大抵出於作者之獨斷與別裁，為一家之言所由生，藉此探索文心、史識、史觀、歷史哲學，可謂順理成章。

陳曦鐘、宋祥瑞、魯玉川輯校：《三國演義會評本》，北京大學出版社，1986

◎《三國》一書，乃文章之最妙者。敘三國，不自三國始，……。敘三國，不自三國終也，……假令今人作碑官，欲空擬一三国之事，勢必劈頭便敘三人，三人便各据一國，有能如是之繞乎其前，出乎其後，多方以盤旋乎其左右者哉？（清毛宗崗〈讀三國志法〉，頁7）

◎《三國》一書，有追本窮源之妙，有巧收幻結之妙，有以賓襯主之妙，有同樹異枝、同枝異葉、同葉異花、同花異葉之妙，有橫雲斷嶺、橫橋鎖溪之妙，有將雪見霰、將雨聞雷之妙，有浪後波紋、雨後霡霂之妙，有笙簫夾鼓、琴瑟間鐘之妙，有隔年下種、先時伏著之妙，有添絲補錦、移針勻繡之妙，有近山抹紅、遠樹輕描之妙，有奇峰對插、錦屏對峙之妙，有首尾大照應、中間大關鎖之妙。（清毛宗崗〈讀三國志法〉，頁7~19）

陳曦鐘、侯忠義、魯玉川輯校：《水滸傳會評本》，北京大學出版社，1987

◎凡人讀一部書，須要把眼光放得長。如《水滸傳》七十回，只用一目俱下，便知其二千餘紙，只是一篇文字。中間許多事體，便是文字起承轉合之法。若是拖長看去，却都不見。

　　某嘗道《水滸》勝似《史記》，人都不肯信。殊不知某却不是亂說，其實，《史記》是以文運事，《水滸》是因文生事。以文運事，是先有事生成如此此，却要算計出一篇文字。雖公高才，也畢竟是吃苦事。因文生事即不然，只是順着筆性去，削高補低都由我。（《金聖歎全集·白話小說卷》，《第五才子書施耐庵水滸傳》卷三，〈讀第五才子書法〉，第八則、第十則）

　　◎《水滸傳》有許多法，非他書所曾有，略點幾則于後：有倒插法、有夾叙法、有草蛇灰線法、有大落墨法、有綿針泥刺法、有背面鋪粉法、有弄引法、有獺尾法、有正犯法、有略犯法、有極不省法、有極省法、有欲合故縱法、有橫雲斷山法、有鸞膠續弦法。（金聖歎《第五才子書施耐庵水滸傳》，〈讀第五才子書法〉，五十～六十五則）

參考資料：

◎張高評：〈《春秋》筆削見義與傳統敘事學——兼論《三國志》、《三國志注》之筆削書法〉，山東大學《文史哲》學報，2022年第1期（總第388期），頁117～130。

張高評：《屬辭比事與春秋詮釋學》，臺北：新文豐出版公司，2019。

◎張高評：修訂重版《左傳之文學價值》，臺北：五南圖書公司，2019。

寫實與審美：
論宋詩「漁釣」意象之義蘊[*]

顏智英

國立臺灣海洋大學共同教育中心語文教育組教授

摘要

「漁釣」意象早在《詩經》中即已經常出現，以表達謀生方式、消遣娛樂、治國之道（以上屬「寫實」面向）、求偶、思鄉、求道之方、樂在垂釣之閒情、待時求仕之心、遁世隱逸之志（以上屬「審美」面向）等義蘊。及至重視情韻的唐、五代，詩詞中的「漁釣」意象亦多集中於個人審美的追求，而較忽視現實面；但其中唐詩新開拓了以漁釣過程來隱喻求禪修道過程，使「漁釣」披上參禪悟道的神秘色彩。至於宋詞的「漁釣」意象，以其善於挖掘人心思想情感深度的詞體特色，亦偏重審美面向，除承繼前代的垂釣之閒情、待時求仕之心、遁世隱逸之志外，還發展了悟道參禪、漁村水驛之別情等義蘊。

由此可知，「唐五代詩詞」與「宋詞」的「漁釣」意象所透顯的義蘊，超越了「漁釣」本身的生產活動與娛樂消遣活動的現實意義，而體現出中國尤其是中晚唐至宋代的士大夫所追求的閒適生活與審美情趣。然而，宋詩中高達四千首左右的「漁釣」相關作品，卻呈顯出「寫實」與「審美」

---

* 本文為國科會（原科技部）專題研究計畫部分成果，計畫編號MOST 111-2410-H-019-027。

兼重的現象，其內涵與原因十分值得探究。本文從中挑選較具代表性詩作約一百首深入分析，從「寫實」面觀察其因「民胞物與」觀念、更富於「社會意識」與重視「現實生活」，而展現出惜生護生、經營人際網絡、分享利民等特重人與萬物生命的特點；從「審美」面觀察其因處於儒、釋、道交融的時代氛圍，而展現出「閒適」內涵更加灑脫逍遙、「悟道」內涵更由以漁喻「禪」開展至喻「佛、道、儒與人生」之道、「漁隱」內涵更由唐的假隱求仕轉而為以嚴光為典範的「精神方式的詩性棲居」。因此，自「漁釣」取徑，具體觀出宋詩「漁釣」意象書寫呈現兼重寫實與審美的風格，透顯出作者看重現實中萬物的生命卻也重視個體審美的逍遙、妙悟、自由的精神風貌。

關鍵詞：寫實、審美、宋詩、漁釣、意象

一　前言

　　「漁」意象早在《詩經》中即已經常出現，在古代典籍中有不少涉及「漁」的人、事、物書寫，以表達謀生方式、求偶、思鄉、消遣娛樂、求道之方、治國之道、樂在垂釣之閒情、待時求仕之心、遁世隱逸之志等義蘊，[1] 大致涵蓋了**寫實**（謀生方式、消遣娛樂、治國之道）與**個人審美**（求偶、思鄉、求道之方、樂在垂釣之閒情、待時求仕之心、遁世隱逸之志）兩種面向。

　　唐五代詩詞「漁」意象的意蘊，則集中在**個人審美**的追求，而較忽視**現實面**的謀生、娛樂活動與政治比方：或藉莊子漁父形象以寫樂在垂釣之閒情，或藉姜子牙垂釣渭水、隱而待機典故以寓待時求仕之心，或藉嚴子陵捨官隱釣富春典故以寄遁世隱逸之志。[2] 值得注意的是，唐詩還新拓了以漁釣過程隱喻求禪修道過程，使「漁」披上參禪悟道的神秘色彩。[3]

　　至於宋詞，受前代文學風尚的影響，不僅承繼以「漁」題材入詞的傳統，其義蘊還有進一步拓展。詞在挖掘人心思想情感的深度上，可謂中國各式韻文體例之冠，尤其是佛道的思想，史雙元即指出：「在

1　詳參李彥靈：〈古代垂釣意象及其隱逸內涵之流變〉，《湖南工程學院學報》第18卷第1期，2008年3月，頁46-47、聞一多：《聞一多全集神話編　詩經編上》（武漢市：湖北人民出版社，1993年），頁235、楊瓊：《宋詞漁意象研究》（寧波市：寧波大學碩士論文，2018年6月），頁8-12。

2　詳參楊瓊：《宋詞漁意象研究》，頁12-13、毛俊玉：〈從「歷史的漁翁」到「文學的漁翁」——論唐詩的漁翁意象〉，《青年文學家》2018年29期，頁91、王世官：《唐詩中的魚文化研究》（福州市：福建師範大學碩士論文，2009年5月），頁15-18、李彥靈：〈古代垂釣意象及其隱逸內涵之流變〉，頁48。

3　詳參楊瓊：《宋詞漁意象研究》，頁13、王世官：《唐詩中的魚文化研究》，頁20。

長於表現內心性這一個契合點上，宋詞遠離儒家而更接近佛道」[4]，因此，宋詞「漁」意象的義蘊，除了承繼前代垂釣之閒情、待時求仕之心、遁世隱逸之志外，還更多發展了悟道參禪之內涵。[5]另外，亦新拓「思鄉」義蘊，以容易觸發詞人強烈情感的漁村水驛來表達與親友或家鄉的離愁別緒，[6]但仍不出**個人審美**的範疇。

由此可知，「唐五代詩詞」與「宋詞」的「漁」意象透顯的義蘊，超越了「漁」本身的生產活動與娛樂消遣活動的現實意義，而體現出中國尤其是中晚唐至宋代的士大夫所追求的「內心寧靜、清靜恬淡、超塵脫俗」[7]的閒適生活與審美情趣。誠如李紅霞〈論唐詩中的垂釣意象〉所言：

> 抒寫垂釣，不一定了解垂釣生活的實際，而是在觀念上排除垂釣形體的艱辛，忽視其現實功利的一面，重其精神超脫的審美功能，所以他們的作品很少言及風浪之苦、為漁人立言。[8]

「唐五代詩詞」與「宋詞」的作者，忽視現實功利而著重精神超脫的審美功能，其寫作目的不在為漁人立言，而在於「審美超越」，以作為心理的慰藉，毛俊玉亦云：

4　史雙元：《宋詞與佛道思想》（北京市：今日中國出版社，1992年），頁29。

5　楊瓊：《宋詞漁意象研究》，頁15-23、曹辛華：〈論唐宋漁父詞的文化意蘊與詞史意義〉，《南京師大學報（社會科學版）》第6期（2007年11月），頁120、黃文怡：《宋元「漁父」詞曲研究》（彰化市：國立彰化師範大學國文學系碩士論文，2004年6月），頁62-66。

6　楊瓊：《宋詞漁意象研究》，頁24-26。

7　葛兆光：《禪宗與中國文化》（上海市：上海人民出版社，1986年），頁122。

8　李紅霞：〈論唐詩中的垂釣意象〉，《西南民族大學學報・人文社科版》總24卷第12期（2003年12月），頁63。

> 在古代，漁民的生活難以做到悠閒自若，放達自然。有意思的
> 是，中國文人用文學的情思將這一社會底層的平民職業審美
> 化，使其超越了職業本身，成為一種文化精神的象徵。文學的
> 漁翁所折射出的獨立出世的理想之象一直閃爍著光芒，慰藉著
> 無數在世俗泥淖掙扎的人。[9]

打魚，一般在中國社會中被視為底層的平民職業，唐五代詩詞與宋詞
的作家們用文學的情思，超越漁人職業本身，將之理想化、審美化，
而成為一種能慰藉在世俗掙扎人心的文化精神。

　　至於「宋詩」，據筆者初步的觀察與歸納，宋詩「漁」意象在繼
承傳統隱逸、求仕、閒適、參禪悟道等**個人審美意蘊**的內涵中又有其
特色，另還有不少關於生產活動與娛樂消遣等偏於**現實面**的書寫，例
如：觀漁嚐鮮之趣、惜生護生（魚、漁民、百姓）之情、藉漁喻政等
內涵，其具體內涵與成因十分值得探究。可惜的是，作品總數高達約
廿七萬首的「宋詩」，卻未見學界有專門針對其「漁」意象進行全面
而深入之研究者，目前較相關者僅有殷學國《中國詩學漁樵母題研
究》對宋詩、宋詞漁樵主題的異同予以比較與探因，[10]以及張雲鶴
〈漁歌舉棹，谷里聞聲——論宋詩中的禪意〉從禪與漁的關係，提供
了影響宋詩的文化思想因素，[11]可見宋詩「漁」意象仍有極大的研究
空間。

　　而「意象」，是合主觀的「意」與客觀的「象」而成的，有廣義

9　毛俊玉：〈從「歷史的漁翁」到「文學的漁翁」——論唐詩的漁翁意象〉，頁90。

10　殷學國：《中國詩學漁樵母題研究》（上海市：華東師範大學博士論文，2010年4月）。

11　張雲鶴：〈漁歌舉棹，谷里聞聲——論宋詩中的禪意〉，《青年文學家》2015年15期，頁38-39。

與狹義之別：[12]廣義者是就篇章全體而言，可分為「意」（主旨）與「象」（意象群）。[13]狹義者是就個別材料而言，黃永武認為「是作者的意識與外界的物象相交會，經過觀察、審析與美的釀造，成為有意境的景象」[14]；經常合「意」與「象」為一以稱之，且多偏指其「意」或偏指其「象」，如「桃花意象」是偏於「意象」的「意」，因為在文學作品中，桃花經常被用來抒寫愛情（意）；而如「離別意象」則是偏於「象」，因為辭章家經常透過「柳」等具體的「象」，來表達離別之情意。前者往往是一「象」多「意」，後者則是一「意」多「象」。無論是偏於「意」或「象」，都通稱為「意象」。[15]本文從狹義的意象義涵，來考察宋詩的「漁」意象，乃屬一「象」多「意」。筆者已撰有〈游觀、惜生、抒懷：論宋詩「觀漁」意象之義蘊〉一文，從「網魚」的視角探析宋代詩人「觀漁」的所見所感，[16]自一百餘首相關詩作中，分析歸納出「游觀」、「惜生」（以上寫實取向）、「抒懷」（審美取向）等三種主要意象之義蘊；並掘發出較唐詩更具體、多元的漁事描繪，以及更深刻、豐富的情意抒發；更從海洋文化、思想、詠物詩學等角度具體觀出宋代文士特有的理性主義、淑世、樂觀、寫實與創新等的精神風貌。在此基礎之上，本論文再自

12 參陳滿銘：〈從意象看辭章之內涵〉，《國文天地》第19卷5期（2003年10月），頁97。

13 王長俊主編《詩歌意象學》：「單一意象和複合意象是意象分類中最基本的形式。單一意象又可稱為『單純意象』、『個別意象』，就是指構成意象的最小單位，它是個別的、具體的，是最小的實體意象，……複合意象又可稱為『群體意象』、『綜合意象』，是單一意象的綜合體（集合群年），許多單一意象組成一幅鮮明的『景』（畫面年），形象鮮明，意蘊豐富。」（合肥市：安徽文藝出版社，2000，頁181-183）可知「意象群」（群體意象）是由「個別意象」集合而成的。

14 黃永武：《中國詩學・設計篇》（臺北市：巨流圖書公司，1999年），頁3。

15 參陳滿銘：〈從意象看辭章之內容成分〉，《國文天地》第19卷8期（2004年1月），頁93。

16 顏智英：《成大中文學報》第81期（2023年6月），頁33-68。

「垂釣」的視角觀察宋代近四千首「漁意象」相關詩作的書寫義蘊，以及其寫實與審美的取向與特徵，並從中挑選較具代表性的詩作約一百首深入分析，以完成宋詩「漁意象」的研究脈絡，並從「漁釣」的取徑了解宋代詩人的精神風貌。

二 寫實義蘊

（一）從「生產活動」到「惜生護生」

漁釣作為謀生的實用功能，最早可追溯至《詩經・采綠》：「之子于狩，言韔其弓。之子于釣，言綸之繩。其釣維何？維魴及鱮。維魴及鱮，薄言觀者。」[17]妻子在家整理著弓箭與釣具，期盼丈夫歸來一起打獵與釣魴、鱮。

這種作為原始謀生方式的漁釣，唐詩中依然可見，如：「設置守麑兔，垂釣伺遊鱗。此是安口腹，非關慕隱淪」（王維〈戲贈張五弟諲三首（時在常樂東園，走筆成）之三〉）[18]、「若問生涯計，前溪一釣竿」（白居易〈秋暮郊居書懷〉）、「桑柘窮頭三四家，掛罾垂釣是生涯」（杜荀鶴〈溪岸秋思〉）、「茅屋深灣裡，釣船橫竹門。經營衣食外，猶得弄兒孫」（杜荀鶴〈釣叟〉）、「君知釣磯在，猶喜有生涯」（孟貫〈送人歸別業〉）等，詩中雖表示漁釣仍有其生計的實質需求，但作品中「垂釣的困窘往往被恬適的悠情所淡化」[19]。

---

17 屈萬里：〈小雅・魚藻之什〉，《詩經釋義》（臺北市：中國文化大學出版部，1983年），頁307。

18 本文所引唐詩，皆出自北京大學中文系研製的《〈全唐詩〉分析系統》，該系統所據版本為〔清〕彭定求等主編《全唐詩》，為省篇幅，以下凡再引唐詩，不另注明出處。

19 李紅霞：〈論唐詩中的垂釣意象〉，頁61。

　　有別於唐詩中有意淡化漁釣現實的艱辛，宋詩人反而強調漁釣謀
生的辛苦，傳達出對釣者的憐惜。其中，有寫其漁釣過程的危險與艱
苦者：

> 江上往來人，但愛鱸魚美。君看一葉舟，出沒風波裡。（范仲
> 淹〈江上漁者〉[20]
> 古木刳為舟，野藤牽作纜。釣人寒雨中，遠望煙簑暗。（梅堯
> 臣〈和資政侍郎湖亭雜詠絕句十首　漁艇〉）
> 枯笠搖風雪滿衣，年年辛苦事漁磯。有時釣得鱸鯨上，又被行
> 人買得歸。（徐積〈漁者二首　其一〉）
> 湘妃淚染竹痕斑，風雨連朝下釣難。春浪急，石磯寒，買得茅
> 柴味亦酸。（王諶〈漁父詞七首　其三〉）

前二首以「風波」、「寒雨」、「煙簑暗」等景含蓄地暗示釣者為了生計
不得不出沒於波濤間、寒雨中的危險與辛勞；後二首則直接道出漁人
冒著風霜雨雪、迎著急浪寒磯，以釣竿討生活的辛苦、艱難與心酸。
另外，也有寫漁釣後販賣漁獲不易者：

> 昨天移棹泊垂虹，閑倚篷窗問釣翁。為底鱸魚低價賣，年來朝
> 市怕秋風。（沈清友〈絕句〉）
> 病起復驚春，携筇看野新。水邊逢釣者，壟上見耕人。訪彼形
> 容苦，酬予家業貧。自慙功濟力，未得遂生民。（邵雍〈共城
> 十吟・其二曰春郊閑步〉）

---

20 本文所引宋詩，皆出自北京大學中文系研製的「《全宋詩》分析系統」，該系統所據
　版本為北京大學古文獻研究所編纂的《全宋詩》，為省篇幅，以下凡再引宋詩，不
　另注明出處。

姑蘇女子沈清友疼惜釣翁因擔心未來風候不佳難以釣魚而不得已低價求售鱸魚的苦衷；十六歲即隨父卜居於共城（在今河南省輝縣市）的理學家邵雍（1012-1077），則藉釣者貧苦的形象，抒發其未能解決生民問題的自責之情。

　　除了憐惜釣者的辛苦外，宋代詩人還由人及物，將同情的目光延伸至所釣之魚身上，相關詩作近七十首，遠超過唐詩的十幾首。殷學國曾指出：「先秦儒家以仁愛作為處理社會關係的原則，道家以自然無為作為處理天人關係的原則，內含著人與物同的觀念。宋儒則將仁愛的原則推擴至天人關係，以民胞物與取代自然無為作為通貫宇宙間的法則。」[21]這種民胞物與的觀念，在宋代漁意象詩中經常可見，如陳師道〈次韻蘇公西湖徙魚三首其二〉：「居士仁心到魚鳥，會有微生化餘鱠」、陳淵〈閩縣令陳夢兆魚樂軒〉：「愛民以及魚，退念此盤礴」、陸游〈坐客有談狄魚眼眶之美者感嘆而作〉：「物生怖死與我均，砧幾流丹只俄傾。哀哉堂堂七尺身，正坐舌端成業境」、又〈魚池將涸車水注之〉：「試手便同三日雨，滿陂已活十千魚。……萬物但令俱有託，吾曹安取愛吾廬」。歸納而言，宋詩人因民胞物與觀念而對釣魚行為大致呈現兩種主張：一是反對垂釣，而代之以施食、養魚；一是以放生魚取代垂綸釣魚。其中，主張施食、養魚者，如：

　　　　垂釣與施食，乃是兩般心。莫作魯人意，公張取百金。（文彥
　　　　博〈與之珍朝議秋日東田觀魚擲餅水中魚食者眾　其二〉）
　　　　買得黃金鯽，投將白玉池。久晴虞涸轍，轉壑漾深陂。每施龜
　　　　魚食，偏懷網罟疑。今晨水澄澈，梭影泛琉璃。（許及之〈金
　　　　魚久不浮游喜而有作〉）

---

21 殷學國：《中國詩學漁樵母題研究》，頁36-37。

潭水清見底，老僧來喚魚。與渠同法食，持鉢施齋餘。（晁公
遡〈中巖十八詠　其三　喚魚潭〉）

濠梁孰謂安知樂，大澤吾能不亂行。但得養魚如養己，相濡仍
不似相忘。（彭汝礪〈奉和施禽魚食復賡一章〉）

誰得陶朱術，修池一水寬。皇恩浹魚鼈，不復敢垂竿。（許尚
〈華亭百詠　其六十四　陸瑁養魚池〉）

文彥博（1006-1097）反用魯隱公為了與百姓爭百金之利而觀漁之典，[22]
呈顯己仁民愛物之心；主張以施食取代垂釣，不僅不與民爭利，也將
愛民之心推及於魚。許及之（1141-1209）施食金魚時，喜其能以不浮
游的謹慎態度來面對漁具。晁公遡（1042-1095）以第一人稱寫出僧人
視魚為同類，持鉢喚魚施予「法食」之作為。彭汝礪（1117-？）主張
養魚應如養己一般，許尚（約1195前後在世）則歌詠東吳重臣陸瑁所
建、位於華亭（在今上海市嘉定區）之養魚池，池中魚鼈因沐浴皇
恩，得以不受釣竿侵擾。

　　至於主張放生魚的宋代詩作，則為數更多。中國的放生習俗早已
有之，見於文獻記載者有《列子・說符第八》：「邯鄲之民，以正月之
旦獻鳩於簡子，簡子大悅，厚賞之。客問其故，簡子曰：『正旦放生，
示有恩也。』」[23]可知，節日放生為當時的習俗；還有《呂氏春秋・孟
冬紀・異用篇》記載了商湯「網開一面」、德及禽獸的故事。[24]與佛教

22　《公羊傳》：「（經隱公）五年春，公觀魚于棠。何以書？譏。何譏爾？遠也。公曷
　　為遠而觀魚？登來之也。百金之魚，公張之。登來之者何？美大之之辭也。」何休
　　注：「登，讀言得，得來之者，齊人語也。齊人名『求得』為『得來』。」見〔漢〕
　　何休解詁、〔唐〕徐彥疏：《春秋公羊傳注疏》（臺北市：藝文印書館，1989年），卷
　　3，頁34。

23　〔晉〕張湛撰：《列子注》（臺北市：世界書局，1983年），頁99。

24　其文曰：「湯見祝網者置四面，其祝曰：『從天墜者，從地出者，從四方來者，皆離

有關的「放生」，應源於東晉末《金光明經》的傳譯，其中的〈流水長者子品〉與「放生」有關，並逐漸流行起來；至於大規模的放生則始於天臺宗的祖師智顗（西元538-597年），他發起佛教徒樂捐錢財，購買浙江臨海一帶窪地六十多所，延長四百多里，開鑿放生池，勸世人戒殺放生，並奏請朝廷下令立碑，禁止捕魚；其後，唐肅宗設置放生池八十一所，宋真宗敕令天下重修放生池，天臺宗更於佛誕日舉行放生會為天子祝聖等等，放生習俗在宋代已徹底佛教化了。[25]宋代沈括《夢溪筆談·補筆談卷三·藥議》曾提及王安石喜放生：「余嘗見丞相荊公喜放生，每日就市買活魚，縱之江中莫不洋然。」[26]可見放生亦流行於宋士人間。

放生者認為放生能增進修養，並增加福德，而最主要乃因佛教五戒中的「不殺生」，佛教主張「眾生平等」，故人與人、人與動物不應相殘，人類不能因美味食慾而殘害生靈，戒殺放生不僅是一種美德，更是一種慈悲。這種「眾生平等」的主張，正好與宋儒「民胞物與」的觀念合拍，因而「放生」的相關書寫在宋代也形成一股風潮。就漁釣詩歌而言，其內容多傳達詩人戒殺、惜生的存心，如：

> 一絲公不掛，釣餌也憐渠。舊日垂竿地，臨流只放魚。（曾幾〈放魚磯〉）

吾網。』湯曰：『嘻！盡之矣。非桀其孰為此也？』湯收其三面，置其一面，更教祝曰：『昔蛛蝥作網罟，今之人學紓。欲左者左，欲右者右，欲高者高，欲下者下，吾取其犯命者。』漢南之國聞之曰：『湯之德及禽獸矣！』四十國歸之。人置四面未必得鳥，湯去其三面置其一面，以網其四十國，非徒網鳥也。」（〔漢〕高誘注、〔清〕畢沅校：《呂氏春秋新校正》，臺北市：世界書局，1983，頁102-103）此故事亦見於《史記·殷本紀》。

25 詳參〈漢傳佛教放生的起源與儀規〉，《佛教導航》，見網址：https://www.fjdh.cn/wumin/2009/04/22420566289.html，檢索日期：2024年2月12日。

26 〔宋〕沈括著、唐光榮譯注：《夢溪筆談》（重慶市：重慶出版社，2007年），頁448。

晨興略整案頭書，十日庭中始掃除。未免丁寧惟一事，臨池莫
釣放生魚。（陸游〈示小廝二首　其二〉）

涼生水殿樂聲遊，釣得金鱗上御鉤。聖德至仁元不殺，指揮皆
放小池頭。（楊皇后〈宮詞　其二三〉）

詩人們因憐憫魚而戒殺：曾幾（1084-1166）主張絲不掛竿，陸游
（1125-1210）叮嚀小廝臨池莫釣放生之魚，南宋寧宗時的楊皇后
（1162-1233）則指揮宮人將釣得之魚放生池中。更特別的，還有王安
石（1021-1086）〈放魚〉：「捉魚淺水中，投置最深處。當暑脫煎熬，
翛然泳而去。豈無良庖者，可使供七箸。物我皆畏苦，捨之寧啖茹。」
能以同理心感受魚臨時前之畏苦，寧可以茹素代之；以及李流謙〈過
彌牟有攜魚過者買而放之因志以詩〉：「人羊互吞啄，佛語深切膚。聞
聲戒肉食，孟軻遠庖廚。孔釋喜交戈，好生理則符。」特別強調「好
生」之德是孔、釋論理的共同之處。

　　有些詩人還進一步將魚擬人化，對所放生之魚諄諄警戒，或表達
祝願。諄諄警戒的，如：

波瀾網罟多，要在慎所之。香餌不足愛，古言未應非。丙寅元
祐年，內相守楚夷。愷悌見篇詠，魚乎爾恩斯。（呂南公〈奉
和內翰太中城南放魚〉）

不期明珠報，相忘乃吾真。此去戒前禍，芳餌為禍因。送爾吾
自往，世有鄭校人。（李復〈放魚〉）

山翁忍見不惜青銅錢，盡買鱘鱷魴鯽鱗。我聞清淵之水千尺
長，魚乎魚乎慎勿輕行復遭禍。（徐照〈放魚歌〉）

呂南公（約1047-1086）、李復（1052-?）於放魚之際，皆警示魚兒勿

貪芳餌，以免遭禍；徐照（？-1211）則呼籲魚兒應慎行清淵，切勿重蹈前魚被捕的覆轍。至於表達祝願的，如：

> 放汝入長江，養教鱗角出。風雲際會時，莫道不相識。（胡從義〈縱魚〉）
>
> 臨流祝魚從此去，彈指寃親一時了。要將頭角動風雷，未厭藏身且深渺。（李石〈放魚〉）
>
> 小舟自放清江側，為龍何以報我德。只須旱歲活焦枯，不用明珠光的皪。（李流謙〈放魚〉）

詩人們祝願放生之魚能長出鱗角，化而為龍，並祈其成龍後能不忘放生之恩，於旱歲時施雨活焦。

（二）從「休閒娛樂」到「人際網絡經營」

漁釣，最早雖是作為謀生的實用功能，但隨著人們生活水準的提昇，已漸漸發展成休閒功能的娛樂活動，如《穆天子傳》：「癸酉，天子舍于添澤，乃西釣于河。」[27]周穆王於征戰途中垂釣河邊以消遣娛樂；又如《淮南子‧兵略訓》：「射雲中之鳥，釣深淵之魚，彈琴瑟，聲鐘鼓，敦六博，投高壺。」[28]可知釣魚亦是貴族的重要娛樂之一；班固〈西都賦〉：「揄文竿，出比目。撫鴻罿，御矰繳，方舟並鶩，俛仰極樂。」[29]由釣具的精美、場面的熱鬧，更可見出漢代垂釣娛樂風氣之盛。

---

27 〔晉〕郭璞：《穆天子傳注》（北京市：中國電影出版社，2001年），卷1，頁1。

28 〔漢〕劉安等撰、劉文典集解：《淮南鴻烈集解》（北京市：中華書局，1989年），頁514。

29 〔南朝梁〕昭明太子蕭統撰、〔唐〕李善等註：《增補六臣註文選》（臺北市：華正書局，1981年），卷一，頁32。

　　這種漁釣娛樂之風，到了更富於「社會意識」與重視「現實生活」的宋代，[30]益發蓬勃地發展於兩種人際網絡中：一是朝中君臣間，一是文士之間。首先，就君臣的人際網絡言，漁釣的娛樂活動集中表現在近四十首的「賞花釣魚應制」詩裡。據歐陽修《歸田錄》：「真宗朝歲歲賞花釣魚，群臣應制。」[31]此「賞花釣魚」的朝廷娛樂活動應起於真宗時期，盛行於真宗、仁宗二朝。據筆者統計，相關詩人有：楊億、姚鉉、蘇頌、司馬光、宋祁、宋庠、胡宿、范仲淹、夏竦、徐積、祖無擇、寇準、劉敞、鄭獬、韓琦、陳襄、歐陽修等近二十位，詩如：

　　　　宜春小苑斗城旁，錫宴群仙奉紫皇。漢沼乳魚偏傍釣，青陵舞蝶自尋芳。波平鼇背浮崑閬，日轉金莖艷楮黃。滿酌流霞侍臣醉，暖風宮藥雜爐香。（楊億〈後苑賞花釣魚應制〉）

　　　　絳闕晨霞照霧開，輕塵不動翠華來。魚游碧沼涵靈德，花馥清香薦壽杯。夢聽鈞天聲杳默，日長化國景徘徊。自慚擊壤音多野，帝所賡歌亦許陪。（歐陽修〈應制賞花釣魚〉）

上列楊億詩於真宗咸平六年三月十六日奉聖旨以芳字為韻而作，而歐陽修詩則於仁宗嘉祐六年應皇帝詔令而作。二詩皆以華麗雕琢的辭藻記錄上層貴族優雅閒適的生活，雖然未能觸及民生疾苦，但從客觀上反映出宋代盛世太平氣象，以及君主與館閣重臣之間悠閒賦詩唱和的融洽關係。這種應制文學，「在一定程度上體現著某種積極的人文精

30　參〔日〕吉川幸次郎著、鄭清茂譯：《宋詩概說》（臺北市：聯經出版事業公司，2012年），頁9-40。

31　〔宋〕歐陽修：《歸田錄》（北京市：中華書局，1981年），卷2，頁21。

神和價值取向」[32]，亦不容忽視。

其次，就文士的人際網絡言，漁釣乃宋代詩人間經常從事的娛樂活動，詩人們或回憶與舊遊共釣之樂，或與好友預約共釣之趣。回憶與舊遊共釣之詩，如：

> 勸農因到好溪頭，把酒相看憶舊遊。三十年來如一夢，可憐空負釣魚舟。（黃葆光〈贈孫至豐〉）

孫至豐為絕意仕進之士，明・姜南《蓉塘詩話》載有黃葆光與孫至豐之事：「麗水孫薪至豐，元祐中以明經擢第，授荊門軍教授，不赴。質性清介，絕意仕進，與黃葆光為太學舊游。宣和六年，黃出守處州，薪不屑詣郡謁見。黃約以勸農日會于洞溪僧舍。至期，薪以扁舟來會，黃贈詩云云。」[33]孫原不屑謁見太學舊游黃葆光，黃以扁舟會見後遂賦詩回憶二人昔日共釣之游。類似回憶共釣詩作，還有李曾伯〈和傅山父小園十詠　其五〉「回首釣遊徒感慨」、陸游〈寄題嚴居厚伴釣軒〉「伴釣君已奇，我乃真釣翁」、王安石〈次韻酬鄧子儀二首〉「采石偶耕垂百日，青溪並釣亦三年」等。並釣的美好回憶，是維繫詩人與舊遊人際網絡的重要媒介。另外，與好友預約共釣之詩，如：

> 大藩從事本優賢，幕府仍當北固前。花繞樓臺山倚郭，寺臨江海水連天。恐君到即忘歸日，憶我遊曾歷二年。若許他時作閒伴，殷勤為買釣魚船。（徐鉉〈送郝郎中為浙西判官〉）

32　第環寧：〈文學遺產中的應制文學〉，《光明日報》，2018年11月5日。

33　〔清〕厲鶚：《宋詩紀事》（上海市：上海商務印書館，1937年），卷32，頁820。

草長開路微，離思更依依。家遠知琴在，時清買劍歸。孤城回短角，獨樹隔殘輝。別有鄰漁約，相迎掃釣磯。（釋惟鳳〈送陳豸處士〉）

此類多為送別友人之作。詩人於友人臨行之際，藉相約他日共釣，展現依依不捨的別情。甚至，在預約共釣之際還寄寓與友人共同的心志與理想：

廄牧三年厭苦頻，況今持斧似行春。民氓墮窳懷寬政，吏士因循倚近親。被水田疇思貸種，經冬鰥寡待周貧。想今愈有江湖興，亦欲同君一釣綸。（王令〈送介甫行畿縣〉）

不得陪公九日行，想提椽筆瞰西城。風流自可追王粲，憔悴猶能憶禰生。萬里還家唯有夢，一身投獄豈忘情。何時共擲滄溟釣，醉倚三山欲繪鯨。（郭祥正〈次韻元輿見寄二首　其一〉）

素有經世濟民之志的王令（1032-1059），頗受王安石賞識，詩中藉江湖共釣傳達了對社會黑暗墮落與官吏因循安逸、民生凋蔽荒寒的不滿與無奈；為官清廉卻常投獄的郭祥正（1035-1113），與身居高位的好友陳軒（字元輿）共許來日似任公般，共釣巨鯨以飽食千里之民。此時，漁釣更成為詩人與好友心意相通的重要橋樑。

（三）從治國以「專心、大氣度」到「分享利民」

上古時代藉由漁釣傳達治國理念者亦不少，有《列子・湯問第五》：「詹何以獨繭絲為綸，芒鍼為鉤，荊篠為竿，剖粒為餌，引盈車之魚，於百仞之淵、泊流之中，綸不絕，鉤不伸，竿不橈。楚王聞而

異之，召問其故。詹何曰：『……用心專，動手均也。……當臣之臨河持竿，心無雜慮，唯魚之念，投綸沉鉤，手無輕重，物莫能亂。魚見臣之鉤餌，猶沉埃聚沫，吞之不疑。所以能以弱制彊，以輕致重也。大王治國誠能若此，則天下可運於一握，將亦奚事哉？』[34]藉垂釣高手詹何之口，將釣魚之道比喻治國大道，必須能專心慎重，掌握至道，才能以弱制強，以輕致重。還有《莊子・外物》：「任公子為大鈎巨緇，五十犗以為餌，蹲乎會稽，投竿東海，旦旦而釣，期年不得魚。已而大魚食之，牽巨鈎錎沒而下，騖揚而奮鬐，白波若山，海水震蕩，聲侔鬼神，憚赫千里。任公子得若魚，離而腊之，自制河以東，蒼梧已北，莫不厭若魚者。」[35]任公子垂釣東海的目標不在小魚小蝦，因此，用的是大鈎長繩及五十隻肥牛為餌，等待了一年多，終能釣得大魚，並製成肉乾分給廣大民眾。莊子的目的在以之比喻經世者應具有任公子般的大志與氣度，是以他接著說：「已而後世輇才諷說之徒，皆驚而相告也。夫揭竿累，趣灌瀆，守鯢鮒，其於得大魚難矣；飾小說以干縣令，其於大達亦遠矣。是以未嘗聞任氏之風俗，其不可與經於世亦遠矣。」[36]鍾泰《莊子發微》亦指出此段文字：「此寓言也。託名於『任公子』者，見其能任大也。」[37]大者，指大志與大氣度，方能為經世治國之業。

　　上述以垂釣喻治國之典故，唐詩中較少見，僅少數詩人以任公子之釣來喻己之大志，如韓愈〈贈劉師服〉：「巨緇東釣儻可期，與子共飽鯨魚膾」、李白〈贈從弟南平太守之遙二首其一〉：「少年不得意，

34　〔晉〕張湛撰：《列子注》，頁58-59。

35　〔戰國〕莊周撰、〔晉〕郭象注、〔唐〕成玄英疏、陸德明釋文、〔清〕郭慶藩集
　　釋：《莊子集釋》（臺北市：世界書局，1983年），頁399。

36　同前註，頁399-400。

37　鍾泰：《莊子發微》（上海市：上海古籍出版社，2002年），頁631。

落魄無安居。願隨任公子，欲釣吞舟魚」等。然而，在宋詩中卻大量
出現，其中援引詹何者較少，可以劉敞〈獨釣南湖〉為代表：

> 澄澄春波深，中有魴與鯉。無人收潛隱，好生得吾子。投竿坐
> 孤石，盡日倦未起。既失常若驚，有逢忽然喜。子心豈殘物，
> 子道豈娛己。人誰辨子意，我請盡其理。垂釣須得鮮，治國須
> 得賢。所以不憚勤，豈在蝦魚間。君子愛其君，諷諭以為先。
> 詹何臧丈人，古事皆已然。誰將子之術，更誦吾君前。

劉敞（1019-1068）以詹何、臧丈人（姜太公）垂釣得鮮之意，比喻
治國須得賢與不憚勤，但與《列子》治國應專心慎重，掌握至道之寓
意不同。至於引用任公子的宋詩則多達四十首左右，且強調的多是如
任公子「自制河以東，蒼梧已北，莫不厭若魚」之與民分享，而未承
繼《莊子》經世者應具大志與大氣度之寓意，如：

> 任公蹲海濱，一釣飽千里。用力已云多，釣緡亦難理。巨魚暖
> 更逃，壯士饑欲死。游儵不可數，空滿滄浪水。（王安石〈雜
> 咏八首　其八〉）

> 白玉換米桂作薪，主人家居長不貧。賣魚一值任公子，厭鱠與
> 遍長安人。（劉攽〈和梅聖俞食鱠歌〉）

經世治國者固然要有任公子般廣大的氣度與志趣，但為政的最終目的
「不是獨佔權力，而是要把權力放棄與天下共享」[38]，這是大部分宋

38　姚彥淇：〈氣度與態度——淺談莊子《任公為大鉤》〉，《南台通識電子報》第5期
　　（2009年4月15日），頁1-2。

代士人的見解，因此，此類詩作不再歌詠任公子的「大鈎巨緇」與
「得大魚」，取而代之的是，王安石（1021-1086）發出「任公蹲海
濱，一釣飽千里」的豪語，劉邠（1022-1088）則以為富人食鱠時應
擁有「賣魚一值任公子，厭鱠與遍長安人」的情懷。此外如：「機深
誰及任公子，溮水蒼梧飽巨鱗」（楊傑〈釣磯懷古十章其二　任公
子〉）、「誰人與作任公釣，要使東人厭若魚」（李處權〈次韻民瞻端禮
二首　其一〉）、「千年無此垂綸手，多少饑民向浙河」（林景熙〈陶山
十詠和鄧牧心　任公子釣石〉）等，亦皆透過任公子的漁釣意象巧妙
地傳達出詩人愛民利民之思想。值得一提的是，南宋抗金大臣鄭剛中
（1088-1154）更標舉任公子利民之風以專論「予民」之治道，最具
代表性，詩云：

> 縣官漁海魚不登，捐以予民魚乃復。一物豐耗皆有道，大抵天
> 心憐不足。先生手持尺二槐，教養專為周王來。旦旦升堂說書
> 罷，只恐廩餼生塵埃。池魚賣錢補司計，此是從來學宮例。今
> 年張網牽紫鱗，魚出錢歸稱數倍。青衿摩腹談經史，笑謂東池
> 昔無此。豈識先生東海頭，一竿不數任公子。（鄭剛中〈封州
> 學東池，歲率孳魚冬晚粥之用，佐養士教授高公補之。至以紹
> 興己巳之春夏偶微旱，至秋掌計者告匱，試出池魚，則比舊加
> 三倍得，眾謂公躬自臨，池魚不化為苞苴，故所獲如是。觀如
> 居士曰：漢武帝時，海旁民入租漁海，魚不勝計，縣官利而取
> 之，魚不出；捐以予民，魚乃再來。由是知，物之繁夥皆天道
> 益寡之意，教授念念以廩餼不繼為憂，則盛池魚以豐其入，亦
> 天意哉！戲賦之〉）

鄭剛中以漢武帝時海旁縣官漁海自利則魚不登、捐以予民魚才復來之

反例，以及任公子「益寡」、「予民」之正例，盛讚封州高教授心憂學宮廩餼不足之仁心，透顯出詩人以民為本的為政思想。

三 審美義蘊

宋詩漁釣意象的審美意蘊，雖也有承繼傳統以漁釣喻寫男女求偶、[39]思鄉之情者，[40]但比較集中地表達詩人的閒適、悟道與隱逸等情志，尤其是隱逸中的「嚴光」意象運用極多，特別值得留意。以下分別析論。

（一）閒適

早在先秦時，《莊子‧秋水》即載「莊子釣於濮水」，嚮往的是自

---

39 閩一多〈說魚〉認為「魚是匹偶的隱語，打魚、釣魚等行為是求偶的隱語」（《閩一多全集神話編　詩經編上》〔武漢市：湖北人民出版社，1993年〕，頁235），例如《詩經‧何彼襛矣》：「何彼襛矣，唐棣之華？曷不肅雝，王姬之車。何彼襛矣，華如桃李？平王之孫，齊侯之子。其釣維何？維絲伊緡。齊侯之子，平王之孫。」已用垂釣來暗喻求偶的行為；魏文帝樂府〈釣竿行〉：「東越河濟水，遙望大海涯。釣竿何珊珊，魚尾何簁簁。行路之好者，芳餌欲何為？」亦借魚不上鈎以表達女子拒絕路上男子追求、對配偶的忠貞；唐代的漁釣詩詞中，這種求愛的情感指向很少出現，反倒是宋詩中稍微多些，但仍非主流，詩如趙蕃〈獨行五首〉：「所思終不見，渺渺政愁余。試向江頭釣，怕逢雙鯉魚。」又如范成大〈採蓮三首　其三〉：「柔櫓無聲坐釣魚，浪花飛點翠羅裾。空江日暮無來客，腸斷三湘一紙書。」

40 以垂釣解思鄉之情，起源亦早，如《詩經‧國風‧竹竿》：「籊籊竹竿，以釣于淇。豈不爾思，遠莫致之。泉源在左，淇水在右。女子有行，遠兄弟父母。淇水在右，泉源在左。巧笑之瑳，佩玉之儺。其水滺滺，檜楫松舟。駕言出游，以寫我憂。」遠行的女子無法回家探望，只能駕車至淇水濱垂釣，藉以解其思鄉之愁。宋詩中亦有一些類似之作，但仍非主流，詩如吳惟信〈呈岳總卿〉：「黃塵漠漠路漫漫，舊釣空思水國寒。鄉信不來雲樹遠，斜陽無語下欄干。」又朱復之〈羅懷叟思歸一詩留之〉：「客子歸期莫有期，地爐松火獨吟時。西山暮雨吹成雪，錯擬楊花理釣絲。」皆以「絲」諧音「思」，隱隱傳達思鄉之意。

由自在、超然物外，不為世俗所羈、名利所累的閒適之趣；[41]《莊子·刻意》亦云：「就藪澤，處閒曠，釣魚閒處，无為而已矣」[42]，閒處釣魚，是一種無所為而為、順應自然、與世無爭的閒情逸興。唐代詩人亦多視垂釣為怡情之樂事，其中也蘊涵著閒適與虛靜之趣，如孟浩然〈萬山潭作〉：「垂釣坐盤石，水清心亦閒」、李中〈徐司徒池亭〉：「奢侈心難及，清虛趣最長。月明垂釣興，何必憶滄浪」。即使是身在魏闕，也無礙此等追求閒適的樂趣，例如張謂〈過從弟制疑官舍竹齋〉：「竹裡藏公事，花間隱使車。不妨垂釣坐，時膾小江魚」，享受的便是公務之餘在官舍竹齋花間閒坐垂釣、品嚐漁獲鮮膾之趣。這種官宦的垂釣，與隱者以垂釣為生不同，亦少了避世之味，其所關注的，是在山水之助下能藉垂釣「尋求仕途受挫後的慰藉，力圖淡化升沉得失的煩苦，超脫世俗的名利榮辱，達到心靈的暫時平衡。」[43]

宋代詩人雖然也如唐人藉垂釣寄寓其返歸自然、閒適蕭散、自由超脫的審美意趣，但作品數量更多，[44]情蘊更為灑脫逍遙，如歐陽澈的「釣破烟波深得趣，生來不識世間愁」（〈和子賢途中九絕〉）、吳芾的「不到茲山二十秋，重來山水更清幽。無因得向巖前住，日日持竿上釣舟」（〈四月二十一日同妻孥泛舟登呂氏濟川亭二首 其一〉）、金朋說的「桃花澗底頻垂釣，蓼子灘頭穩繫舟。取得魚來換美酒，清風明月興悠悠」（〈樂漁吟〉），皆可見此等閒適自在的審美意興。宋代這類的漁釣詩，善於以輕鬆愉快的垂釣山水畫面搭配「閒」、「樂」、「喜」、「醉」、「自由」、「是非不到」等詞彙，直白地表露出詩人厭棄

---

41 〔清〕郭慶藩：《莊子集釋》，頁266。

42 〔清〕郭慶藩：《莊子集釋》，頁237。

43 李紅霞：〈論唐詩中的垂釣意象〉，頁61。

44 例如，以「釣」、「樂」二字為關鍵詞搜索「搜韵」，唐詩有六十八首，而宋詩則多達三九八首。

是非、嚮往自由超脫的逍遙與恬淡。用「閒」字者如：

眾水秋風勁，群鷗白雪和。只宜閒坐釣，湖海老烟蓑。（李石〈扇子詩　其一五〉）

我是滄浪叟，閒來繫釣艖。如何一湖水，丰秀半吳江。（張堯同〈嘉禾百詠　汾湖〉）

鶴俸元知不療窮，葉舟還入亂雲中。溪莊直下秋千頃，贏取閑身伴釣翁。（陸游〈次朱元晦韵題嚴居厚溪莊圖〉）

上書不上登封書，乘車但乘下澤車。夕陽獨立衡門外，閑看村童學釣魚。（陸游〈獨立〉）

詩人們或閒來弄竿釣魚，或閒伴釣翁，或閒看村童學釣。總之，持釣竿者及觀釣者的心境多是閒適的，能忘卻現實的煩憂。且其相伴的次意象多為自然界的山水風月、無機心的鷗鳥、美麗的水藻等，如蔣堂〈和梅摯北池十詠　其七〉：「池上有時釣，閑忘侍從身。波平方浸月，吏退閴無人。藻映魴魚尾，風搖獨繭綸。一亭容膝地，雅飾免荒蕪。」更添恬淡愉悅的審美意趣。用「樂」字者如：

漁家生計好，終日泛輕舟。剪竹為竿釣，裁荷作酒甌。只知溪上樂，不識世間愁。昨夜巖隈下，蓑衣忘卻收。（釋淨端〈會曇老〉）

二不堪，草野樂垂釣。潑潑錦鱗游，潑潑翠竿掉。夕負槁桐還，行吟面煙徼。（宋祁〈七不堪詩七首并序〉）

耳熟江南勝事傳，聞君官去便翛然。江流截楚紅塵斷，山勢吞吳秀色連。紫蟹迎霜新受釣，黃花吹酒正當前。嗟予不得從斯樂，坐看秋風發畫船。（韓維〈送李瑜屯田通判潤州〉）

詩人們的漁釣之樂，樂在能終日泛舟垂竿，樂在能觀錦鱗潑潑躍動，樂在能以新釣紫蟹腴魚下酒。還有一樂，如晁說之〈高二承宣與蘇二左司唱和春雨詩遠蒙見寄依韻和之〉：「太乙池中艦，洞庭湖上篷。問誰今得樂，宇宙釣絲中」、蘇軾〈江郊并引〉：「先生悅之，布席開燕。初日下照，潛鱗俯見。意釣忘魚，樂此竿綫」、王安石〈題友人郊居水軒〉：「為有漁樵樂，非無仕進媒。槎頭收晚釣，荷葉卷新醅。坐說魚腴美，功名挽不來」，與至交好友江湖垂釣，舟中宴飲談笑，真乃人間至樂。用「喜」字者如：

不作市朝客，甘為漁釣翁。柴門危徑斷，猶喜一橋通。（郭祥正〈和楊公濟錢塘西湖百題　林和靖橋〉）
醉面貪承夕露，釣竿喜近秋風。借問孤舟何處，深入芙蕖浦中。（陸游〈夏日六言四首　其二〉）
呼兒買米得新粳，漁村且喜見秋成。今朝嘗新莫草草，好釣鱸魚來煮羹。（毛直方〈漁父辭　其二〉）

無論是朝或夕、夏或秋，在西湖、芙蕖浦等山水美景中漁釣的過程與結果，皆使詩人心喜。用「醉」字者如：

月夜乘醉來，垂竿曲溪曲。水清無寸鱗，釣得半輪玉。（楊萬里〈寄題朱元晦武夷精舍十二詠　釣磯〉）

智士旁觀當局迷，滄浪釣叟出陳詩。江頭風怒掀漁屋，底事全
家醉不知。（曾極〈漁父〉）

不求豪富不求官，衣鉢相傳一釣竿。醉展綠蓑眠便得，滿城風
雨自春寒。（宋伯仁〈漁人〉）

醉酒，可以暫時忘卻塵世煩惱。即使長釣未能得魚，也以釣得半輪月
兒自慰；即使江頭風波險惡，也全家醉得渾然不覺。釣者醉眠釣車
中，不求富豪亦不求官，因心無掛礙，是以能高眠於任何地方，享受
大自然的春風秋月。[45]用「自由」（含「自在」、「寬」）者如：

青虛為釣復為釣，斷索籃兒沒底舟。隨放蕩，任橫流，玉浪堆
中得自由。（釋子淳〈漁父詞五首　其三〉）

河豚荻笋春風老，鱸鱠蓴絲秋水寒。多少侯門天樣闊，算來何
似釣船寬。（趙希橑〈釣者〉）

嘉陵江水潑藍青，徹底澄光明鑒形。一葉釣舟真自在，漁翁應
是醉還醒。（呂陶〈見嘉陵〉）

一葉釣舟、一支釣竿，任憑水流隨處放蕩，何等自由！釣船比侯門還
寬，生活完全自己可以作主，這份自在，更勝擁有車馬卻失去自由的

---

45 類似詩作，還有如李之儀〈謝荊州太守〉、郭祥正〈漁者〉、戴復古〈漁父詞四首
　其二〉、陸游〈燈下讀玄真子漁歌因懷山陰故隱追擬五首　其五〉、汪莘〈九月十六
日出郡登舟如錢塘十七日舟中雜興　其七〉等。

公侯生涯。[46]用「是非不到」（或「是非不上」）者如：

> 是非不上釣魚舟，從此閒身得自由。一色藕花三十丈，明年歸
> 住鑑湖頭。（蘇泂〈釣魚〉）

> 是非不到野溪邊，只就梧桐聽雨眠。睡熟不知溪水長，鷺鷥飛
> 上釣魚船。（胡仲弓〈暑中雜興　其五〉）

> 門巷深深過客稀，杖藜閑坐釣魚磯。醉來一枕華胥夢，肯校人
> 間是與非。（林迪〈東湖　其一〉）

漁釣生活以大自然為場域，且自給自足，遠離人事，因此，世間的是
非不上漁舟，有的只是宛如華胥仙境的無拘無束。[47]

由上述詩作還可知，過去只用於散文而不適於詩歌的詞彙，如：
「是非不到」、「是非不上」等口語，宋人反而積極地用於詩中。他們
之所以如此書寫，應是「有意讓讀者感到意外的阻力，藉以收到更有
效的衝擊作用」[48]，從而更深刻感受詩人內在的閒適與超脫。

（二）悟道

唐詩新開拓了以漁釣過程隱喻求禪修道過程的「漁」意象，使
「漁」披上參禪的神秘色彩。最具代表者為唐代高僧船子和尚的〈撥

---

46 類似詩作，還有如黃裳〈雙源六題　釣磯〉、韓淲〈五月二十二日尋僧　其二〉、黃
　庚〈江上〉、劉攽〈漁翁〉等。
47 類似詩作，還有如李呂〈題長灘鋪〉：「一丘一壑吾臭味，真是真非執有無。月笛煙
　蓑秋正好，急須歸釣渚溪魚」、彭汝礪〈漁家〉：「小徑通山塢，扁舟宿釣磯。兒童
　汲水上，婦女背樵歸。臘月魚蝦足，豐年雞鴨肥。是非人世事，應不到柴扉」等。
48 〔日〕吉川幸次郎著、鄭清茂譯：《宋詩概說》，頁41。

棹歌〉選二：「有一魚兮偉莫裁，混虛包納信奇哉。能變化，吐風
雷。下線何曾釣得來」、「獨倚蘭橈入遠灘，江花漠漠水漫漫。空釣
線，沒腥羶，那得凡魚總上竿」。以魚喻禪，以漁釣喻求禪。此大魚
雖虛空卻渾融包容，雖千變萬化卻無法外求；唯有不焦躁強求得魚，
方可不「被釣絲牽」，從而享受垂釣之趣。正如求禪，不依靠外物，
無欲無求，順其本心，方可達佛禪之境。又如其〈船居寓意〉：「千尺
絲綸直下垂，一波才動萬波隨。夜靜水寒魚不食，滿船空載月明
歸。」船子和尚暗示，垂釣過程即求禪了悟過程，得魚固然歡喜，但
若空船而歸亦有明月相伴。如此，「空載」實為「滿載」，「真空」竟
為「妙有」，而此「滿載」之物即為月光；一顆禪心灑滿月光，像明
月般皎潔空明，真如頓現，即心即佛。[49]藉由漁釣，說明應以平常心
面對生活，一切隨緣，不強求、不執念、不貪婪，才能獲得身心的解
放。宋詩亦有不少類似之論，如：

> 得即歡欣失即憂，死生輪轉暗相讐。那知垂釣非真釣，只在絲
> 綸不在鉤。船子禪師意未平，萬波要喻境中情。魚寒不食清池
> 釣，何處歸舟有月明。（王銍〈古漁父詞十二首　其一〉）

> 看看，古岸何人把釣竿。雲冉冉，水漫漫，明月蘆花君自看。
> （釋重顯〈頌一百則　其六三〉）

> 萬頃烟波百尺絲，禪家宗旨有誰知。自嫌固陋如高叟，卻為僧
> 箋把釣詩。（劉克莊〈船子和尚遺跡在華亭朱涇之間圭上人即
> 其所誅茅名西亭精舍介竹溪求詩於余寄題三絕　其三〉）

---

49 詳參馮淑然、姜劍雲：〈明月禪心　大釣不釣——釋德誠《船居寓意》賞析〉，《名
作欣賞》第2期（2009年），頁38。

詩人們或闡釋船子禪師的禪意，或援引其詩句，其影響可見一斑。其實，漁佛合一的用法，在宋詩中已極普遍，舉例而言，若以「偈」＋「釣」為關鍵詞檢索「全唐詩」，僅得1首，以「頌」＋「釣」為關鍵詞檢索「全唐詩」，亦僅得1首；然而，若以「偈」＋「釣」為關鍵詞檢索「全宋詩」，則可得五十六首，以「頌」＋「釣」為關鍵詞檢索「全宋詩」，則多達八十六首。由是可知，宋代頌偈詩好以漁釣喻佛道，頗可另立主題作進一步深究。

　　佛家之外，宋代詩人還藉「漁釣」書寫對道、儒或人生的嚮往或領悟。寫道家出世之想者，如：

> 不釣浮名不釣魚，一綸釣線卷還舒。九霄控鯉無人識，誰道纖鱗是膾餘。（楊傑〈釣磯懷古十章　琴高〉）

> 百粵堯時路未通，曲溪春水沒長松。老仙臺上無明月，不釣凡魚只釣龍。（翁彥約〈仙釣臺〉）

> 莫緣侯印學陰謀，生世惟須一釣舟。輕用鏌鋣終折缺，善刀何止解千牛。（陸游〈道室雜詠六首　其五〉）

> 本慕修真謝俗塵，中年蹭蹬作詩人。即今恨養金丹晚，且向江湖作釣緡。（陸游〈老學庵北窗雜書七首　其一〉）

琴高是《列仙傳》中的神仙，本為戰國時趙人，能鼓琴，為宋康王舍人，學神仙長生之術；相傳與弟子期約入涿水取龍子，某日當返；期至，弟子於涿水旁等候，果見琴高乘鯉魚出水。[50]楊傑、翁彥約之

50　〔漢〕劉向《列仙傳・琴高》：「琴高者，趙人也。以鼓琴為宋康王舍人。行涓彭之

詩，皆藉琴高不釣浮名、凡魚而只釣龍子的典故來表達乘鯉直上九霄的出世之想。陸游二詩則透顯對揚棄官宦人事陰謀、追求江湖漁釣修真生活的嚮往。寫儒家「萬物各得其所」之悟者，如：

> 人生天地間，自顧一何小。寧同避釣魚，敢學驚弓鳥。物理自悠悠，世情多擾擾。桃源眼底是，何必尋雲表。（濮肅〈述懷〉）

> 何事教人用意深，出塵些子索沉吟。施為欲似千鈞弩，磨礪當如百鍊金。釣水誤持生殺柄，著棋閑動戰爭心。一盃美酒聊康濟，林下時時或自斟。（邵雍〈何事吟〉）

詩人悟得人類與魚鳥等萬物一樣，都是天地間微小之物，不可對萬物持弋釣等生殺之柄與戰爭之心，攪擾眾生；而應依循「物理」，使各得其所，以達桃源之至境。還有悟「為學之道」者，如：

> 平生樂漁釣，放浪江湖間。兀兀寄幽艇，不憂浪如山。聞君城郭居，左右群書環。有齋亦名艇，何時許追攀。釣古不釣今，所得孔與顏。不然如爾祖，跨鶴出雲寰。（秦觀〈艇齋并序〉）

> 釣魚如之何，亦惟釣與絲。為學如之何，亦惟行與知。擇善必固執，誠意毋自欺。博我復約我，至之而終之。先民莫不然，予曷敢有虧。但恐寒者至，莊敬以自持。（丘葵〈釣魚〉）

術，浮游冀州涿（一作碭）郡之間二百餘年。後辭，入涿水中取龍子，與諸弟子期曰：『皆潔齋待於水傍。』設祠，果乘赤鯉來，出坐祠中。日有萬人觀之。留一月餘，復入水去。」（滕修展等注譯，天津市：百花文藝出版社，1996年，頁55）

秦觀（1049-1100）以樂釣古之孔顏與友人共勉，不僅指出為學內涵，且將漁釣於山水之樂提昇至求聖求賢等學習之樂。丘葵（1244-1333）則以漁釣要素來譬喻為學之道，拈出「釣與絲」喻說為學時最要緊的是「行與知」，並進一步延伸出擇善固執、誠意自持、博文約禮等為學態度。至於人生之悟，則以「戒貪」之作最多，如：

> 一寒游魚不可見，春暖游魚初見面。淵清人稀魚可游，勸魚切勿親金鈎。（徐照〈勸魚吟〉）

> 鳧鷗兩閑暇，知我無機心。躍淵宜自在，直莫上鈎金。（文彥博〈與之珍朝議慕容伯才秋日東田觀魚擲餅水中魚食者眾　其三〉）

> 江湖各相忘，魚蝦同一波，樂哉樂哉。莫貪釣上餌，去作鼎中羹，戒哉戒哉。（丁謂〈魚〉）

上列詩作，看似勸戒魚兒莫貪香餌、莫親金鈎，以免失去躍淵戲水的自在悠遊，而成為釣者的「鼎中羹」；[51]實則在警醒貪婪的人類，勿因貪圖眼前利益而喪卻性命。

（三）隱逸

　　唐圭璋曾云：「古來賢者，多隱於漁。」[52]對漁隱者來說，江海湖泊既是生存空間亦是其精神寄託的一方天地。如前節所述，《莊子》

---

51 類似詩作，還有如釋子淳〈頌古一〇一首　其五一〉、釋慧開〈頌古四十八首　其三九〉、釋印肅〈金剛隨機無盡頌并序　法會因由分第一〉等。

52 唐圭璋：《全宋詞》（北京市：中華書局，1998年），頁2608。

的漁釣意象呈顯了順應自然、與世無爭的閒情逸趣,而屈原《楚辭・漁父》的漁父:「滄浪之水清兮,可以濯吾纓;滄浪之水濁兮,可以濯吾足。」[53]其順水濁清的逍遙形象,則更使得垂釣意象「有了一種確定的隱逸內涵」[54]。另有范蠡佐越王滅吳後選擇功成身退、攜西施歸隱、號漁父的逍遙,《國語・越語下》:「反至五湖,范蠡辭于王曰:『君王勉之,臣不復入越國矣。』……遂乘輕舟以浮于五湖,莫知其所終極。」[55]還有嚴光,不就東漢光武帝授官,漁釣於富春江嚴陵瀨的捨官而隱,《後漢書・嚴光傳》:「光武即位,乃變名姓,隱身不見。帝思其賢,乃令以物色訪之,……除為諫議大夫,不屈,乃耕于富春山,後人名其釣處為嚴陵瀨焉。」[56]皆為影響後世極大的漁隱典範。

　　至唐,此漁隱內涵已臻成熟,漁釣詩大量出現,漁翁開始廣泛進入詩人審美視域中。詩人臨水垂釣,除了尋求垂釣的閒情逸趣外,還寄寓著他們高蹈出塵的情懷,如高適〈自淇涉黃河途中作十三首　其十三〉:「結廬黃河曲,垂釣長河裏。漫漫望雲沙,蕭條聽風水」,自號「天隨子」的陸龜蒙於〈漁具詩序〉云:「天隨子漁于海上之顏有年矣,矢魚之具,莫不窮極其趣。」自稱「烟波釣徒」的張志和更是「每垂釣不設餌,志不在魚也」[57]。因垂釣而名垂千古的嚴光,更屢受唐詩人歌詠,相關詩作約五十多首,[58]多詠其「淡泊名利看輕世態

---

53 李中華、鄒福清注說:《楚辭》(開封市:河南大學出版社,2008年),頁179。

54 李彥靈:〈古代垂釣意象及其隱逸內涵之流變〉,頁47。

55 〔戰國〕左丘明:《國語》(上海市:上海古籍出版社,2015年),卷21,頁422。

56 〔南朝宋〕范曄撰、陳芳注:《後漢書》(北京市:中華書局,2009年),頁302。

57 〔宋〕歐陽修、宋祁等:《新唐書・隱逸》(北京市:中華書局,1975年),卷196,頁5608-5609。

58 作品如:張繼〈題嚴陵釣台〉、顧況〈嚴公釣臺作〉、權德輿〈嚴陵釣臺下作〉、許渾〈嚴陵釣臺貽行侶〉、劉駕〈釣臺懷古〉、陸龜蒙〈嚴光釣臺〉等。

的精神，忘卻機心與世無爭的高潔人品」[59]。然而，唐文人的漁隱，卻不見得是真的求隱，有的是以隱求仕、求功名，視漁釣為「終南捷徑」的假隱，可從詩人大量引用姜太公之典看出。《史記‧齊太公世家》：「呂尚蓋嘗窮困，年老矣，以漁釣奸（干）周西伯。」[60]又《韓詩外傳》：「太公望少為人壻，老而見去，屠牛朝歌，賃於棘津，釣於磻溪。文王舉而用之，封於齊。」[61]姜太公垂釣渭水，甚至傳說其隱居於磻溪峽，以長杆、短線、直勾、背身等方式釣魚，因而有「姜太公釣魚——願者上鉤」之說法，[62]可謂開漁隱之先河；而其得周文王青睞，建立功業，是以所釣之魚遂成為功名利祿的象徵。這種以漁隱求仕的方式，在積極進取的唐代得到發展，尤其是盛唐。由於唐代文人有科舉制度、薦舉徵辟、立功等諸多入仕之徑，再加上皇帝特別尊禮隱者，特設「草澤遺才科」、「隱淪屠釣科」、「高蹈不仕科」[63]等，若得顯貴推舉更能一步登天，因此許多隱士將隱居「終南」或「漁釣」視為仕宦的捷徑，一如皮日休〈鹿門隱書〉所云：「古之隱也志在其中。今之隱也爵在其中」[64]。此類唐詩中，言「羨魚」者約十六首，「太公」約十四首，「磻溪」約三十七首，「呂望」約六首，共約七十三首，超過詠嚴光的數量，形成一種「假隱自名，以詭祿仕」[65]

---

59 張希、馮淑然：〈唐代漁釣詩詞中的意象解讀〉，《內蒙古民族大學學報（社會科學版）》第41卷第3期（2015年5月），頁23。

60 〔日〕瀧川龜太郎：《史記會注考證》（臺北市：洪氏出版社，1982年），卷32，頁549。

61 〔漢〕韓嬰撰、許維遹校釋：《韓詩外傳集釋》（北京市：中華書局，1980年），卷8，296。

62 例如：《武王伐紂平話》卷下：「姜尚因命守時，直鉤釣渭水之魚，不用香餌之食，離水面三尺，尚自言曰：『負命者上釣來！』」

63 〔清〕徐松：《登科記考》（北京市：中華書局，1984年），卷4，頁145、173、309。

64 〔唐〕皮日休：《皮子文藪》（北京市：中華書局，1959年），卷9，頁102。

65 〔宋〕歐陽修、宋祁等：《新唐書》，卷196，列傳第一百二十一‧隱逸，頁5594。

的風氣。其中，詠呂尚者如李白〈梁甫吟〉：

> 君不見朝歌屠叟辭棘津，八十西來釣渭濱。寧羞白髮照清水，
> 逢時壯氣思經綸。廣張三千六百釣，風期暗與文王親。大賢虎
> 變愚不測，當年頗似尋常人。

歌詠姜太公以漁隱求仕，輔佐周文王，最終獲得成功。這種假隱，也
有不用太公典者，如：

> 八月湖水平，涵虛混太清。氣蒸雲夢澤，波撼岳陽城。欲濟無
> 舟楫，端居恥聖明。坐觀垂釣者，徒有羨魚情。（孟浩然〈臨
> 洞庭上張丞相〉）

> 湖上老人坐磯頭，湖裡桃花水卻流。竹竿裊裊波無際，不知何
> 者吞吾鈎。（常建〈戲題湖上〉）

> 白鳥波上棲，見人懶飛起。為有求魚心，不是戀江水。（崔道
> 融〈江鷗〉）

孟浩然（689-740）以「臨淵羨魚」書寫己身渴望功名卻不得仕的無
奈；同樣仕宦不得意的常建（708-765），則直言等待「吞吾鈎」的苦
悶。至於崔道融（生卒年不詳，唐末），則藉鷗鳥形象揭示假隱者的
存心，得魚前看似依戀自然山水，得魚後便脫去隱者外衣，漁釣只是
入世的手段，對於偽裝漁樵以贏得清名之士，予以譏諷。

　　及至宋代，書寫漁隱之詩更多，乃因其以多水的南方為政治經濟
文化中心，士大夫有更多親水機會；崇文抑武的國策予文官以豐厚俸

祿，文士若隱退仍能無虞生計；[66]皇帝仍特別尊禮隱士，《宋史》特列
〈隱逸傳〉，在四十三位隱士中被推薦被召見過的有二十八人，其中
皇帝親自召見過的有八人，雖多堅辭不受官位，但多被賞賜名號與財
物。[67]值得注意的是，宋詩中以漁隱言功名理想、求世用的作品雖高
達二百多首，[68]但與詩題或內容載存詠寫嚴光、嚴子陵、釣灘、釣臺
等逃名真隱的六百多首相比，[69]卻只佔其三分之一的比例。這說明了
宋代的時代風氣，雖仍有著儒家求事功的入世思想，但在新舊黨爭、
和議之爭激烈的政治氛圍下，已不再嘉許那些藉隱自抬身價以求仕的
隱者，而是在仕與隱、進與退的徘徊中，力圖追求心理的平衡，選擇
一種以嚴光為典範的「精神方式的隱居」，它包含了「對於自由精神
的追求，對於詩性棲居的生存方式的實踐」。[70]詠呂尚、求世用之詩，
北宋詩如：

> 子細曾看九老圖，科名官職盡難如。更思呂望同君歲，猶自磻
> 溪坐釣魚。（〔北宋〕魏野〈上知府大同王太尉六首　其六〉）

> 彈劍思經綸，悲歌負陽春。逢時不自結明主，空文亦是尋常
> 人。君不見太公辭渭水，謝安起東山。日月再開天地正，龍虎

66　宋人方資〈黃鶴引〉云：「婚姻既畢，公私無虞，將買扁舟放浪江湖中，浮家泛
　　宅，誓以此生，非太平幸民而何？」
67　詳參任秀蓉：〈宋詞中漁釣意象的成因分析〉，《內江師範學院學報》第23卷第11期
　　（2008年），頁92。
68　宋詩中言「羨魚」者約三十五首，「太公」約六十四首，「磻溪」約一○八首，「呂
　　望」約二十七首，共約二三四首。
69　宋詩中，言「嚴光」者約三十九首，「子陵」約一六○首，「釣灘」約二十首，「釣
　　臺」約四三一首，共約六百多首。
70　以上二條引文，見劉方：〈嚴光的再塑造與宋代隱士典範的重構〉，《湖州師範學院
　　學報》第29卷第4期（2007年8月），頁4。

感會風雲閑。（〔北宋〕郭祥正〈上趙司諫（悅道）〉）

男兒功名顧有命，太公七十方漁樵。否極泰來如覆手，闊步自此凌烟霄。側聞丞相開東閣，肯使斯人重折腰（〔北宋〕郭祥正〈送余秘校〉）

君王獵罷載熊羆，錫壤分茅合霸齊。邑有魚鹽太多事，翛然何似釣璜溪。（〔北宋末南宋初〕陳克〈奉題董端明漁父醉鄉燒香圖十六首　漁父七首　其三〉）

南宋詩如：

隱跡磻溪七十餘，釣灘清淺鬢蕭踈。滿懷韜畧為香餌，只釣文王不釣魚。（〔南宋〕王十朋〈太公〉）

七尺漁竿八十翁，釣絲輕裊荻花風。功名未遂英雄老，人道磻溪即箇中。（〔南宋〕戴復古〈周子益年八十赴殿　其一〉）

拋卻漁村老釣竿，手遮西日上長安。青衫著了尋歸路，莫過羊裘七里灘。（〔南宋〕戴復古〈周子益年八十赴殿　其二〉）

八十衰翁灰冷時，君恩忽許奉京祠。夜行不已非吾事，歸日磻溪理釣絲。（〔南宋〕姜特立〈嘉泰二年得京祠〉）

詠嚴光、不慕功名之詩，北宋詩如：

每念李斯首，不及嚴光足。斯首不自保，光足舒帝腹。我心異老聃，驚寵不驚辱。豈敢示他人，吟之將自勗。（〔北宋〕魏野〈寓興七首 其二〉）

韓信收身苦不早，功成伏劍真草草。始終最愛嚴子陵，坐視乾坤任傾倒。（〔北宋〕郭祥正〈瑞昌雙溪堂夜飲呈吳令子正〉）

風烟回首釣魚臺，巾褐從容小殿開。自是玉皇香案吏，外邊休奏客星來。（〔北宋末南宋初〕陳克〈奉題董端明漁父醉鄉燒香圖十六首 漁父七首 其七〉）

南宋詩如：

三年兩沂釣灘濤，來徍何曾補一毫。聖主雅恢光武量，微臣當遂子陵高。（〔南宋〕王十朋〈重游釣臺 其一〉）

竊食三州媿不才，扁舟又過子陵臺。心知敬慕先生節，乞得祠宮歸去來。（〔南宋〕王十朋〈釣臺三絕 其二〉）

山水高長子陵節，桐廬蕭灑范公詩。又吟處士清新句，蟬拽殘聲過別枝。（〔南宋〕王十朋〈釣臺三絕 其三〉）

赤符新領舊乾坤，多謝君王問故人。暫作客星侵帝座，終為漁父老江濱。層臺不啻幾千仞，直釣何曾挂一鱗。莫道羊裘欠圖畫，丹青難寫子陵真。（〔南宋〕戴復古〈釣臺〉）

不為故人屈，清名日月高。當時若相漢，不過比元侯。元侯功
易歇，子陵名不滅。所以想孤風，猶如隔前日。（〔南宋〕姜特
立〈子陵〉）

不為故人出，出則將如何。交道古難終，豈唯畏虞羅。蕭何豐
沛舊，未免投金科。先生誠高哉，無愧紫芝歌。（〔南宋〕姜特
立〈子陵瀨〉）

由以上所舉詩作可知，魏野（西元960-1020年）、郭祥正（1035-1113）、
陳克（1081-1137）、王十朋（1112-1171）、戴復古（1167-1248左右）、
姜特立（1125-1204左右）等詩人，皆一方面羨慕著呂尚八十高齡仍
能垂釣得文王、出仕求事功，另一方面卻歌詠著嚴光的絕意仕進、逃
名高潔。尤其是南宋淳熙年間擒海賊立功的姜特立，於寧宗嘉泰二年
（1202）年近八十不得不被迫退休時，詩中仍以姜太公磻溪理釣自
許，渴望再為世用；然而，又以「元侯功易歇，子陵名不滅」、「先生
誠高哉，無愧紫芝歌」來歌詠嚴光的高名不滅，超越事功，而具有永
恒的價值。因此，隱藏在兩宋漁隱詩作者心中的，是志在功名、待時
以進，以及睥睨功名、全身而退的矛盾與徘徊。

　　正是這種「亦進亦退的模糊界限」，成全了漁釣意象在宋代文人
心目中的獨特地位；[71] 相對地，仕進或隱退的選擇與平衡，也成為宋
代漁隱詩人心靈世界重要的課題。同時，我們也看到，嚴光典範所體
現的「個體自由高於現實事功」的隱逸精神與價值觀念，從精神層面
上提供了宋代士大夫以道抗勢的內在精神支撐和個體獨立人格意識的
理論依據。[72]這種雖身處社會政治漩渦，卻能將精神隱於「漁釣」詩

71　任秀蓉：〈宋詞中漁釣意象的成因分析〉，頁93-94。
72　劉方認為，宋代以嚴光為隱士典範的轉型過程中的關鍵人物是范仲淹，他在《後漢

中，藉詠嚴光表達對個體自由的隱逸精神與價值的堅持，可說是宋代漁隱詩所透顯的最深切義蘊。

四　結語

本文自「垂釣」視角觀察近四千首與「漁釣」意象相關的宋詩，並挑選具代表性詩作約一百首予以深入分析。「象」方面，除了漁釣用具（竿、綸、鈎、餌等）外，還觀察到經常出現水（海、江、湖、池、塘等）、陸（石磯、田壟、浦、草野等）、漁翁、各種水中與水上生物（魚、鷗等）、古人古事（姜太公、嚴光等）等意象，形成了頗為龐大的「意象群」。「意」方面，從「寫實」角度掘發其有別於傳統的、特重「生命」的特徵，從「審美」角度掘發其較傳統更灑脫的「逍遙」、更多元的「妙悟」與更獨特的「自由」。分述如下：

（一）寫實義蘊

宋詩「漁釣」意象雖有承繼《詩經》至南北朝相關文學中關於生產活動、休閒娛樂、治國之道等現實面的書寫，但受到儒家「仁愛」、「民胞物與」的思想，重視社會意識、現實生活的時代氛圍，以及佛家「眾生平等」的觀念等影響，在義蘊上呈顯出特重「生命」的特點，約有三端：一是由生產活動發展為惜生護生，不僅憐惜釣者謀生的辛

書・逸民列傳》的隱士譜系中，重新發現和再塑造嚴光形象，並以官方身分為之建立祠堂，其〈桐廬郡嚴先生祠堂記〉曰：「惟先生以節高之，……而獨不事王侯，高尚其事，先生以之；……蓋先生之心，出乎日月之上，……使貪夫廉，懦夫立，是有大功於名教也。……雲山蒼蒼，江水泱泱，先生之風，山高水長。」而後，從北宋到南宋上百年間官方性質的嚴光祠堂不斷重修、重建，由此，嚴光的隱逸典範不斷地被重新確認與制度化，而成為士大夫普遍認同的社會標桿。詳參劉方：〈嚴光的再塑造與宋代隱士典範的重構〉，頁1-4。

苦與危險，還由物及人，同情所釣之魚，以施食、養魚、放生取代垂釣；二是由休閒娛樂發展為人際網絡的經營，君臣間有數十首「賞花釣魚應制」詩書寫宮廷的娛樂活動，文士間則以回憶共釣之樂或預約共釣以展現與好友的情誼；三是治國之道的隱喻由詹何的專心與任公子的大氣度發展為分享利民，強調任公子「自制河以東，蒼梧以北，莫不厭若魚」的「予民」行為，透顯「以民為本」的為政思想。

（二）審美義蘊

宋詩「漁釣」意象雖也承繼了唐五代相關詩詞中個人審美與高蹈志趣的追求，但在儒、釋、道交融的氛圍下，在閒適、悟道與隱逸等情感思想方面，皆有更深刻而豐富的開展：一是善於以輕鬆愉快的垂釣山水畫面搭配「閒」、「樂」、「喜」等情語，以及過去只用於散文而不適於詩歌的詞彙如：「是非不到」、「是非不上」等口語，意外而有效地傳達詩人閒適灑脫的豐富內涵；二是由唐代的以漁喻「求禪」進一步開展至以漁喻佛、道、儒之道，並悟得戒貪等人生道理；三是由唐詩以漁隱求仕的特徵轉而為以「詩性棲居」式的漁隱來求得進退間的心理平衡，詩人雖身處社會政治漩渦中卻仍能堅持個體自由的隱逸精神與價值。

因此，我們自「漁釣」的取徑，具體觀出宋詩「漁意象」的書寫揚棄了唐詩偏重審美的追求，而呈現兼重寫實與審美的風格；從而透顯出宋代詩人看重現實中萬物生命，卻也重視個體審美逍遙、妙悟、自由的精神風貌。

參考文獻

一　原典文獻（依時代先後排序）

〔戰國〕左丘明：《國語》，上海市：上海古籍出版社，2015年。

〔戰國〕莊　周撰、〔晉〕郭象注、〔唐〕成玄英疏、陸德明釋文、〔清〕郭慶藩集釋：《莊子集釋》，臺北市：世界書局，1983年。

〔漢〕何　休解詁、〔唐〕徐彥疏市：《春秋公羊傳注疏》，臺北市：藝文印書館，1989年。

〔漢〕劉　向撰、滕修展等注譯：《列仙傳注譯》，天津市：百花文藝出版社，1996年。

〔漢〕劉　安等撰、劉文典集解：《淮南鴻烈集解》，北京市：中華書局，1989年。

〔漢〕高　誘注、〔清〕畢沅校：《呂氏春秋新校正》，臺北市：世界書局，1983年。

〔漢〕韓　嬰撰、許維遹校釋：《韓詩外傳集釋》，北京市：中華書局，1980年。

〔晉〕張　湛撰：《列子注》，臺北市：世界書局，1983年。

〔晉〕郭　璞：《穆天子傳注》，北京市：中國電影出版社，2001年。

〔南朝宋〕范　曄撰、陳芳注：《後漢書》，北京市：中華書局，2009年。

〔南朝梁〕昭明太子蕭統撰、〔唐〕李善等註：《增補六臣註文選》，臺北市：華正書局，1981年。

〔唐〕皮日休：《皮子文藪》，北京市：中華書局，1959年。

〔宋〕歐陽修、宋祁等:《新唐書》,北京市:中華書局,1975年。

〔宋〕沈　括著、唐光榮譯注:《夢溪筆談》,重慶市:重慶出版社,
　　　2007年。

〔清〕徐　松:《登科記考》,北京市:中華書局,1984年。

〔清〕彭定求等主編:《全唐詩》,北京市:中華書局,1999年。(《全
　　　唐詩分析系統》)

北京大學古文獻研究所編纂:《全宋詩》,北京市:中華書局,1998
　　　年。(《全宋詩分析系統》)

李中華、鄒福清注說:《楚辭》,開封市:河南大學出版社,2008年。

唐圭璋:《全宋詞》,北京市:中華書局,1998年。

二　近人論述(依作者姓氏筆劃排序)

史雙元:《宋詞與佛道思想》,北京市:今日中國出版社,1992年。

任秀蓉:〈宋詞中漁釣意象的成因分析〉,《內江師範學院學報》第23
　　　卷第11期,2008年,頁91-94。

李彥靈:〈古代垂釣意象及其隱逸內涵之流變〉,《湖南工程學院學
　　　報》第18卷第1期,2008年3月,頁46-49。

李紅霞:〈論唐詩中的垂釣意象〉,《西南民族大學學報‧人文社科
　　　版》總24卷第12期,2003年12月,頁60-63。

屈萬里:《詩經釋義》,臺北市:中國文化大學出版部,1983年。

殷學國:《中國詩學漁樵母題研究》,上海市:華東師範大學博士論
　　　文,2010年4月。

張雲鶴:〈漁歌舉棹,谷里聞聲──論宋詩中的禪意〉,《青年文學
　　　家》2015年15期,頁38-39。

陳滿銘:〈從意象看辭章之內涵〉,《國文天地》第19卷5期,2003年10
　　　月。

黃永武：《中國詩學・設計篇》，臺北市：巨流圖書公司，1999年。

楊　瓊：《宋詞漁意象研究》，寧波市：寧波大學碩士論文，2018年6月。

葛兆光：《禪宗與中國文化》，上海市：上海人民出版社，1986年。

聞一多：《聞一多全集　神話編　詩經編上》，武漢市：湖北人民出版社，1993年。

劉　方：〈嚴光的再塑造與宋代隱士典範的重構〉，《湖州師範學院學報》第29卷第4期，2007年8月，頁1-4。

鍾　泰：《莊子發微》，上海市：上海古籍出版社，2002年。

顏智英：《成大中文學報》第81期，2023年6月，頁33-68。

〔日〕瀧川龜太郎：《史記會注考證》，臺北市：洪氏出版社，1982年。

〔日〕吉川幸次郎著、鄭清茂譯：《宋詩概說》，臺北市：聯經出版事業公司，2012年。

論「多媒體語」
──第五文類之必要與重要

仇小屏

國立成功大學中國文學系副教授

摘要

在電腦與網路技術日益普及與精進的當代，影像傳播、多媒體傳播蓬勃發展，蔚為大觀。本論文期待將此納入「視野」中，給出「位置」，並歸類與討論。因此，提出「多媒體語」一詞，並視之為「第五文類」。而多媒體語就是：「與其他媒體結合，共生共榮的口頭語／書面語／網路語。」作為人類重要媒介的語言／文字，源遠流長、代代相傳，在影音大盛的當代，語言／文字用「結合」成多媒體的方式，不斷發展出新的面貌與內涵，不只體現了強大的「結合」的能力，還有適應其他媒體、新興技術、當代議題的「蛻變」能力。希望多媒體語這個觀點，可以拓展語言／文字的疆界，而且與當代高度結合，由之對多媒體、對當代，乃至於對語言／文字本身，能有更深更廣的體會與認識。

關鍵詞：多媒體、新媒體、數位藝術、數位文學、多媒體語

一　前言

　　人類的傳播活動是一再演進的。莊克仁《新媒體理論與實證研究》即說道:「經歷了口語傳播、圖形傳播、文字傳播、印刷術的應用到影像傳播、多媒體傳播等幾個階段。」[1]而影像傳播、多媒體傳播,在電腦與網路技術日益普及與精進的當代,蓬勃發展,蔚為大觀。

　　影像傳播、多媒體傳播之作品,種類不僅繁多,而且一再創新。然而,在中文系所專業中,往往並未將此納入「視野」中,因此,沒有「位置」,更遑論歸類與討論。

　　但是,長期忽視此蓬勃發展之新興領域,不甚合理,也殊為可惜。所以,本論文提出「多媒體語」之概念,並視之為「第五文類」。希望能拋磚引玉,引起注意,讓這些新興的表達／傳播方式,在中文專業領域中,得到應有的關注與討論。

二　多媒體與多媒體語

(一)多媒體

　　所謂「媒體」,潘皇玉、陳德來《最新多媒體概論》說明道:「將所有能夠傳播資訊的媒介一律稱為『媒體』。其內容主要包括了文字(Text)、圖形(Graphics／Images)、聲音(Sound)、視訊(Video)及動畫(Animation)等媒介。」[2]而關於「多媒體」(Multimedia),潘

1　莊克仁:《新媒體理論與實證研究》(臺北市:五南圖書出版事業公司,2016年),頁67。

2　潘皇玉、陳德來:《最新多媒體概論》(臺北市:金禾資訊公司,2003年),頁1。

皇玉、陳德來《最新多媒體概論》亦說明道：「同時運用與整合一個以上的媒體來進行資訊的傳播，而媒體的範圍則包含了文字、圖形、聲音、視訊及動畫等素材。」[3]因此，相較於「單一媒體」的表現形式，「多媒體」最鮮明的特質為──「結合」。

準此而觀，多媒體自古即有。舉例而言，傳唱各地的詩歌，是語言與聲音結合的多媒體；而文人畫是詩、書、畫、印四者結合起來的多媒體。時至現代，此一「結合」特質因為影音／傳播技術的蓬勃發展，運用越來越廣，作用越來越強大，蔚為當代之大觀。[4]因此，本論文所指之多媒體，包括了各種舊有與新興的多媒體。

此外，還可略略提及「新媒體」[5]，新媒體的特色是新的技術與傳播方式的融入。本論文不特別探討新媒體，然而，因為新媒體大多是多媒體，所以，關於多媒體的討論，也會納入新媒體。

多媒體中的每種媒體都有各自的內涵與特色，組合的種類／方式又有許多可能，所以，往往會產生相當獨特的形式，具有各自不同的效果，再加上發布／傳布的方式又殊異多元。因此，多媒體的表現堪稱百花齊放、精彩紛呈。

3　潘皇玉、陳德來《最新多媒體概論》，頁1。此外，多媒體亦有較為狹義的定義，譬如陳建宏《多媒體導論（修訂三版）》認為：「多媒體技術通常以電腦（Computer）為中心，針對以上媒體進行處理、儲存，再整合光碟（Compact Disc；CD）技術或通訊（Communication）技術來傳播影音信號。」（頁1-1）本論文採取較為廣義的定義。

4　潘皇玉、陳德來《最新多媒體概論》談到現代多媒體的特性：「內容多樣化」、「與使用者互動」、「內容整合與數位化」、「電腦硬體與周邊裝置」、「多平臺執行環境」，頁1-4～1-5。

5　莊克仁《新媒體理論與實證研究》對新媒體的定義是：「社會與技術互動的社會傳播載體。」，頁70。《新媒體藝術》：「新媒體藝術最早可以從十九世紀中葉攝影術的發明談起，但多數人較認同一九二〇～一九五〇年間在歐美陸續出現的、融合科學技術的藝術型態才是新媒體藝術的開端。」見黃茂嘉、許和捷、Shane Walter：《新媒體藝術》（臺北市：藝術家出版社，2014年），頁24。

（二）多媒體語

現代文學四大文類為「詩」、「散文」、「小說」、「戲劇」。但是，在多媒體超速巨量成長的當代，此四大文類似乎已經無法涵蓋日益豐富龐沛的新興文體。因此本論文提出「多媒體語」概念，並視之為「第五文類」。而所謂「多媒體語」，就是：

　　　與其他媒體結合，共生共榮的口頭語／書面語／網路語。

其中，非常值得探討的是：多媒體中之「多媒體語」，與純語言／文字相較，呈現了什麼不同的特色？起了什麼樣的作用？箇中奧妙，極堪玩味。不只如此，每個時代更可能產出屬於自己時代的新的多媒體，誠如《新媒體藝術》所言：「不同時代的媒介（Medium），呼應著不同時代的需求。它們不僅是一個時代科學與技術的標記，也能在不同的時間點，召喚屬於一個時代背景的美學和知識。」[6]因此，「結合」何種媒體？用何種方式？如何傳播？在在鮮明地彰顯了當時當地的特色。進而言之，產生於該時空的多媒體，如何表現時代議題？而多媒體語在此間扮演了何種角色？具有何種價值？這些都是值得討論的。

　　其下，本論文茲以四種多媒體作品為例證，進行討論。其中三種，是筆者在任教的課程中，指導學生所進行的多媒體創作。

三　畫卡

　　其下兩張畫卡，乃筆者赴福建師大，參與「二〇二三年暑期兩岸

6　見黃茂嘉、許和捷、Shane Walter：《新媒體藝術》，頁24。

師生文創研修營」[7]，以及「第十屆兩岸文化發展論壇」[8]時所蒐集的。會議期間投宿的全季酒店，在房間中放了畫卡，頗為精緻風雅，且稍加細究，發現此為多媒體之作品。

（一）存了數枝夏花

此幅畫卡居中的圖畫，本身就是多媒體，即畫／詩（存了數枝夏花）／書寫結合為一體，並有落款，儼然「文人畫」之遺風。且畫中主體為一隻貓供花、寫生，把貓擬人化，恰恰是當代非常風行、非常受歡迎的做法，整幅畫面逸趣橫生。畫底有小字，標出作者／畫名／授權者。

而圖畫上端為「靜下心來，拾一詩，賞一畫」，下端為「全季酒店」，與圖畫結合起來，既表明畫卡主題，也起了預定的宣傳作用。

7　筆者發表論文：〈論「人」與「貓狗」相互轉化之現象與意義〉，二〇二三年暑期兩岸師生文創研修營，主辦單位：福州市：福建師範大學閩臺區域研究中心、文學院；臺北市：萬卷樓圖書公司、國立臺灣師範大學、國立臺灣海洋大學，會議日期：2023年8月29日。

8　會筆者發表論文：〈論「多媒體語」——第五文類之必要與重要〉，第十屆兩岸文化發展論壇，主辦單位：福州市：福建師範大學中國藝術研究院、福建師範大學福建社會科學院、新北市：世新大學、福州市：教育部人文社科重點研究基地閩臺區域研究中心、福州市：海峽兩岸文化發展協同創新中心、福州市：福建省兩岸融合發展研究院，會議日期：2023年11月25日。

（二）鄉風醉屏嵐

此畫卡上端、下端與前幅相
同。居中之圖畫並無文字，但是畫底
小字，同樣標出作者／畫名／授權
者。圖畫無文字，但是畫名「鄉風醉
屏嵐」，與圖畫不可分割，從中可窺
知：創作者「疊映」家鄉風景，層層
疊疊，似是屏風，又帶醉意，如籠罩
在輕渺之煙嵐中。

至於畫卡上的咖啡色小點，則是
筆者將畫卡攜回臺南，沖泡咖啡時，
不小心落下的[9]。如今看來，頗具情
味。

四　自然素材創作

自然素材創作是111-1大學國文「現代詩專題欣賞」中，「自然專
題」的作業。作業有三個規定：一定要有自然素材；一定要有文字
（但是不見得是用說明、陳述的方式出現）；一定不能另購材料。

之所以會出這個多媒體作業，並且有這樣的規定，主要有兩個用
意：一是提供學生與大自然互動的機會，二是鑑於當代的環境危機，
必須珍惜資源。可以說，「形式」本身就有意義與力量。希望同學在
做這份作業時，能有所體會。

9　福建為茶鄉。全季酒店的房間不提供咖啡，只供茶。

（一）吉

作品如右。這幅作品的作者為化學系李惠慈。以「橘」來諧音雙關「吉」，家家戶戶在過年時擺設、食用橘子，是各地常見的年俗。時值年底，惠慈以橘子皮拼出「吉」字，不僅傳達出年底歲末之季節感，而且，還暗合著年俗。是一個非常美好的多媒體作品。

（二）聖誕週

作品如下：

〈聖誕週〉
聽啊天使高聲唱
榮耀歸於新生王
我看見神的愛
在你我的臉上
我那都不想去，只想日夜在祂殿中
平安，喜樂
無人能夠奪去

集句來源：聽天使高聲唱、我看見神的愛、能不能、得勝的宣告歌詞

這幅作品的作者是醫學系林嘉圻，其用橘子皮拼出聖誕樹，用橘絡做成聖誕燈飾，橘蒂置頂，擬如星芒，相當精巧。文字的部分也十分用

心，用了集句[10]的手法，集出專屬的聖誕歌。兩相呼應，聖誕節豐盛
可喜。

（三）排球禮讚

作品如下：

工具：
　　美工刀
　　筆刀
　　原子筆（紅、白、黑）

創作緣由：
　　熱愛排球的我，總希望能在球場上打出個人球風，但
由於目前的技術仍不夠好，因此我期望我能在之後將球技
練到極致，並用這佇立於高大木頭上的排球提醒自己要努
力朝目標前進，不管是自己所愛的排球，亦或是之後的任
何目標。

理念、設計：

排球的型號與顏
色是我最愛與最
常用的。

精細雕刻排球紋
路，並仔細上色
，表達對其的尊
敬態度。

稍加雕刻後，
木頭本身的紋
路與凹凸就像
一個巨大且高
的石柱。

檜木的香味更
使這景象別具
莊重感。

這幅作品的作者是電機系姚磊漢。其使用的檜木是作者朋友所贈，作
者說：「此次作品也讓我手上留下了一個工匠的勳章。」這個多媒體創

---

10 集句為集合古詩文句成篇，流傳久遠，甚受文人雅士喜愛。本課程曾經讓學生練習過
　　集句，由筆者提供幾首現代詩，讓學生從中選取詩句，自行編排、集合成詩。

作不僅結合多種媒體，友情、青春熱血、手作體驗等，也融入其中。

（四）沒鉗了

作品如下：

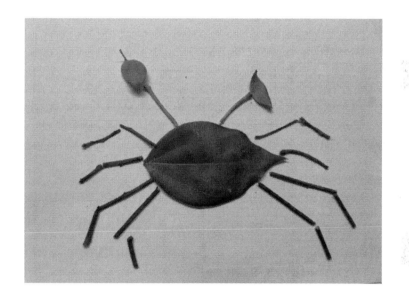

　　這是一隻斷手的小螃蟹，為甚麼他會斷手呢？因為月底他要沒
　　鉗了

這幅作品的作者是水利系張鈞翔。「沒鉗了」是網路諧音梗。作者拼
出一個斷手的小螃蟹，而在文字的部分，用自設問答的方式，幽默道
出「沒鉗（錢）了」，令人莞爾。照片不甚精美，文字也沒有標出最
後的句點，但是兩兩配合之後的隨意感，反而更有意思地表現出年輕
人的樣貌。

五　敘事攝影

　　敘事攝影之規定，乃參考新光三越國際攝影大賽[11]，是以五張照片搭配精簡的文字說明，成為一幅完整的作品。此敘事攝影用到了文字（Text）、圖形（Graphics/ Images）兩種媒體，兩者必須相輔相成，才能成為一幅好的作品。

　　拜手機照相功能日益強大所賜，「攝影」已成日常。因此，本作業結合文字與攝影，開展創新的敘事方式。而從作品中，確實可看到學生運用此多媒體，表現了年輕人的生活，抒發了年輕人的感受。

（一）懶人生活窺視

　　作品如下頁。

　　此為111-1學期中文系「章法學」課堂作業，作者為中文系程鈴淯。當時筆者的評語如下：「這幅作品太好玩了。故事本身就好笑，虛構照片畫龍點睛。」而且，作者的文字讓這五張系列照片更有意思，精簡且流暢，帶著我們窺視了少女生活的一個切面。

11　活動說明：「活動藉由攝影者自訂主題，以五張系列作品創作，讓攝影者在創作時重新『解構』攝影視覺藝術的角度，思考作品的起承轉合，分解觀景窗中物件元素所構成的獨有視覺畫面，傳達具個人且完整的創作概念及視覺藝術風格。」，網址：https://culture.skm.com.tw/ActEvent/Cweb/ActiveContent?MenuUUID=68381c6f-c841-46b9-bb39-0f0e9ff98722&ActUUID=807a24b9-5380-41f0-96e2-b98636e0267e，檢索日期：2023年10月17日。

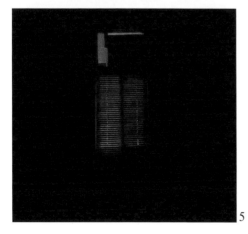

《懶人生活窺視》

懶人指數如果是100為滿分，我一定就是「懶人少女101」。

在裝聲控燈之前，只能精進自己的射擊能力，打遍天下無敵開關，締造一代佳話。

(二) 一如往常？

作品如下：

1

2

3

4

5

一如往常的拖延症、一如往常的旁門左道、一如往常的紅色按鈕。腦袋一片空白，同樣一片空白的檔案。使出渾身解數，企圖超越光速，扭曲的光影卻沒有扭曲時間。早已習慣知難而退，一退往後、退避三舍，退出了一如往常的我，那個一如往常喜歡後設的我。

此為112-1「專業實用中文寫作與職涯發展」課堂作業，作者為生命系林翔恩。這幅作品的一至四張，呈現出繳交期限將至，作業仍是一片空白的心路歷程，最後一幅出人意表，但又順理成章？逗笑了大家。（而且，筆者收到作業了喔！顯然並未退選。這需要稍微頓一頓，然後才領略到。其中又顯現了有趣的機智。）而文字部分，則在

五張照片所搭建好的基礎上，把年輕人的心虛、無可奈何與（有點虛弱的）反省，輕巧且精準地呈現了出來。

（三）搶救中指大作戰

作品如下：

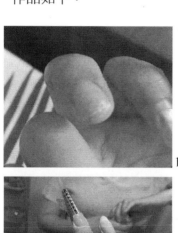

1

4

2

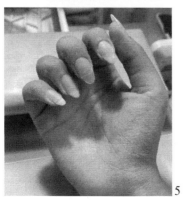

3

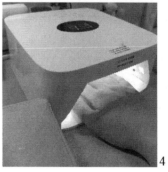

5

九月三十日早上起床發現自己遺失了中指指甲。在慢慢醒腦的同時，想起凌晨喝醉的自己拔掉了原本就搖搖欲墜的中指指甲。於是我立馬聯絡了美甲師，請她來協助拯救我的中指。從修型、延甲到照燈，經過了半小時的努力，我終於獲得了「全新」的中指。

此為112-1「專業實用中文寫作與職涯發展」課堂作業，作者為中文系張雅筑。五張照片順序呈現，文字部分簡明通順。有趣的是：搶救「中指」。沒有中指，一個很「重要」的手勢就沒法比了。年輕學子面對龐大未來，黑色幽默，聊以解憂吧。

六　電玩遊戲

　　成大中文系館為王大閎的作品。王大閎是第一代學兼中西的建築師，本系系館是王大閎晚期的重要作品，深具意義。有鑒於此，筆者於一一二學年度第一學期開設了彈性密集課程：「建築 x 文學 x 多媒體——成大中文系館與創新敘事」，希望能融合建築特色與中文專業，並結合當代創新的技術與傳播方式，讓前述內涵得到新穎的發揮。

　　課程概述如下：文學源遠流長且不斷創新，本課程結合場域特色，期能產出新的敘事，進行數位轉譯，創造出充盈當代特色的多媒體成果。課程學習目標有三：闡發中文系館價值；開發學生跨域潛能；探求當代新文類與新文體。[12]而此課程之成果為：每組均製作出一款結合中文系館與中文專業的遊戲。

　　本課程委託昭旭創意工作室拍攝了一支短片[13]，清楚呈現了課程的內容與特色。在發布數天後，就有五千多瀏覽人次。截圖如下：

12　課程說明網址：https://class-qry.acad.ncku.edu.tw/syllabus/online_display.php?syear=0112&sem=1&co_no=B147800&class_code=，檢索日期：2023年10月17日。

13　短片見網址：https://vimeo.com/878599877/e75a5905c9?share=copy，檢索日期：2023年10月17日。此工作室由國立成功大學中國文學系一○九級兩位畢業生創立。

在遊戲的部分，每組從腳本到製作，全部由自己完成。遊戲名稱如下：「搶救中文系館」、「盛酒」、「菇婆的詛咒」、「顛倒的午夜」，各組都在其中展現了創作腳本／AI 繪圖／攝影／遊戲設計／程式設計等能力。

第一組「搶救中文系館」截圖：

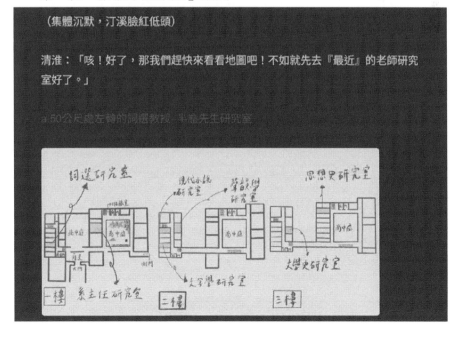

第二組「盛酒」截圖：

第三組「菇婆的詛咒」截圖：

第四組「顛倒的午夜」截圖：

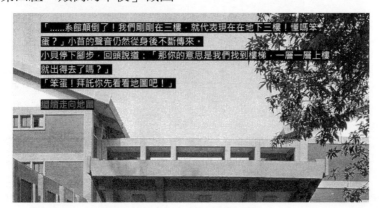

　　遊戲推出後即得到熱烈迴響，譬如：「好精彩有創意而且專業性太厲害了」、「好有趣～結合劇本以後，突然覺得成大校園活潑起來了」。最重要的是：中文的內涵與價值得到新的發揚方式，而學生對跨域的能力、信心與想像力，也大幅提升了。

　　個人特別投予注意的是：遊戲中的「機制」。它不形於文字／影像，但是卻是遊戲的靈魂，而設定怎樣的機制，具有極強的意義，幾乎可從「隱喻」的角度來看待。這也令人想及各種「規則」之制定，往前溯源，往往是各種抽象之想法／追求／哲學之投射。

七　結語

　　《新媒體藝術》有言：「檢視過去，不難發現『媒介』在藝術史上有固定的生態周期，它們被發明；被使用；然後被取代，很少有媒介能一直長久被使用下去。」[14]也許有些媒介是如此，但是，作為人類重要媒介的語言／文字，卻源遠流長、代代相傳，即便是影音大盛的現代，語言／文字也並未被取代。

　　在當代，一方面，純語言／文字的表出仍然盛行；另一方面，語言／文字用「結合」成多媒體的方式，不斷發展出新的面貌與內涵，繁盛空前。本論文所探討的，就是與其他媒體結合成多媒體的「多媒體語」。多媒體語體現了語言／文字強大的生命力，不只是「結合」的能力，還有適應其他媒體、新興技術、當代議題的「蛻變」能力。

　　因此，可以進一步探討的是：「多媒體語」與其他純語言／文字表出的不同為何？畢竟，多媒體語的重要特質為「與其他媒體結

---

14 見黃茂嘉、許和捷、Shane Walter：《新媒體藝術》，頁24。1李義海：〈漢語形況及漢字生成研究與國際中文字詞教學〉，《海外華文教育》第123期（2022年8月），頁12-25。

合」，因此，所追求者，不僅是「共生」，還要「共榮」。而且，現代多媒體的當代性極強，展現出不同以往的內涵與風貌。所以，在此情境下，多媒體語具備著何種特質與價值呢？

首先，即便是純語言／文字，不同文體都有「不規範／規範」的光譜式差別。而多媒體語情境性強，且須與其他媒體搭配，所以是否較偏向「不規範」？甚至把「不規範」的範圍擴大了？而「不規範」所挾帶而來的特色與影響為何？且「不規範／規範」是否有平衡點？

其次，多媒體語常常呈現為「輕薄短小」，而「輕薄短小」之價值是否該被闡發？畢竟，多媒體中還有其他媒體在發揮作用，語言／文字只是其中一個角色，所以，重要的不是「獨佔春色」，而是「共生共榮」。因此，是否自然而然地偏向「輕薄短小」？而此「輕薄短小」或可被視為「畫龍點睛」？

此外，安逸寬裕的生活事務往往是「瑣碎」的，技術發展帶來的「碎片化」甚至「粉末化」時間也是「瑣碎」的，如此說來，「輕薄短小」不就恰恰表現出此種當代特色嗎？更何況，純文字的表達通常要受長久的訓練，現在影像當道，文字表達「輕薄短小」，也讓文字表達變得相對容易了，因此，是否也是實現了表達的自由與去階級化呢？

並且，安逸的生活固然舒適，但也是「無聊」的，再加上休閒觀念備受重視，因此催生出巨大的「求趣」需求。反映在多媒體語中，諧趣、惡趣、萌趣、俗趣、詭趣……紛呈疊出，而這些表出通常也趨向於「輕薄短小」。

又如，技術發展適應著「全球化」，也更加強了「全球化」，不管是議題或是多語。關於此，「多媒體語」是如何容受與表達呢？而且，與「全球化」相應而生的，是「在地化」，「多媒體語」在這方面的表現又是如何呢？

　　還有，當代表出中，仿擬、諧音雙關、飛白（多語共融）出現頻率極高，這與前揭之「不規範」、「輕薄短小」、「全球化／在地化」可說是相應相生的。

　　最後，本論文所舉之例證中，有三種來自於學生創作。對此，本校生理所蔡美玲教授用 LINE 回應道：「想從這種結合多媒體之新文體，引發青年學子進行一種與媒體結合之無拘束的註解。或許還可以提升學生對中文之認同。」筆者也用 LINE 回答：「感覺自己真正在運用的語言。而不是考試用的，長輩用的，過時的。」

　　本論文提出「多媒體語」之概念，並視之為「第五文類」，希望多媒體語這個觀點，可以拓展語言／文字的疆界，而且與當代高度結合，由之對多媒體、對當代，乃至於對語言／文字本身，能有更深更廣的體會與認識。「多媒體語」可討論者甚多甚廣，本論文拋磚引玉，期待引發更多探討。

參考文獻

黃慶萱：《修辭學》（修訂三版），臺北市：三民書局，2002年。

潘皇玉、陳德來：《最新多媒體概論》，臺北市：金禾資訊公司，2003年。

王其鈞：《中國園林建築語言》，北京市：機械工業出版社，2007年。

李　敏：《中國古典園林30講》，北京市：中國建築工業出版社，2009年。

梁翠梅：《藝術治療：身心靈合一之道》，臺北市：華都文化事業公司，2009年。

黃茂嘉、許和捷、Shane Walter：《新媒體藝術》，臺北市：藝術家出版社，2014年。

莊克仁：《新媒體理論與實證研究》，臺北市：五南圖書出版事業公司，2016年。

〔日〕佐佐木智廣：《教你如何寫出遊戲劇本：從基礎學習角色、架構、文章的創作秘訣》，臺北市：尖端出版社，2020年第二版。

辭章學視角內面向國際中文
教學的「話題」內涵

李義海

閩江學院漢語國際教育研究所教授

摘要

「話題」的引進，促成了國際中文教學的深入；「話題」研究諸多領域的觀點紛紜甚至鋒對，漢語本體與中文教學關於「話題」內涵的缺少溝通，束縛著國際中文教學的推進。為此，依據漢語辭章學理論，針對國際中文教學所需，抽繹「話題」內涵研究的「最大公約數」，對「話題」做出「語篇的主旨」和「由會話人基於言語互動中共同協商構建的語境所表達的主旨」兩種本質相同而別以繁簡的理解，以求儘量取得共識。這兩種理解，都能將漢語的「話題」從與「主語」、「主位」、「主題」的糾葛中剝離出來，便於教學與研究的溝通與交流；都兼顧言語交際的雙方會話和單方書寫所形成的口頭和書面兩種互動語料，可適應國際中文「聽說」、「讀寫」及「綜合」等課型的教學並可有效提升其效果。

關鍵詞：國際中文教學、漢語辭章學、主旨、話題

一 引言

隨著《開明中級漢語》的面世，「話題」這一術語被引入《漢語水準等級標準和等級大綱》（試行）（下稱「《標準》」）、《漢語水準等級標準與語法等級大綱》（下稱「《標準與語法》」）、《國際漢語教學通用課程大綱》（下稱「《課程大綱》」）的編制與修訂，應用於《中國家常》、《高級漢語口語──話題交際》、《漢語口語速成》等經典教材的編制，進入了課堂教學，促成了中文教學的跨越發展。「話題」因之日漸成為國際中文教學關注的焦點之一。

同時，漢語本體研究對「話題」的著力不均及其成果的國際中文教學適用度較低，致使中文「話題教學」與漢語「話題研究」關係疏淡、國際中文教學界「話題」理解多樣化，以致眾多國際中文教師看到「話題」或「話題教學」，便不自覺或不得不考慮諸如此類的問題：（一）這個「話題」的內涵外延是什麼？（二）這項成果對我或我們這個教學團隊開展的「話題教學」有無助益？如果有，如何對接？（三）對「話題」有不同理解的「話題教學」如何深入開展？這種局面，導致了一線教師因揣摩「上意」──權威或專家理解──而困惑迷惘，束縛了「話題教學」的開展；也導致了「話題教學」因為缺少「話題」研究成果可供使用而難以深入。

效果明顯的「話題教學」因「話題」理解而難以深入的矛盾，倒逼著國際中文教師開始進行教學改革和理論思考，以探索破困之路。

脫困之路，對國際中文教學工作者而言，可能有三條：[1] 一是陸

---

[1] 李義海：〈漢語形況及漢字生成研究與國際中文字詞教學〉，《海外華文教育》第123期（2022年8月），頁12-25。

儉明主張的「將「研究」跟「教學」綁在一起」[2]；二是參考張志公以溝通漢語研究和語文教學的漢語辭章學為「橋樑」[3]溝通語言研究和語文教學的成功經驗，溝通漢語研究和應為對外漢語文教學的對外漢語教學[4]；三是白樂桑與筆者所說的「教學轉化」[5]。

因為有呂叔湘、張志公、鄭頤壽和陳滿銘等學者關於漢語辭章學——「研究篇章藝術的國學」[6]——的研究成果和語文教學案例可為指引[7]與借鑑[8]，有自己使用辭章學溝通漢語研究和語文教學的閱歷[9]，筆者在「話題教學」領域，選擇了漢語研究和應為漢語文教學的國際中文教學之間以辭章學為橋樑的溝通。

2　陸儉明：〈漢語作為第二語言教學的本體研究和漢語本體研究〉，《世界漢語教學》第81期（2007年9月），頁94-97。

3　張志公：〈非常需要一種橋樑性學科〉，《漢語辭章學論集》（北京市：人民教育出版社，1996年3月），頁49-56。

4　駱小所：〈我們要由漢語教學轉為漢語文教學〉，《雲南師範大學學報（對外漢語教學版）》第5卷第5期（2007年9月），頁6-7。

5　白樂桑、李義海：〈關於漢語二語「字本位」教學的對話——漢語二語教學理論建設系列對話·河南漯河篇〉，《漯河職業技術學院學報》第20卷第6期（2021年11月），頁1-9。

6　鄭頤壽：〈研究篇章藝術的國學——讀陳滿銘《篇章辭章學》《辭章學十論》〉，《國文天地》第22卷第4期（2006年9月號），頁83-90。

7　呂叔湘：《中國文法要略》（瀋陽市：遼寧教育出版社，2002年12月）；張志公：《漢語辭章學論集》（北京市：人民教育出版社，1996年3月）；鄭頤壽：《辭章學導論》（臺北市：萬卷樓圖書公司，2003年11月）；陳滿銘：《篇章辭章學》（福州市：海風出版社，2005年2月）。

8　鄭頤壽、潘曉東：《初中語文名篇修改範例》、《高中語文名篇修改範例》（皆出版於南昌市：江西教育出版社，1997年7月）；陳滿銘：《國文教學論叢》（臺北市：萬卷樓圖書公司，1991年11月）；《國文教學論叢續編》（臺北市：萬卷樓圖書公司，1998年3月）。

9　李義海：《中學語文非常講解》（初一至高三）（天津市：天津人民出版社，2001年4月-2002年12月）；《文瀾文言文全解》（初中卷）、（高中卷）（長春市：吉林大學出版社，2003年4月）。

因此，在漢語本體研究和中文教學界對「話題」的理解尚未達成共識的前提下，筆者嘗試著根據漢語辭章學「求同存異」的治學範式，沿襲王還「本著求同存異的精神」編纂《對外漢語教學語法大綱》的成功經驗[10]，從關於「話題」的眾多理解中，抽繹國際中文教學所需且為本體研究與教學應用都可接受或基本可以接受的觀點，然後以之為橋樑，開展國際中文教學的話題捕取與表達訓練，並僥倖取得一點兒成績。[11]

敝帚不敢自珍。這裡僅以漢語辭章學為視點，以國際中文教學順利開展為旨歸，討論漢語本體與教學研究中「話題」這一術語的內涵，以求「儘量取得共識」[12]，以求「名正」、「言順」而「事成」。失疏謬誤之處，敬請時賢與同好雅正。

二　對學界關於「話題」術語內涵理解的整理

（一）國際中文教學界

隨著「話題教學」的重要性逐漸提升，國際中文教學界在「話題」研究與教材編纂方面做出多種努力並推進了教學的開展，但也暴露出了一些問題，其中最為關鍵的就是沒有對「話題」內涵達成共識以致其外延也較為模糊，因為《標準》、《標準與語法》、《課程大綱》等綱領性文件沒有對「話題」做出界定。

---

10 王還：〈出版說明〉，《對外漢語教學語法大綱》（北京市：北京語言學院出版社，1995年4月）。

11 世界漢語教學學會曾褒揚閩江學院漢語國際教育研究所「高度重視國際中文教育工作且具有辦學特色」。見世界漢語教學學會秘書處：《關於徵求編制國際中文教育事業發展規劃意見建議的函》（2020年9月8日）。

12 王還：〈出版說明〉，《對外漢語教學語法大綱》。

從整體上看，國際中文教學界對「話題」內涵的理解，主要有三類：

1 話題是主旨

（1）話題是每段會話的表意中心

劉珣認為，「以話題和功能項目為主線」編纂的《開明中級漢語》，「圍繞中心話題和小話題編寫的每段會話都從語言環境、句子結構和語言功能三方面考慮，而以功能為重點。」[13]這一評價，是基於一段「會話」、「圍繞」、「話題」、「編寫」而做的推論；與這一判斷前提相應的，則是「每段對話」、「圍繞」、「中心話題」編寫。顯然，以為「話題」是會話語段的表意中心。這個表意中心，辭章學稱為「主旨」。

（2）話題是反映話語人交際意圖的標題

蘇焰在留學生中高級口語「話題課」的研究中表達了他的「話題」觀：

> 話題課……要制定出相應的教學步驟……如話題——早婚好還是晚婚好？教學步驟：練習 A 模擬討論——早婚好不好？學生分成兩組，一組持早婚好的觀點，一組相反，各自以充分的理由說服對方；練習 B 講演——題目根據討論的內容自定，每個同學圍繞自己的題目，充分陳述自己的論點、論據，最後作出明確結論。[14]

---

13 劉珣：〈新一代對外漢語教材的展望——再談漢語教材的編寫原則〉，《世界漢語教學》第27期（1994年3月），頁58-67。

14 蘇焰：〈談談外國留學生中高級口語教學〉，《武漢大學學報（哲學社會科學版）》第218期（1995年5月），頁119-123。

這段話中，「話題」是「早婚好還是晚婚好？」這個選擇句。在討論時，兩組各執其一並「以充分的理由說服對方」；其「觀點」，是每組所欲表達語篇的主旨——「早婚好」或者「晚婚好」，也正是老師所設「話題」「早婚好還是晚婚好」的一個部分；也就是說，每組的「觀點」，既是「話題課」中所設的那個「話題」的一部分，又是自己語篇中處於隱藏狀態的「標題」。講演時，每組「根據討論的內容自定」的「題目」，要麼是「早婚好」要麼是「晚婚好」（當然也有折衷的可能）；這時，每組的「觀點」和「題目」又相疊合。由此可見，「話題」是標識話語或語篇「觀點」的「標題」或「題目」。

這種看法，雖然和西方語言學認為話題可以等同於標題[15]的觀點一致，但就漢語語篇而言，「標題」和「觀點」並不等同，如毛澤東所著〈人的正確思想是從哪裡來的〉。

（3）話題是語段的主題

周小兵的「話題」觀，集中在下面一段：

> 漢語常見的語段結構主要有總分式、收網式、分叉式和流水式等。總分式的語段在開頭第一句話就會點明段落的主題，後面的句子將圍繞這一主題展開；收網式的語段在段落的最後一句出現總結性的語句；分叉式的語段有多個小話題，每個小話題都有話題語和陳述部分，小話題和小話題構成一個大話題，形成一個段落；流水式則根據事件的邏輯順序安排敘述內容，一路展開，一直到敘述暫告結束。訓練學生抓主要觀點的同時，不但加強了學生對這些語段結構的理解能力，也為學生今後的

---

15 文中外國學者的觀點，因其影響深遠而未一一注明出處。

言語敘述打下一定的語篇基礎。[16]

在周文看來，「小話題」與「小話題」構成「大話題」所形成的「分叉式」語段，其語意貯存在「大話題」中。這個「大話題」，相當於「總分式」語段的「第一句話」或「收網式」的「最後一句」，是所在語段的「主題」——「後面的句子」所「圍繞」的中心或者「段落的最後」「總結性的語句」，也就是辭章學所說的「主旨」。與之相因，「小話題」則是組成語段「大主題」的「小主題」。雖然周文的「話題即主題」這一觀點可以得到辭章學成果的支持，但對國際中文「話題」教學而言，卻與「漢語主題模式教學」[17]中的「主題」同形，極易因稱說的「同名異實」而引起交流的不便。

此外，楊惠元立足聽說教學，認為「話題反映交談者的動機，規定和制約談話的內容、範圍和重點，它是使交談順利進行，並取得良好效果的重要保證。」[18]這種從「功能」的角度做的介紹，我們考慮到「交談者的動機」「內容」「重點」與辭章學「主旨」關係較近而暫且附錄於此。

2 話題是交際的中心內容或框架範圍

「話題」是每段會話的表意中心這一觀點，劉珣進一步表述為：「話題是指會話的中心內容，如天氣、家庭、職業、愛好等。」[19]一

---

16 周小兵：《對外漢語教學入門》（廣州市：中山大學出版社，2004年4月），頁374-375。

17 孔子學院總部：《國際漢語教學通用課程大綱》（北京市：北京語言大學出版社，2014年5月），頁191-202。

18 楊惠元：《漢語聽力說話教學法》（北京市：北京語言大學出版社，1996年5月），頁287。

19 劉珣：《對外漢語教育學引論》（北京市：北京語言大學出版社，2000年1月），頁321。

方面，將對「話題」的解釋，從「主旨」擴大到由「主旨」和用以表
達主旨的「材料」共同組成的「內容」上。因為材料的選擇和使用都
服務於表意中心的表達，所以，這裡的「中心內容」也就是「內容」
的「中心」，仍然是會話的「主旨」。另一方面，這個「會話的中心內
容」，可以用「天氣、家庭、職業、愛好」之類用以表達主旨的「材
料」舉例說明，當然也就可以視為「取材範圍」或「題材」。

　　呂玉蘭認為「通過這些話題的學習，學生可以瞭解相關的詞語、
事實、觀點和表達方式，從而在用漢語談論相關話題時能夠得心應
『口』」。[20]這個「得心應『口』」，指的是用記錄「事實」的「詞語」
和正確的「表達方式」恰切地表達其「觀點」。顯然，這一理解，可
以表述為：「話題」是「觀點」這一「會話的中心內容」。

　　劉珣關於話題是「會話的中心內容」這一表述，為劉華所接受並
從內涵與功能的角度對「話題」做出詮釋：「話題是交際的出發點或
對象，也是交際的某種範圍」，「是思想和語言交際的中心」「是文本
內容的集中體現」「交際交流的總綱」。[21]楊麗姣對〈現代漢語詞典〉
用以解釋「話題」的「談話的中心」予以申述，認為「談話中心可以
是互動過程中即刻發生的，也可以是約定的。」[22]第一類「是即時交
談的中心內容」，第二類「是指談話的主題，也就是事先規定好的、
意念上的談話框架」，是「意念上的文化分類框架及言談範圍」。

20 呂玉蘭：〈前言〉，呂玉蘭、郭玉玲、金紀文：《話題漢語（中級）》（北京市：外語
　　教學與研究出版社，2007年9月）。

21 劉華：〈面向對外漢語教學的話題聚類研究〉，《外語研究》第111期（2008年10
　　月），頁55-60。

22 楊麗姣：《國際漢語教材話題設計與處理》（北京市：中央編譯出版社，2019年3
　　月），頁3。

3 話題是語境

蘇新春等認為，話題是「為了體現教學目的與要求而營造出來的一個個圍繞著中心而展開的語言環境，在這樣的語言環境中融入、組織、安排了需要達到教學目的的知識和技能。」[23]因為該文同時又認為「每篇課文至少都有一個中心話題。複雜些的課文還有多個話題，或是一篇課文本身就是組合式構成，由多個相關話題串聯在一起」。這種「話題」理解不便於中文教學的開展，我們沒有採信。

（二）漢語本體研究界

受法國學者亨利‧維爾（Bernard-Henri Levy）《古代語言與現代語言的詞序比較》的影響，馬泰休斯（Vilem Mathesius）和薩丕爾（Edward Sapir）分別對陳述句進行功能分析和心理學角度的闡釋，此後逐漸形成了「話題」研究的功能主義和結構主義兩大陣營。隨著趙元任在結構主義框架下研究漢語的「話題」開始，話題研究逐步發展成為現代漢語研究的重要分支，儘管對話題的認識因為研究視角的不同而很不一致。

1 結構話題

（1）句法視點

霍肯特（Hockett, C.F.）《現代語言學教程》首次使用「話題」「說明」來闡釋主謂結構的特點：說話人先宣佈一個話題，然後就此話題作出說明……在英語及大家熟悉的歐洲語言裡，通常話題也是主語，說明也是謂語；喬姆斯基（Noam Chomsky）繼而將話題定義為

---

23 蘇新春、唐師瑤、周娟、王玉剛：〈話題分析模塊及七套海外漢語教材的話題分析〉，《江西科技師範大學學報》第2011年第6期（2011年12月），頁58-65。

表層結構中受 S 直接支配的位於最左側的 NP。趙元任首次將「話題」概念引入漢語研究中：「在漢語裡，把主語、謂語當作話題和說明來看待，較比合適。」[24]

（2）語用視點

從語用的角度看，學界普遍認為話題是句子談論的相關對象；是句子信息的出發點；總是表示聽者已知的事物，為說明的展開提供了一個特定的框架。

石定栩認為，「主題（話題）是出現在小句之前的名詞詞組或相當於名詞詞組的成分，與小句中的一個位置有著密切關係；主題（話題）所表達的事物在前面的話語中已經提到過，而在當前的話語中再次述及。」[25]徐烈炯與劉丹青認為話題是「關於句子要說的事」[26]。

2 話語話題

相對於「結構話題」或「句子話題」而言，漢語「話語話題」的研究十分薄弱，[27]好在陸孝棟與范開泰先後主張區分結構話題和話語話題，范開泰更是對「話語話題」做出界定：

話語話題也就是平常說的「段落中心」、「中心大意」，是一個語段的表意重心。[28]

---

24 趙元任：《漢語口語語法》（北京市：商務印書館，1979年12月），頁45。

25 石定栩：〈漢語主題句的特性〉，《現代外語》第80期（1998年4月），頁40-57。

26 徐烈炯、劉丹青：《話題的結構與功能》（上海市：上海教育出版社，2007年11月），頁126。

27 見網址：https://kns.cnki.net/kns8/defaultresult/index，檢索日期：2023年2月3日。

28 范開泰：〈漢語話題研究與對外漢語教學〉，載上海師範大學編輯部：《對外漢語研究》（第三輯）（北京市：商務印書館，2007年10月），頁106。

三　辭章學視角內面向國際中文教學的話題理解檢討

（一）當前「話題」理解存在的問題

1　國際中文教學界的話題理解

　　前述國際中文教學界以「各說各話」的靜態形式就「話題」進行的動態交鋒，雖然是在不同的時空表達著不同的觀點，但無疑都通過研究與應用的互動而推動著研究的深化與教學的深入。雖然如此，對「話題」的理解還是存在一些比較突出的問題，主要表現在三個方面：

（1）對用以解釋「話題」的釋詞「主題」有不同的理解

　　用以釋說「話題」的「主題」，在劉華、楊麗姣與周小兵的論述中卻是兩個不同的概念。

　　楊麗姣認為《現代漢語詞典》中用以釋說「話題」的「談話的中心」，其「第二類是指談話的主題」，這個「主題」，「是事先規定好的、意念上的談話框架」[29]，基本上也就是劉華的「話題」或「主題」——「是思想和語言交際的中心」「是交際的總綱」，「是交際的出發點或對象，也是交際的某種範圍。」[30]也就是「話題—述題」框架中的「話題」。

　　周小兵則認為「主題」是語段的「主要觀點」：「總分式的語段在開頭第一句話就會點明段落的主題，後面的句子將圍繞這一主題展開。」「訓練學生抓主要觀點的同時，不但加強了學生對這些語段結構的理解能力，也為學生今後的言語敘述打下一定的語篇基礎。」[31]這個

29　楊麗姣：《國際漢語教材話題設計與處理》，頁3。

30　劉華：〈面向對外漢語教學的話題聚類研究〉，頁55-60。

31　周小兵：《對外漢語教學入門》，頁374-375。

「主題」，應該與「訓練學生」所抓的「主要觀點」同指，從辭章學或傳統語文學的角度看，是「章旨（指）」也就是一個章節的主旨。

（2）沒有理清主題和話題的關係

受本體研究的影響，國際中文教學界對「話題」和「主題」關係的理解與表達也不很清晰。劉華在從語用的角度用「主題」解釋「話題」時，既主張「主題是話題的群集」，又採信「不強調與主題的區分」的觀點將「話題」視為「主題」。[32]難免讓人生疑：主題和話題究竟什麼關係？與話題幾乎沒有差別的主題怎樣成的「話題的群集」？究竟什麼時候該強調它們的差別？

（3）結構話題和話語話題相糾結

雖然從不同角度釋說引起對「話題」的不同理解自然而合理，但幾種不同的觀點也不應同時為某一論文或論著採信並用以立論。周小兵認為：

> 分叉式的語段有多個小話題，每個小話題都有話題語和陳述部分，小話題和小話題構成一個大話題，形成一個段落；流水式則根據事件的邏輯順序安排敘述內容，一路展開，一直到敘述暫告結束。[33]

「每個小話題都有話題語和陳述部分」一句中，「小話題」和「話題語」兩個概念中的「話題」明顯不同：前者說的是「分叉式語段」一個部分的主旨，後者則是「話題—述題」結構中和「主題」、「主語」

---

32 劉華：〈面向對外漢語教學的話題聚類研究〉，頁55-60。
33 周小兵：《對外漢語教學入門》，頁375。

糾結的「交際的出發點或者對象」。

楊麗姣將「話題」分為「交際話題」和「超文字話題」兩類[34]，並認為前者是「對一定語義單位中心思想的概括」，並「規定了課堂言語交際和話題表達的主要範圍」；這個「中心思想」，是「語義單位」的「語義中心」，是「話題—述題」框架的「話題」，包括「語句話題」、「話輪話題」、「段落話題」和「語篇話題」。而實際上，語句話題、話輪話題，和段落話題、語篇話題中的「話題」，所指並不相同：前兩個是交際的出發點或範圍，後兩個是段落或語篇的主旨。

2　漢語本體研究界的「話題」理解

雖然「話題—述題」結構「與現代漢語呈現出的特徵相契合」[35]，但在印歐語系裡與「主語」、「主位」清晰三分的「話題」，到了缺乏嚴格意義上的形態變化的漢語中，卻因三者關係微妙而成為學術界經久不衰的研究熱點。如果考慮到「話題」研究中「主題」的存在，問題則更為複雜。

雖然學界用力甚勤，「但話題究竟是指什麼？識別確認『話題』的依據又是什麼？這些卻很少有過明確的論述。」[36]雖然人們一致認為使用話題鏈可以構成複句和群句甚至語段，但「對話題的認識仍存在分歧」卻導致了「對『話題鏈的界限』這個基本問題至今卻沒有取得統一的認識。」[37]這些情況，即便到了現在也還是依然如此。

34　楊麗姣：《國際漢語教材話題設計與處理》，頁3-4。

35　盛蕾、張豔華：〈漢語「話題」的多角度探索及其研究啟示〉，《漢語學習》2018年第6期（2018年12月），頁72-82。

36　文旭：〈話題與話題構式的認知闡釋〉，《重慶大學學報（社會科學版）》第13卷第1期（2007年1月），頁123-130。

37　王建國：〈漢語話題鏈的研究現狀〉，《漢語學習》2012年第6期（2012年12月），頁75-81。

綜上，當前的「話題」研究鮮明地表現出「各說各話」的特點：本體研究聚焦於書面語結構話題的話題結構，[38]教學研究關注會話語篇的話語話題。

「話題」和「主題」、「主語」的糾結、「話題」研究對象和角度的不同等多種因素，致使漢語本體研究界對「話題」的理解莫衷一是；受本體研究的影響，加之語篇「主旨」的必須面對，國際中文教學將兩種「話題」和兩種「主題」糾合在一起。

（二）當前關於「話題」的理解對國際中文教學及其研究的影響

前述「話題」理解弊端的長期存在，嚴重阻礙了「話題研究」領域學術交流的高效進行，標準制訂、課堂教學與教材編纂環節的「話題」分類也因之各不相同。這嚴重制約著「話題」教學及其研究的進步，以致「話題教學」類論文甚少：除前引有關論著外，僅見〈話題在海外初級漢語教學中的應用：以澳大利亞 Boolarra 小學為例〉、〈對外漢語話題口語課教學模式研究〉、〈論平行話題在商務漢語案例教學中的應用〉；「話題教學」的效果，自然不會過於理想。國際中文學習者在「話題教學」大行其道的當下，其書面交際能力的普遍偏低，特別是口語很好閱讀很弱寫作很差的存在，應與國際中文「話題」教學研究片面著力會話語料而輕視甚至忽視書面語料的話語話題、漢語本體研究聚焦「結構話題」輕視「話語話題」以致開展語篇教學時缺少可據成果有關。

---

38 姚雙雲、劉紅原：〈漢語會話互動中的話題結構〉，《當代修辭學》第222期（2020年11月），頁62-77。

四　辭章學視角內面向國際中文教學的求同存異式「話題」理解

面對漢語研究與中文教學在「話題」問題上如前所述的諸多煩擾，我們也同廣大中文教師一樣，進行著理論思考與教學試驗。

（一）實現與研究的溝通應是當下國際中文話題教學改革的首選

漢語研究和培養聽說讀寫等語文能力的語文教學脫節，不僅對研究有害、對學生無用，而且分歧的術語和解釋讓教材編纂者很是為難。[39]因此，需要建立一個聯絡漢語研究和語文教學的橋樑性學科——「漢語辭章學」——並把它們掛起鉤來。[40]它可以「讓基礎學科的研究為應用學科的研究服務，接受應用學科的檢驗；同時，讓應用學科的研究充分、有效地利用基礎學科的研究成果。」[41]

在漢語辭章學已取得豐碩成果[42]的情況下，利用其研究成果與成功經驗，有望順利將應為對外漢語文教學的對外漢語教學[43]與漢語研究掛起鉤來。因此，我們認為，為了提高國際中文教學水準，首先應該促成或實現話題教學與話題研究的溝通。

事實上，這種溝通，劉珣等學者已經暗中開始：

39　張志公：〈語法研究的理論意義和實用意義〉，《張志公文集》（廣州市：廣東教育出版社，1991年1月），第一冊，頁450-460。

40　張志公：〈非常需要一種橋樑性學科〉，《漢語辭章學論集》，頁49-56。

41　張志公：〈非常需要一種橋樑性學科〉，《漢語辭章學論集》，頁29。

42　李義海：《閩台漢語辭章學交流合作與發展研究》（北京市：開明出版社，2016年12月），頁271-279。

43　駱小所：〈我們要由漢語教學轉為漢語文教學〉，《雲南師範大學學報（對外漢語教學版）》第5卷第5期，頁6-7。

　　劉珣對「話題」的解釋——「會話的中心內容，如天氣、家庭、職業、愛好等」[44]——將傳統語文學的「主題」，西方語言學「話題—述題」框架中的「話題」也就是「天氣、家庭」等在會話中被陳述或說明的對象，涇渭分明地融合為一個語句。周小兵將「話題」視為段落「主題」，認為「每個小話題都有話題語和陳述部分」[45]；楊麗姣的「交際性話題」則包括著「語句話題」和話語話題[46]亦即「主旨」，都是將結構話題和話語話題溝通的結果。這些出於中文教學需要的調和折衷式理解，推進了國際中文教學「話題」研究的更為深入。

　　在教學與研究溝通方面，范開泰明顯地走在前面：

　　　在以往的研究中，注意力大多集中在結構話題的分析上。進一步的研究證明，區分結構話題和話語話題，不但有理論上的意義，對於對外漢語教學的實踐也有重要的指導意義。從對外漢語教學的需要的角度上看，結合句式句類教學進行結構話題的分析應該是基礎語法教學的重點，結合語段和語篇教學進行話語話題的分析則是高級階段的語法教學的重要內容。[47]

既指出了區分「結構話題」和「話語話題」對國際中文教學的必要，又指出了國際中文話題教學同語法教學的關係。

　　所有這些，都說明將關於話題的理解研究與教學實際予以溝通以推進教學實踐已是國際中文教學界的共識。

　　正是在這一「共識」和前引王還經驗的啟示下，筆者嘗試著在

44　劉珣：《對外漢語教育學引論》，頁321。
45　周小兵：《對外漢語教學入門》，頁374-375。
46　楊麗姣：《國際漢語教材話題設計與處理》，頁29。
47　范開泰：〈漢語話題研究與對外漢語教學〉，載上海師範大學編輯部編：《對外漢語研究・第三輯》，頁101-102。

「辭章漢語」[48]的教學過程中溝通理論研究與教學實踐，以檢討「話題」研究成果並對「話題」內涵予以新的理解。

（二）面向國際中文教學的「話題」內涵理解

1 話題是話語話題

雖然國際中文教學界對「話題」的理解不盡相同，但基本上都將它視為「話語話題」，都直接對應著「話語」而不是「單句」或「話題句」。雖然周小兵論述「話題」時有「每個小話題都有話題語和陳述部分，小話題和小話題構成一個大話題，形成一個段落」的介紹，其中「話題語和陳述部分」中有「話題—陳述」的表達，但其「小話題」和由它組成的「大話題」仍是一個「語篇」。

這些，給我們理解「話題」的內涵奠定了良好的基礎，為與漢語本體「話題」研究的溝通提供了切實的方便。

我們知道：言語交際是交際主體之間的雙向互動[49]，它包括話語表達和話語理解；用以交際的媒介，是承載著表達人意圖的一個完整語篇——它可以是獨詞句、單句（未必是「話題—述題」句），也可以是複句或段落（未必使用「話題鏈」）、篇章。

基於語法研究止於句子的治學習慣、言語交際不以句子為終結的客觀實際，我們認為，國際中文教學的「話題」不該是「句子話題」或「結構話題」，而應是「話語話題」。

---

48 李義海：《閩台漢語辭章學交流合作與發展研究》，頁319；李義海：〈融媒體時代面向零起點漢語二語學習者的字典編纂〉，載中國辭書學會、中國訓詁學研究會、中國文字學會、北京師範大學人文宗教高等研究院、陽城縣皇城村黨委及村委、皇城相府集團、皇城相府文化旅遊有限公司編：《中華字典研究》（太原市：三晉出版社，2022年2月），第三輯，頁266。

49 鄭頤壽：《辭章學發凡》（福州市：海峽文藝出版社，2005年8月），頁31。

我們撇開語言學界「結構話題」的討論而做出這種理解，還有以下幾個原因：（1）「漢語是話題突出性語言」這一觀點未必成立[50]；（2）「話題—述題」結構不能囊括漢語所有句類，並且現在出於國際中文教學之需聚焦「話題句」研究似乎還為時尚早；（3）話題鏈並非用於銜接的唯一手段且其在教學「稱說」中可以替代。

2 對結構話題應有的態度

雖然認為國際中文教學的「話題」是「話語話題」，我們仍然十分重視「結構話題」研究的作用或意義，因為得名於「話題」的「話題鏈」，和關聯詞語一樣，是實現語篇連貫的重要手段。它的研究，為語篇的生成與解讀提供了方便，是我們語篇教學必須重視的語言學研究成果。但是，為了教學的方便，我們採用辭章學成果而捨棄對「話題鏈」的稱說。

同時，為了開展國際中文教學的便捷，嚴格區分了句子的結構話題與話語話題，將句子——包括獨立成段和組成段落的句子——的話題都明確為話語話題，以便語篇主旨的捕捉和表達。一個句子，其（話語）話題為其句意；如果該句是「話題句」，雖然其「結構話題」是該句所表資訊的開端，但我們在教學中仍然將其忽略而使用其「話語話題」。以「今天40°」為例，作為一個話題句，它的結構話題是「今天」，述題是「40°」；主語是句外的「氣溫」。作為一個完整的話語，它的話題是這個句子（也是語篇）的主旨——熱（或「高溫」），是說話人的命意所在。該句進入教學環節的話題是「高溫」而非「今天」。

---

50 陳靜、高遠：〈漢語是主題突出的語言嗎？〉，《外語與外語教學》第133期（2000年5月），頁11-14。

3 話語話題的內涵

　　基於對「話題」的前述理解，筆者認為，前引范開泰對「話語話題」的界定——「話語話題也就是平常說的『段落中心』『中心大意』，是一個語段的表意重心。」——應該予以修訂，因為其中的「語段」在很多情況下只是書面交際表意單位「語篇」的局部。

　　因此，我們借鑑莫根的觀點——是說話人而不是句子擁有話題，將「話題」理解為：語篇的主旨。它是話語人的意圖、受話人的所得。

　　這是對劉珣、蘇焰、呂玉蘭、楊惠元等關於「會話」，周小兵、范開泰關於「語段」教學中「話題」內涵的「求同存異」式理解。

　　這種理解，並未忽視言語交際的「互動性」。漢語辭章學認為，書面交際包括讀寫兩個環節。作者表達其意圖時，始終考慮著讀者閱讀的便利並從自己作為讀者的角度省視其表達是否符合己意；讀者在閱讀作品時，一直考量著作者的運思、選材、謀篇、安章與組詞成句，以檢驗自己對文意的理解是否切合作者所欲表達的主旨。以作品為媒介，發生在作者與讀者之間的這種交互交系，就是「讀寫雙向互動」[51]。對口頭交際而言，「說」、「聽」之間的互動則更為直觀。

　　如果要同時強調存在於口頭和書面這兩種言語交際活動中的「互動」，可以引介完權對「話題」的解釋：

　　話題是由會話人在具體互動時空中共同協商構建的聯合背景注意的中心。[52]

51　鄭頤壽：《辭章學發凡》，頁31；陳滿銘：〈論讀寫互動〉，《泉州師範學院學報》第23卷第3期（2005年5月），頁108-116；李義海：〈漢語辭章學「讀寫雙向互動」視角下《專業技術職務任職資格評審表》的填寫〉，《應用寫作》2022年第12期（2022年12月），頁27-30。

52　完權：〈話題的互動性——以口語對話語料為例〉，《語言教學與研究》第211期（2021年9月），頁64-77。

　　雖然它的研究對象是口語對話語料，但基於巴赫金「話語就其本質來說便具有對話的性質」這一論斷，可以推知，在對話中發現的規律也適用於含括在「話語」之中的書面語篇，更何況書面交際中也會有對話的存在。因此，發生在作者和讀者之間跨時空互動的書面交際[53]或「雙向互動」，是一種讀者隱形的「隱性對話」。[54]從這個角度上講，基於口語對話語料的話題研究成果同樣適用於書面語。因此，如果對完權關於「話題」的界定做出如下理解，應該是可以允許的：言語活動的雙方，只有在共同協調建構的聯合背景下方可順暢地進行有效的言語交際。這個「共同協商構建的聯合背景」，是交際雙方言語互動得以進行的基礎和憑依。從繪畫的角度看，如果把這個「背景」視為「底」，那麼，言語雙方交際的意圖或主旨自然是「注意的中心」也就可以看作「圖」。「背景」和「主旨」之間的「圖底」關係，[55]漢語辭章學認為，從「圖」的角度看，「圖」基於「底」而存在，憑藉「底」而凸顯。

　　因此，完權的定義，出於國際中文話題教學的需要，根據漢語辭章學「讀寫雙向互動」理論，可以修訂為：話題是由會話人基於言語互動中共同協商構建的語境所表達的主旨。這個主旨，在顯性的會話中，可能是會話雙方共同表達的「聯合聲明」，也可能是會話各方自說自話的「一家之言」；在僅出現作者的書面語篇這種隱性會話中，是作者的表達意圖。

　　這與前文對范開泰「話題」定義的修訂，本質相同而別於繁簡。

---

53 完權：〈話題的互動性——以口語對話語料為例〉，頁64-77。

54 李義海：〈漢語辭章學「讀寫雙向互動」視角下《專業技術職務任職資格評審表》的填寫〉，《應用寫作》2022年第12期，頁27-30。

55 陳滿銘：《篇章辭章學》，頁300-304。

五 教學嘗試

　　漢語西語的差異與相似、詞形和詞義對應的繁豐與多樣、事物及相應概念間關係的複雜性諸多因素的共同作用，使得引進的「話題」這一概念，和辭章學及語言學兩個學科中同名異實的「主題」、語言學科的「主語」長期糾結；同時，由於辭章學研究的相對薄弱，「主題（或主旨）」又往往涵有「標題（或題目）」「主要內容」甚至「主要題材」等意義[56]以致其外延邊界不清。

　　雖然話語話題的研究利於語篇的表達與理解，但結構話題研究卻因為聚焦「句子」而在以語篇為單位的言語教學中難具普適，將二者糅為一體雖然也可以用於教學但難免因一個「話題」的兩個意義而有違術語的同一。同時，中文教學界的研究雖然推進了話題教學的深入，但其結合漢語話題、辭章學和言語教學而形成的教學理念，卻出現了話題是「表意中心（或中心內容）」、「框架範圍」、「標題」、「語境」等理解；隨著「漢語主題模式教學」的推進，「話題」和「主題」再度夾纏交織。

　　對中文教學學科中同一重要概念的不同理解，以及權威文件對這一概念的不予解釋，雖然方便了學術爭鳴，但卻給「話題教學」的全面深入製造了諸多麻煩。例如，在前引「早婚好還是晚婚好」這個話題教學案例中，如果把設定好的「討論」「講演」兩類練習及相應教學步驟梳理一下，便會發現：無論練習 A 還是練習 B，每組不管持「早婚好」還是「晚婚好」之類的觀點，都是以各自的論據、圍繞自己擬出的題目，陳述自己的觀點以說服對方。雖然每個小組的觀點與題目均不相同，但它們都是「早婚好還是晚婚好」──主講教師認定的

---

56 網址：https://baike.baidu.com/item/主題/2095。

「話題」——的一部分，並且還圍繞它展開。對兩組同學來講，它既是教學活動的標題，又是整場討論或演講的「綱領」。雖然這樣的活動也能取得較好的口語教學效果，但卻難以引領學生在教學過程中領悟並處理他們所使用的題目、觀點、綱領與話題之間的關係，制約甚至阻撓了讀寫教學的深入與高效。這大概是中文二語者讀寫遠弱聽說的重要原因之一。

「前事不忘，後事之師。」當下關於「話題」及其與「主題」「主語」的紛爭，使我們聯想到二十世紀五〇年代關於「主語」「賓語」問題的討論。王力「主語問題解決的關鍵在主語的定義上」[57]這一觀點，可能對解決「話題」理解的紛歧並借此推動國際中文話題教學的深入，具有不言自明的意義。

因之，筆者這個語法研究的門外漢，受國際中文「話題教學」發展的逼迫，不得不勉為其難地進行著如上的理論思考。

面向國際中文教學的「話題」內涵基本明晰之後，我們區分結構話題和話語話題，批判地吸收「『題眼』實際上也就是這段話語的話語話題」[58]、「話題反映交談者的動機」[59]、話題是標題[60]等觀點或經驗，對國際生引導答疑，順利開展了話語話題的捕捉和表達教學。

這裡基於「話題是語篇主旨」這種「簡式」理解，就「話題」「標題」邊界，暫以二者融合為例，簡要匯報教學嘗試，期盼能得到專家同好們的指點，以便我們在探索中少走彎路。

57　王了一：〈主語的定義及其在漢語中的應用〉，《語文學習》1956年1月號（1956年1月），頁21-25。

58　范開泰：〈漢語話題研究與對外漢語教學〉，頁106。

59　楊惠元：《漢語聽力說話教學法》，頁287。

60　蘇焰：〈談談外國留學生中高級口語教學〉，頁119-123。

（一）「早婚好還是晚婚好」的口語教學改良

基於對漢語辭章學理論和「話題教學」的理解，前引關於「早婚好還是晚婚好」的教學，我們擬出如下教學步驟：

1. **明確話題**：根據高級口語課程的教學目標，將學生分成兩組，讓他們從「早婚好」「晚婚好」兩個觀點中挑出一個作為本組「討論」或「講演」的題目，使「話題」與「標題」合而為一。

2. **提出要求**：要求學生根據本組所選觀點，在「討論」與「講演」時使用合宜材料、運用正確方法、論證己方觀點的正確性並說服對方。

3. **學生操練**：每組學生根據老師指點，討論選取素材、論證方法、層次秩序……形成提綱與篇章，並據之開展、完成「討論」與「講演」。

4. **教師點評**：教師針對學生練習，就其材料選擇與觀點論證予以簡短評點，引領學生選取適合主旨表達的材料並用以適切論證表達意旨、發現對方論證存在問題並予以針對性破解。

5. **學生修改**：學生在老師點評的引領下於選材和表達集思廣益、共同修改，以有效全面提陞言語能力。

（二）「我想在貴處做記者」的話題作文教學

此處徵引《博雅漢語・準中級加速篇》第二單元單元練習[61]的一個片斷：

下面是一則招聘啟事，假設你對這個工作很感興趣，現在你需要根據啟事的要求寫一封簡短的求職信，並寫一份簡歷。你朋友吳茗的簡歷可以給你做例子。

---

61 李曉琪：《博雅漢語・準中級加速篇II》（第二版）（北京市：北京大學出版社，2013年1月），頁63。

《小蜜蜂報》北京代表處招聘啟事

招聘職位：記者2名

工作要求：從事和動物、自然有關的新聞報導

招聘條件：大學本科以上（含本科）學歷；新聞、中文或相關
專業；有兩年以上新聞工作經驗；喜愛動物和自
然；能熟練使用電腦；能閱讀英文資料，並能用英
文書寫傳真和電子郵件；年齡在35歲以下，身體健
康；勤勞、誠實，有合作精神。

應聘者請將個人簡歷和聯繫方式用 E-mail 或傳真發給《小蜜
蜂報》北京代表處首席代表熊先生。

傳真：（010）65433456

E-mail：xiong@littlebee.com

因為「簡歷」可以比照吳茗的「葫蘆」畫瓢，我們的教學重點便是
「求職信」的寫作。它分為四步：

1. **確定話題作為主旨性標題**：要求每個同學都用一句話說出自己
想要的工作，並引領他們準確地表達：我想做什麼？→我想做個記者
→我想在《小蜜蜂報》北京辦事處做個記者→我想在貴處做個記者。

2. **圍繞話題選材**：（1）證明自己符合條件──要想在《小蜜蜂
報》北京辦事處做個記者，必須滿足該辦事處在「招聘啟事」裡開列
的「招聘條件」。為了能夠順利應聘記者崗位，我們給同學們列個表
格，讓他們逐條對照「招聘條件」寫出自己的情況。（2）深入挖掘
自身優勢──為了確保同學們作為自薦者能夠比較順利地獲得記者崗
位，我們引領他們將自身條件與「工作要求」對照，證明自己不僅符
合條件、勝任工作而且還更具優勢，進而引導他們發現並利用其自己
優勢──外國學生、多門語言、一專多能……，設計並填寫表格。

3. **圍繞話題運材：**讓學生明白，寫求職信的目的是獲得一個崗位。求職信的寫作，一定要彰顯自己能夠準確理解上司意圖並恰當地表達自己的求職意願，以便能被主管從眾多材料中挑選出來。因此，一定要顯示出來自己的高性價比，例如：工作業績突出、社會評價良好、一專且具多能、善解上司意圖、長於人際溝通……等；這些都是自己能夠在眾多簡歷中脫穎而出的「特長」——人無我有，人有我強。為此，千萬不要把自己的材料混在一起讓主管從中整合選擇，而是要確保詳略得當、有條不紊地按照重要性依次敘述自身情況並合宜表達出自己的求職意願。

4. **學生領悟老師點撥後操練：**學生在匯報提綱後按照老師點撥進行修改與寫作，以全面培養培養良好的寫作習慣並提高寫作效率。

這些探討，使得許多教材中被視為「話題」的「綱領性標題」與作為「主旨性標題」的「話題」區別開來，解決了國際生對課文標題是否濃縮課文內容的疑惑，方便了命意表達與文意理解的協調並促成其互動。

實踐證明，對國際中文教學「話題」內涵的這一求同存異的理解，不僅把「話題」從與「主語」、「主位」、「主題」（包括「篇章」和「語法」兩類）的糾葛中剝離了出來，而且區分了彼此因關係密切而「被不少人混為一談」的「辭章主旨、綱領與內容」[62]，釐清了「話題」和「標題」的界限，方便了學術的溝通與交流，兼顧了言語交際的雙方會話和單方書寫所形成的口頭和書面兩種語料，適應於國際中文「聽說」、「讀寫」、「綜合」等課型的教學。

---

62 陳滿銘：《篇章辭章學》，頁343。

參考文獻

一　專書著作

王　還：〈出版說明〉，《對外漢語教學語法大綱》，北京市：北京語言
　　　　大學出版社，1995年4月。

孔子學院總部：《國際漢語教學通用課程大綱》，（北京市：北京語言
　　　　大學出版社），2014年5月。

呂玉蘭：〈前言〉，呂玉蘭、郭玉玲、金紀文著：《話題漢語（中級）》，
　　　　北京市：外語教學與研究出版社，2007年9月。

呂叔湘：《中國文法要略》，瀋陽市：遼寧教育出版社，2002年12月。

李義海：〈融媒體時代面向零起點漢語二語學習者的字典編纂〉，載中
　　　　國辭書學會、中國訓詁學研究會、中國文字學會、北京師範
　　　　大學人文宗教高等研究院、陽城縣皇城村黨委及村委、皇城
　　　　相府集團、皇城相府文化旅遊有限公司編：《中華字典研
　　　　究》，第三輯，太原市：三晉出版社，2022年2月。

李義海：《中學語文非常講解》（初一至高三），天津市：天津人民出
　　　　版社，2001年4月-2002年12月。

李義海：《文瀾文言文全解》（初中卷）（高中卷），長春市：吉林大學
　　　　出版社，2003年4月。

李義海：《閩台漢語辭章學交流合作與發展研究》，北京市：開明出版
　　　　社，2016年12月。

李曉琪：《博雅漢語・準中級加速篇 II》（第二版），北京市：北京大
　　　　學出版社，2013年1月。

周小兵：《對外漢語教學入門》，廣州市：中山大學出版社，2004年4
　　　　月。

范開泰：〈漢語話題研究與對外漢語教學〉，上海師範大學編輯部：
　　　《對外漢語研究‧第三輯》，北京市：商務印書館，2007年
　　　10月。

徐烈炯、劉丹青：《話題的結構與功能》，上海市：上海教育出版社，
　　　2007年11月。

張志公：〈語法研究的理論意義和實用意義〉，張志公著：《張志公文
　　　集》，第一冊，廣州市：廣東教育出版社，1991年1月。

張志公：《漢語辭章學論集》，北京市：人民教育出版社，1996年3
　　　月。

陳滿銘：《國文教學論叢》，臺北市：萬卷樓圖書公司，1991年11月。

陳滿銘：《國文教學論叢續編》，臺北市：萬卷樓圖書公司，1998年3
　　　月。

陳滿銘：《篇章辭章學》，福州市：海風出版社，2005年2月。

楊惠元：《漢語聽力說話教學法》，北京市：北京語言大學出版社，
　　　1996年5月。

楊麗姣：《國際漢語教材話題設計與處理》，北京市：中央編譯出版
　　　社，2019年3月。

趙元任：《漢語口語語法》，北京市：商務印書館，1979年12月。

劉　珣：《對外漢語教育學引論》，北京市：北京語言大學出版社，
　　　2000年1月。

鄭頤壽、潘曉東：《初中語文名篇修改範例》，南昌市：江西教育出版
　　　社，1997年7月。

鄭頤壽、潘曉東：《高中語文名篇修改範例》，南昌市：江西教育出版
　　　社，1997年7月。

鄭頤壽：《辭章學發凡》，福州市：海峽文藝出版社，2005年8月。

鄭頤壽：《辭章學導論》，臺北市：萬卷樓圖書公司，2003年11月。

二　期刊論文

文　旭：〈話題與話題構式的認知闡釋〉，《重慶大學學報（社會科學版）》第13卷第1期，2007年1月。

王了一：〈主語的定義及其在漢語中的應用〉，《語文學習》1956年1月號，1956年1月。

王建國：〈漢語話題鏈的研究現狀〉，《漢語學習》2012年第6期，2012年12月。

世界漢語教學學會秘書處：《關於徵求編制國際中文教育事業發展規劃意見建議的函》，2020年9月8日。

白樂桑、李義海：〈關於漢語二語「字本位」教學的對話──漢語二語教學理論建設系列對話・河南漯河篇〉，《漯河職業技術學院學報》第20卷第6期，2021年11月。

石定栩：〈漢語主題句的特性〉，《現代外語》第80期，1998年4月。

完　權：〈話題的互動性──以口語對話語料為例〉，《語言教學與研究》第211期，2021年9月。

李義海：〈漢語形況及漢字生成研究與國際中文字詞教學〉，《海外華文教育》第123期，2022年8月。

李義海：〈漢語辭章學「讀寫雙向互動」視角下《專業技術職務任職資格評審表》的填寫〉，《應用寫作》2022年第12期，2022年12月。

姚雙雲、劉紅原：〈漢語會話互動中的話題結構〉，《當代修辭學》第222期，2020年11月。

盛　蕾、張豔華：〈漢語「話題」的多角度探索及其研究啟示〉，《漢語學習》2018年第6期，2018年12月。

陳滿銘：〈論讀寫互動〉，《泉州師範學院學報》第23卷第3期，2005年5月。

陳　靜、高遠：〈漢語是主題突出的語言嗎？〉，《外語與外語教學》
　　　第133期，2000年5月。

陸儉明：〈漢語作為第二語言教學的本體研究和漢語本體研究〉，《世
　　　界漢語教學》第81期，2007年9月。

劉　珣：〈新一代對外漢語教材的展望──再談漢語教材的編寫原
　　　則〉，《世界漢語教學》第27期，1994年3月。

劉　華：〈面向對外漢語教學的話題聚類研究〉，《外語研究》第111
　　　期，2008年10月。

鄭頤壽：〈研究篇章藝術的國學──讀陳滿銘《篇章辭章學》《辭章學
　　　十論》〉，《國文天地》第22卷第4期，2006年9月號。

駱小所：〈我們要由漢語教學轉為漢語文教學〉，《雲南師範大學學報
　　　（對外漢語教學版）》第5卷第5期，2007年9月。

蘇　焰：〈談談外國留學生中高級口語教學〉，《武漢大學學報（哲學
　　　社會科學版）》第218期，1995年5月。

蘇新春、唐師瑤、周娟、王玉剛：〈話題分析模塊及七套海外漢語教
　　　材的話題分析〉，《江西科技師範大學學報》第2011年第6
　　　期，2011年12月。

三　網路資料

https://kns.cnki.net/kns8/defaultresult/index，檢索日期：2023年2月3日。

https://baike.baidu.com/item/主題/2095。

互文性視角下的曹敬賦作與
〈淵明歸隱賦〉的修辭藝術

劉楚荊

韶關學院韶文化研究院副教授

摘要

　　清代律賦大盛，大抵拜科舉試賦之賜。曹敬的二十二篇賦作與清代基層科舉考試、書院課藝等制度有著密切的關聯，它們皆是在科舉試賦的宏大背景下所產生，換言之，若將曹敬賦作視為一整體文本，則此文本完全受到清代科舉制度這個更大的大文本之制約。再者，科場律賦之命名多出自經史等典籍，考生要能理解賦題且掌握題義，自然必須熟諳賦題緣出之原典，此賦題之設與答寫之要求，亦是一互文性的表現。此外，律賦所限的韻字（題韻）與賦題，二者之間有巧妙的互文關係，題韻可作為解釋題目之用，可作為提挈題義的副標題，可作為引申、補充題目之用。最後，曹敬賦作的寫作修辭，引用故實與化用前人之語，是另一互文性的呈現。總而言之，曹敬賦作的藝術表現雖然並不出色，但若作為清代中期臺灣文學的史料觀之，其對當時社會文化與教育制度的反映，是真實鮮明的。

關鍵詞：互文性、律賦、臺灣賦、曹敬、修辭

一　前言

互文性（intertextuality）即「文本間性」,「互文性是指文本與其他文本、文本及其身份、意義、主體以及社會歷史之間的相互聯繫與轉化之關係和過程。」[1]「文本與其他社會、個體活動的各層次交錯疊置、相互制約構成的複雜關係有力地制約了文本意義的無限異延。」[2]

清代律賦作為試賦的一種賦體,其具有鮮明的互文性,例如,科場上的律賦之題,大皆出自經史百家之典籍,其所限之韻,又與其題有著深淺、顯隱不一的關連,士子想要針對題義與題韻切要精準論述為文,若無深厚學識則無法完成;此外,賦兼才學,作賦本就多用典故,無論用事用語,援引典故也是一種互文性常見的體現。在清代以律賦取士的制度下,凡經科考而欲及第者,必須要能作好律賦,當時考試制度深刻地制約著每一篇「試賦」（律賦）文本,此是參加科考士子無法避免的。

曹敬,作為清代中葉臺灣科考的士子,今人所見其賦作大都是為科考而寫的律賦,若將其賦作與寫作歷程視為文本,則二者皆體現了與其它文本以及社會歷史密切聯繫的互文性。

曹敬（1817-1859）,字興欽,號愨民,臺灣府淡水八芝蘭（今士林）人,清中葉時期臺灣文人。少讀書,從舉人陳維英（1811-1869）學,道光二十六年（1846）中童試,翌年,學政臺灣道徐宗幹（1796-1866）[3]親錄為一等第一名補增生。[4]後教學於大龍峒港仔墘,[5]與黃敬

1　李玉平:《互文性——文學理論研究的新視野》（北京:商務印書館,2014年7月）,頁67。

2　李玉平:《互文性——文學理論研究的新視野》,頁6。

3　徐宗幹,江蘇南通人,道光二十八年（1848）,徐宗幹就任分巡臺灣兵備道後,親

合稱「淡北二敬」，對當時淡北文教貢獻綦多。曹敬恩師陳維英於咸豐九年（1859）鄉試中舉，授內閣中書，後自請歸籍，遂掌明志、仰山、學海等書院，曹敬是其得意第子，亦曾擔任艋舺學海書院院長。曹敬精於書法、繪畫、雕刻。詩文未付梓，稿本存其後人（姪曾孫曹永和）處，陳鐵厚曾擇要選編《曹敬詩文略集》[6]傳世，其稿本詩多寫試帖詩，賦之體多為律賦。[7]

曹敬賦作現收於《全臺賦》計有二十二篇，劉德玲曾依內容分為五類：[8]一是勸學勵志類，分別為〈業精於勤賦〉、〈柳汁染衣賦〉、〈種蕉學書賦〉；二是風俗描寫類，為〈競渡賦〉；三是詠物類，有〈白蓮賦〉、〈擬鮑明遠舞鶴賦〉、〈海月賦〉、〈霜葉賦〉；四是隱士情懷類，計有〈草色入簾青賦〉、〈止子路宿賦〉、〈嚴子陵釣臺賦〉、〈淵明歸隱賦〉、〈濠上觀魚賦〉（二篇）；五是闡揚政治理念類，有〈露香告天賦〉、〈淮陰背水出奇兵〉、〈王景曇談時務賦〉、〈夏雨雨人賦〉；以賦之體制而言，〈擬鮑明遠舞鶴賦〉一篇未限韻，是擬作的駢賦，此外二十一篇皆律賦，且咸為科舉應試與練習之作。[9]這類科舉應試

自到海東書院檢查教學情況，增設「賦詩雜作」之課，並將諸生的優秀習作集中印行，名為《瀛洲校士錄》。

4　「蓋通過童試（縣、府、院試）入學，為附生，待歲、科試，考列優等，可遞升為增生、廩生。凡在學者，統稱生員，以曰庠生，美其名曰茂才，又稱博士弟子員，諸生，俗稱秀才。」見李士愉、胡平：《中國科舉制度通史》（上海市：上海人民出版社，2017年4月），清代卷，頁58。

5　「曹敬長期在大龍峒港仔學堂任教，可說是參與此期推動淡北文教的重要塾師，對淡北文學創作風氣的推展功不可沒。」見林淑慧：〈臺灣清治中期淡北文人曹敬及其手稿的詮釋〉，《臺北文獻（直字）》第152期（2005年6月），頁65。

6　陳鍛厚選編：《曹敬詩文略集》，《臺北文獻》直字15-16期（1971年6月）。

7　林淑慧：〈臺灣清治中期淡北文人曹敬及其手稿的詮釋〉，《臺北文獻（直字）》第152期（2005年6月），頁59。

8　劉德玲：〈臺灣先賢曹敬賦作析論〉，《輔仁國文學報》第31期（2010年10月）。

9　據《全臺賦》載，〈露香告天賦〉為曹敬應試之作，其它二十一篇賦作手稿上大部

與練習之作，即所謂「試賦」與「課藝賦」。

二　清代科舉與書院制度下的「試賦」與「課藝賦」

律賦的產生、形式要求與科舉有著密不可分的關聯，作為賦的一種體制，其與「試賦」、「課藝賦」的內涵與外延有許多重疊。

（一）律賦

作為考場測試的最佳賦體，人常將「律賦」與「試賦」畫上等號，然而究竟什麼是律賦呢？學者如何描述與定義？

商衍鎏（1875-1963）為清末探花，親歷清代科舉，其云：

> 及唐用詩賦取士，則用從前之體制為古賦，而以應試之賦曰律賦，限格、限題、限韻，駢四儷六，拘牽語病，束縛章法，同於律詩，以成一種賦體。[10]

郭維森、許結在《中國辭賦發展史》則云：

> 律賦又稱試賦，即指主要用於考試。賦的特點，即在於限韻。律賦講對偶，駢賦也講對偶，叶韻亦辭賦的共同要求，唯限韻為律賦所特別規定。[11]

分皆有其師陳維英之批改與評語，唯〈淵明歸隱賦〉、〈繰了蠶桑又種秧賦〉、〈審音知樂賦〉、〈霜葉賦〉、〈海月賦〉五篇例外。

10　商衍鎏：《清代科舉考試述錄》（保定市：故宮出版社，2014年4月），頁287。

11　郭維森、許結：《中國辭賦發展史》（南京市：江蘇教育出版社，1996年8月），頁489。

試賦原不限韻，後因應試者太多，為便於評定高下，形式上更
加限制，於是考試律賦成為定制。[12]

日人青木正兒（1887-1964）云：

及至唐朝，把賦做為科與試驗的一種科目，取士課之以賦，因
此在音韻修辭上定了一個典型，這叫做律賦。[13]

馬積高（1925-2001）謂，限韻是「試賦」的要求，其云：

它是科舉制度的產物……既然成了進士考試的科目，為便於試
官的評閱和防止士人的預作，就自然地形成了一些限制……於
是限韻和開頭必須點題，也就成了試賦的要求。[14]

日木鈴木虎雄（1878-1963）認為，律賦與駢賦的區隔，就在於限韻：

律賦者，實尚音律諧協，對偶精切者也。故單據此點，則與俳
賦有同性質。而其更與律賦相區隔者，以於押韻為設制限，而
採用於官吏登用之試也。[15]

---

12 郭維維森、許結：《中國辭賦發展史》（南京市：江蘇教育出版社，1996年8月），頁
492。
13 〔日〕青木正兒著，隋樹森譯：《中國文學概說》（重慶市：重慶出版社，1982年9
月），頁99。
14 馬積高：《賦史》（上海市：上海古籍出版社，1998年7月），頁361-362。
15 〔日〕鈴木虎雄著，殷石臞譯：《賦史大要》（臺北市：正中書局，1992年4月），頁
163-164。

尹占華《律賦論稿》說:

> 律賦就是限韻的賦,這是一個「硬」標準。當然,律賦還有諸
> 如偶儷、藻飾、用典等特徵,但那些是「軟」條件,是可以不
> 具備或不全具備的。律賦本來是科舉制度的產物,到了後來,
> 文人除了應試和應試而作的習作外,有時也用於其他情況,或
> 寓物言志,或寫景抒情,但畢竟沒有像作詩那樣樣廣泛。[16]

上述六者,皆從發展的源頭來說明律賦的特點。因為考試而限韻,限韻就成了律賦最大的體制特徵。

然亦有不同於此說者,鄺健行則認為:「律賦的主要特徵是聲音,不僅指平仄,還深入講四聲病犯;另外,隔句對又要比限韻和對偶更能顯示律賦的特色。」鄺健行指出律賦的四個特點為:(一)講究對偶;(二)重視聲音諧協,避免病犯;(三)限韻,以八韻為原則;(四)句式以四六為主。此四點當中,鄺健行認為又以第二、四兩點為要。[17]

彭紅衛《唐代律賦考》用描述的方式,說明律賦的特色:

> 律賦是賦體的一種……其主要特徵是強調格律,即在內容上一
> 般立意冠冕正大,在形式上嚴守聲律規範而限韻,聲調諧協、
> 詞藻華美、對偶精切,尤重隔句對偶和開篇破題,篇幅一般在
> 四百字左右。[18]

---

16 尹占華:《律賦論稿》(成都市:巴蜀書社,2001年5月),頁1。

17 鄺健行:〈律賦論體〉,《四川師範大學學報(社會科學版)》第32卷第1期(2005年7月),頁68。

18 彭紅衛:《唐代律賦考》(北京市:社會科學文獻出版社,2009年1月),頁1。

彭氏亦認為，嚴守聲律規範在限韻之前。

然而，趙成林再針對鄺健行之主張，以考察「試賦」作品，分析律賦最基本的體式特徵，主張：限韻是律賦不違的規律，而病犯在律賦中在所難免，因而主張：「限韻是律賦的體式標準。」[19]

綜上所述，多數學者認為「限韻」為律賦之所以為律賦的第一要件或充分條件，[20]唯鄺健行、彭紅衛認為律賦必須嚴守聲律規範，鄺健行更主張「因追求聲律和諧，故必須避免病犯，才是律賦與其它賦體的最大差別。」[21]

（二）試賦

「試賦」一詞最早出自〔唐〕杜佑《通典》卷十五《選舉三》〈歷代制下〉：

> 進士所試一大經及《爾雅》，帖既通，而後試文、試賦各一篇，文通而後試策，凡五條。三試皆通者為第。[22]

《通典》此所指之「三試」，為試帖經、試文、試賦。「帖經」、「文」、「賦」並列，乃為考試的項目。此外，〔唐〕李肇《唐國史補》卷下云：

---

19 參見趙成林、成朝暉：〈限韻和病犯〉，《遠東科通識學報》第2卷第2期（2008年7月），頁31。

20 「如果以『限韻』做為律賦成立的充分條件，則律賦早在科舉考試賦之前便已存在。」見簡宗梧、游適宏：〈律賦在唐代「典律化」之考察〉，《逢甲人文社會學報》第1期（2000年11月）。

21 鄺健行：〈律賦論體〉。

22 〔唐〕杜佑：《通典》（北京市：中華書局，1988年7月），頁356-357。

> 宋濟，老於文場，舉止可笑，嘗試賦，誤失官韻，乃撫膺曰：
> 「宋五又坦率矣！」由是大著名。[23]

以上所援之二例中的「試賦」，皆謂「以賦作為手段進行測試」。[24]作為一種考試，「試賦」，是科舉制度下的其中一環，在唐代，進士科與博學鴻詞科的考試皆試賦。

學者王士祥曾分析「試賦」一詞，論證說明其當兼有二義：[25]一是動態的科舉考賦行為與活動，而這一動態的活動所產生的靜態結果，也被稱為「試賦」。試賦制度，是在文學與文體的歷史演變下，政治與審美的現實需求下，逐漸發展而成的一種考試形式。「試賦」既是一種特定的考試文體，也是科場考賦所產生的作品。動態的「試賦」強調行為與制度，而靜態的「試賦」則強調作品與文本。

（三）課藝賦

書院自唐代始，當時為民間私人所建制，為個人藏書、讀書之處，之後官方書院成立，則將藏書、修書做為主要功能。歷經宋、元、明的發展，至有清一代，書院功能從藏書、刻書一直擴及至賦詩、顧問、講學、育才，充分發揮了傳遞知識的作用，亦擔負了文化薪傳的使命。鄧洪波在《中國書院史》中如是介紹書院：

23　〔唐〕李肇：《唐國史補》（上海市：上海古籍出版社，1979年1月），頁56。

24　「試賦」一詞分為動態與靜態的說法，參見王士祥：〈「試賦」的內涵與外延〉，《河南師範大學學報（哲學社會科學版）》第40卷第6期（2013年11月），頁143-144。

25　參見王士祥：〈「試賦」的內涵與外延〉，《河南師範大學學報（哲學社會科學版）》第40卷第6期（2013年11月），頁143-144。另，王瑜純在《清代試賦研究》中，亦引用此說法。

> 新生於唐代的士人的文化教育組織，源自民間和官府，是書籍
> 大量流通於社會之後，數量不斷增長的讀書人圍繞著書院，開
> 展藏書、校書、修書、著書、刻書、讀書、教書等活動，進行
> 文化積累、研究、創造、傳播的必然結果。[26]

書院作為培養人才以及訓練學子應試的教育場所，必然要求學子學習各類科考項目。書院課藝賦多為律賦，是為科舉試賦所做之準備，但又不侷限於科試這一途，也有純粹訓練詞章能力與聲律應用的，這類課藝賦的寫作自由度較大，藝術性較高，內容也較豐富，不過課藝賦最大宗者，仍是前者。

清朝科舉考試含有賦題，書院訓練學子的辭賦寫作。[27]考課是當時書院每月定期舉行的模擬考試，考課中頻繁出現賦題，學子應書院考課而寫賦，書院教師也有為了教學的示範作品，這一類賦作，就內容而言，大多與書院並無直接關聯，但是從師生在書院內應考課而作的作品，往往能夠就內容側面反映出書院的教學成效、詞章水準、學術思想等，[28]如收錄於《龍城書院課藝》的〈不以空言說經賦〉、〈因樹為屋賦〉；《詁經精舍續集》的〈借箸賦〉、〈郭令公見回紇賦〉；《學海堂二集》的〈餐菊賦〉、〈勵志賦〉等等。這一類賦，應書院考課而作，乃收錄於書院自訂的課藝集中。又如道光年間之臺灣道徐宗幹，任臺灣道之際，振興文教，曾對海東書院強調「解經為根柢實學，能

---

26 鄧洪波：《中國書院史（增訂版）》（武漢市：武漢大學出版社，2012年11月），頁4。

27 關於清代律賦寫作與書院教學的關係，參見許結：〈論清代書院與辭賦創作〉，《湖北大學學報（哲學社會科學版）》第36卷第5期（2009年9月）；程嫩生：〈清代書院詩賦教育〉，《文藝理論研究》2014年第2期；禹明蓮：〈論清代的書院教育與賦學批評〉，《中北大學學報（社會科學版）》第38卷第4期（2022年8月）。

28 張穎：《清代書院課藝賦研究》（杭州市：浙江大學中國古代文學碩士論文，2021年），頁1。

賦乃著作通才」，其將說經、論史及古近雜體詩文等諸生院課肄業之作，共三十三人的作品，上卷論文二十七篇，下卷詩賦九十一首，輯為二卷刊之，題曰《瀛洲校士錄》，其中收賦十五篇。

「清代書院的辭賦創作包括兩個部分，一是圍繞書院景物史事的賦作，二是書院的課藝之作。[29]此處的第二類就是指書院課藝賦。」書院課藝賦，取材廣泛，在清代有著相當大的創作數量，與清代書院教學活動密切相關。[30]書院課藝賦的題目，大致有六類，分別為：經義、詠史、時事、景物、擬作、唐詩（即以唐詩詩句為題）。就書院課藝賦的訓練而言，則大致通過四個方法與途徑，一，同題而作；二，和韻、次韻而作；三，摹擬前作；四，評點，即書院山長與學政批改學子賦作。[31]

（四）科舉制度下的「試賦」情況

律賦用於科考，於唐代時已見，宋代則數度廢續，清代的科考則與律賦有密切的關聯。清代科舉考試分為常科、制科、八旗科並行，其中常科分為文科與武科，兩者都有童試、鄉試、會試和殿試，制科則是皇帝特詔舉行的考試，包括博學鴻詞科、孝廉方正科、經濟特科等，屬於不定期的特考。至於清代定期科舉的層級與順序，現以圖示以清眉目：

---

29 許結：〈論清代書院與辭賦創作〉，《湖北大學學報（哲學社會科學版）》第36卷第5期（2009年9月），頁41。

30 許結：〈論清代書院與辭賦創作〉：「清代書院課藝賦主要匯集於兩類書籍中，一是地方學政考察士子學業所編的『校士錄』如潘衍桐編的《兩浙校士錄》（清嘉慶二十四年石印本）中就收錄了書院課藝律賦。另一類是各地書院的『課藝匯編』。」

31 參見王瑜純：《清代試賦研究》（杭州市：浙江大學中國古代文學碩士論文，2017年），頁49。

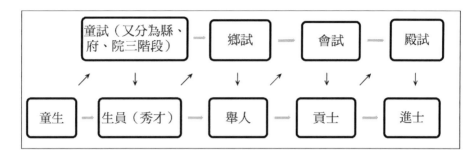

圖一　清代制科層級圖

士子初階之考試，尚未取得縣、府學生員者曰童生，童生參加的考試稱為「童試」，童試又分為「縣、府、院」試三個階段，通過考試者稱為生員，即俗稱之秀才，生員依次又分為廩生、增生、附生三種。秀才通過「鄉試」則為舉人，舉人通過「會試」為貢生，貢生通過「殿試」為進士。

　　余丙照《賦學入門》曰：「我朝作人雅化，文運光昌，欽翰院即用之，而歲、科兩試及諸季考，亦藉以拔錄生童，預儲館閣之選，賦學蒸蒸日上矣。」[32]這裡言及預儲館閣的翰林院考式，以及選拔生童的歲、科兩試及諸季考，必須考測作賦。

　　商衍鎏《清代科舉考試述錄》云：「明與清則鄉、會場無試賦者。清於翰林之庶常館、散館與詞科及大考均重律賦，生童之經古場並有之。」[33]陶福履《常談》：「國朝專為翰林供奉文字、庶吉士月課散館、翰詹大考皆試賦，外如博學鴻詞及召試，亦試賦，而學政試生員亦用詩賦。」[34]這些朝廷翰林、庶吉士所作的「試賦」，後人稱為「館閣賦」，收集在許多的賦鈔中，例如：蔣攸銛《同館律賦精萃》、

32　〔清〕余丙照：《增注賦學入門》（臺北市：廣文書局，1979年11月），頁1。

33　商衍鎏：《清代科舉考試述錄》（保定市：故宮出版社，2014年4月），頁287-288。

34　陶福履《常談》，清光緒十六年（1890）刻本（臺北市：臺灣商務印書館《叢書集成簡編》影印《豫章叢書》本，1965-1983年）。

宋湘、朱九山、王家相三人各編有同名的《同館賦抄》、孫欽昂《近
九科同館賦抄》，最著名者為法式善所編《同館賦鈔》（又名《三十家
同館賦鈔》），這類專收館閣考試而作賦鈔，音律諧協，對偶精切，風
格清雅雍容，體現了清代中樞文臣的頌聖書寫。若依「試賦制度」而
將「試賦文本」劃分階層，則「館閣賦」毫無疑問乃屬於其中的上階
層，而「課藝賦」為其中的基礎階層。

　　清代科考的賦體乃「律賦」，律賦施於試場稱為「試賦」，此時「試
賦」與「律賦」可謂異名同指；而在書院士子為了科考而練習的賦，
也幾乎是律賦，但因為被要求寫作的動機與目的乃出於「被考課」與
「考課」，這類賦就稱為「課藝賦」，而任職於館閣中的大臣所應的課
考賦，則另稱「館閣賦」。四者間的關係，可用下列圖示總括：

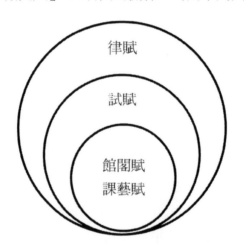

圖二　課藝、館閣、試、律四類賦關係圖

以清代士子所歷的考試而言，從為了取得讀書人資格的「童生縣
（府、院）試」，到「三品翰林」時的大考，都要考律賦。童試三年
兩考，丑、未、辰、戌年為歲考；寅、申、巳、亥年為科考，歲科兩
考的順序是縣試、府試、院式。鄉試、會試、殿試一般不考辭賦。經

過了這些考試，成為進士者，需經「朝考」決定授官，或為翰林吉士，或為部屬，或為中書，或為知縣等，清濁賤貴相差極大。康熙、雍正、乾隆時的「博學鴻詞科」也考律賦。[35]

綜上所述，清代科舉制度下，有六類考試「試賦」[36]：

（一）決定讀書人身分的的基礎考試：「童試」[37]

（二）決定任官的「朝考」[38]

（三）朝廷的特考「博學鴻詞科」[39]

（四）帝王巡幸時的「召試」[40]

（五）翰林院中庶吉士的「散館」之試[41]

（六）考核翰林院和詹事府官員的「翰詹大考」[42]。

此外，訓練培養科考士子的書院，在每月也會課以律賦。[43]

試賦制度，是在為國家型塑、儲備、選拔人才的現實需求下，逐

---

35 見俞士玲：〈論清代科舉中辭賦的地位與作用〉，《學術月刊》2000年第3期。

36 關於清代科舉試賦較詳細情況，可參見俞士玲：〈論清代科舉中辭賦的地位與作用〉，《學術月刊》2000年第3期；詹杭倫：《清代律賦新論》（北京市：北京燕山出版社，2008年5月），頁1-10；許結：〈論清代書院與辭賦創作〉，《湖北大學學報（哲學社會科學版）》第36卷第5期（2009年9月）；王瑜純：《清代試賦研究》（杭州市：浙江大學中國古代文學碩士論文，2017年）。

37 童試試賦詳情參見《清代律賦新論》，頁9-11。

38 朝考試賦詳情參見《清代律賦新論》，頁6-7。

39 博學鴻詞科試賦詳情參見《清代律賦新論》，頁4-5。

40 召試試賦詳情參見《清代律賦新論》，頁5-6。

41 庶吉士的散館試賦詳情參見《清代律賦新論》，頁7。

42 詹翰試賦詳情參見《清代律賦新論》，頁8-9。

43 商流鎣《清代科舉考試述錄》：「乾隆十年禮部定制，書院每月之課以八股文為主，兼及對偶聲律之學，尤其書院山長多翰為之，所以乾、嘉以後書院課生嘗間及律賦。」

漸發展而形成的。律賦，作為考試工具，在解題、用韻、對偶方面的
要求與限制既高且多，士子必須要有豐富學識與精熟之寫作技巧，思
想及內容必須符合傳統經義解說，方能完成而有佳作，加之其在評閱
上又有相對客觀的標準可依循，具明顯公平性，因此其在清代科舉與
任官考試中，廣泛地被運用，然而在形式與思想的雙重的限制下，士
子創作的自由其實十分狹仄，故簡宗梧先生謂其律賦寫作為「戴手銬
著腳鐐跳舞」。在上世紀九○年代，多數人認為其「在藝術的整體創
造意義上沒有什麼價值可言」。[44]清代大量的「課藝賦集」[45]與「館閣
賦集」[46]的刊行流傳，說明科舉制度影響文學創作，體現文學文本與
政治、社會、文化交互激盪而生成的互文性，而對曹敬賦作體制、題
材及其思想體現的綜合性觀察之結果，即是此一具體例證。一，曹敬
的賦作皆是應試課藝而作的「試賦」，可謂清代政治、社會、教育制
度大拼圖下的一個小碎片；二，曹敬賦作的思想情感及審美，皆在在
朝廷選才繩墨的範式下，未見獨特與創新，這也許並非其無能為創新
獨特之作，而是身處科舉基層的試賦制度使然，亦即是創作的動機與
目的使之然。

三　曹敬賦作的互文性

　　除了將曹敬賦作放在清代科舉考試制度的運作機制下考察，看出

---

44 郭維森、許結：《中國辭賦發展史》（南京市：江蘇教育出版社，1996年8月），頁
　 844。

45 參見魯小俊：《清代書院課藝總集敘錄》（武漢市：武漢大學出版社，2015年11
　 月）；張穎：《清代書院課藝賦研究》（杭州市：浙江大學中國古代文學碩士論文，
　 2021年。

46 參見許結：〈湯稼堂《律賦衡裁》與清代律賦學考述〉，《浙江學刊》2003年第6期；
　 許結：〈論清代科制與律賦批評〉，《中國古代文學理論研究》第21輯（2003年12
　 月）。

其與經典傳統、朝廷政教符節合拍的互文性外，在律賦體制的特色上，題韻與賦題巧妙的關聯、個別文本的思想內容及寫作方式，有明顯的互文性表現。

（一）題韻與賦題的互文性[47]

律賦施用於考試，賦題之命名，往往皆有典故出處；限韻的律賦，題韻常常用來補充說明賦題，[48]賦題所用的典故出處，常常就涵於題韻之數語中。用於考測士子官員的律賦，在體制的設計與答寫的要求上，就具鮮明的互文性特質。例如〈淵明歸隱賦〉之題韻為「田園將蕪胡不歸」，語出淵明所作〈歸去來兮辭〉第二句，淵明歸隱之事，雖見載於《宋書》、《晉書》、《南史》等史書，但〈歸去來兮辭‧序〉亦自述此事，故「題韻」與「賦題」可視為出自同一文本。

考量展示的便利性，現將曹敬賦作的賦題與題韻的互文關係，以表列式呈現如下：

	賦題	題韻	賦題、題韻典故出處	題韻與賦題的關係
1	〈業精於勤賦〉	**以題為韻**	韓愈〈進學解〉：「業精於勤荒於嬉，行成於思毀於隨。」	同一文本；重申賦題
2	〈柳汁染衣賦〉	已用柳汁染子衣	〔明〕陳崇德《三峰集》，用「柳汁染衣」事典。	同一文本；補充賦題；

---

47 祁立峰：〈聲律的實踐與示範：論唐律賦「題韻」與「題義」的互文性〉，《國立臺南大學人文研究學報》第42卷第1期（2008年），頁23。。

48 王芑孫《讀賦卮言》：「官韻之設，所以注題目之解，示程式之意，杜勦襲之門，非以困人而束縛之。」「有以題為韻者，有以題為韻而增字者，有以題為韻而不限其何字及第幾韻者，有限字即以疏題義者，有與題義不相比附者，有不著題並不著字者。」見王冠編：《賦話廣聚》（北京市：北京圖書館出版社，2006年12月），第三冊，頁341、344。。

	賦題	題韻	賦題、題韻典故出處	題韻與賦題的關係
2	〈柳汁染衣賦〉	已用柳汁染子衣		補足事典脈絡
3	〈止子路宿賦〉	殺雞為黍而食之	《論語‧微子》:「……止子路宿。殺雞為黍而食之」。	同一文本;補充賦題;補足事典脈絡
4	〈草色入簾青賦〉	草色遙看近卻無	題:劉禹錫〈陋室銘〉:「苔痕上階綠,草色入簾青」。韻:韓愈〈早春〉:「草色遙看近卻無」。	**不同文本;**擴充賦題;與賦題對話
5	〈嚴子陵釣臺賦〉	嚴光萬古高風在	題:《後漢書‧逸民傳》「嚴光隱居釣臺」典。韻:〔唐〕吳融〈富春〉詩句:「嚴光萬古清風在」,「清」字改為「高」。	**不同文本;**補充賦題;題韻可作為副標題
6	〈濠上觀魚賦〉(一)	莊惠觀魚而知其樂	用《莊子‧秋水》「莊、惠濠上觀魚」事。	同一文本;釋題
7	〈攜雙柑酒聽黃鸝賦〉	俗耳鍼砭詩腸鼓吹	《沈約‧隱逸傳》載「戴顒攜雙柑酒聽黃鸝」典。	**不同文本;**引申賦題
8	〈蘭亭修禊賦〉	**以題為韻**	王羲之〈蘭亭集敘〉記永和九年眾賢於蘭亭修禊事。	同一文本;重申賦題
9	〈種蕉學書賦〉	書成蕉葉文猶綠	陶穀《清異錄》載「懷素種蕉習書」事。	同一文本;補充賦題
10	〈夏雨雨人賦〉	不崇朝雨徧天下	劉向《說苑‧貴德》引管仲言:「吾不能以春風風	不同文本;引申賦題

	賦題	題韻	賦題、題韻典故出處	題韻與賦題的關係
10	〈夏雨雨人賦〉	不崇朝雨徧天下	人，吾不能以夏雨雨人，吾窮必矣」。	
11	〈白蓮賦〉	出淤泥而不染	周敦頤〈愛蓮說〉：「出淤泥而不染」。	同一文本；補充賦題
12	〈競渡賦〉	果然奪得錦標回	題：《隋書·地理志》、《荊楚歲時》等載「端午競渡」民俗。	同一文本；引申賦題；題韻可作為副標題
13	〈淵明歸隱賦〉	田園將蕪胡不歸	陶淵明〈歸去來兮辭〉語：「田園將蕪胡不歸」。	同一文本；補充賦題
14	〈繞了蠶桑又種秧賦〉	鄉村四月閒人少	翁卷〈鄉村四月〉：「鄉村四月閒人少，繞了蠶桑又種秧。」	同一文本；補充賦題
15	〈審音知樂賦〉	金石絲竹匏土革木	《禮記·樂記》：「是故審聲以知音，審音以知樂，審樂以知政，而治道備矣。」	同一文本；補充賦題
16	〈霜葉賦〉	霜葉紅於二月花	杜牧〈山行〉：「霜葉紅於二月花。」	同一文本；補充賦題
17	〈濠上觀魚賦〉（二）	莊惠觀魚而知其樂	用《莊子·秋水》「莊、惠濠上觀魚」事。	同一文本；釋題
18	〈露香告天賦〉	知我者其天乎	《宋史·趙抃傳》：「（抃）日所為事，入夜必衣冠露香以告于天，不可告，則不敢為也。」	同一文本；補充賦題；題韻可作為副標題
19	〈海月賦〉	挂席拾海月	謝靈運〈遊赤石進帆海〉：「揚帆採石華，挂席拾海月。」	同一文本；延伸賦題

	賦題	題韻	賦題、題韻典故出處	題韻與賦題的關係
20	〈淮陰背水出奇兵〉	**以題為韻**	《史記‧淮陰侯列傳》載韓信背水出奇兵之事。	同一文本；重申賦題
21	〈王景畧談時務賦〉	**以題為韻**	《晉書‧王猛傳》載王猛與桓溫談時務之事。	同一文本；重申賦題

由上表可知，曹敬二十一篇律賦中，題韻與賦題相同者有：〈業精於勤賦〉、〈蘭亭修禊賦〉、〈淮陰背水出奇兵賦〉、〈王景畧談時務賦〉四篇；題韻與賦題不同但出自同一文本者，計有：〈柳汁染衣賦〉、〈止子路宿賦〉、〈濠上觀魚賦〉二篇、〈種蕉學書賦〉、〈白蓮賦〉、〈競渡賦〉、〈淵明歸隱賦〉、〈纔了蠶桑又種秧賦〉、〈審音知樂賦〉、〈霜葉賦〉、〈海月賦〉十二篇；題韻與賦題不出於同一文本者有：〈草色入簾賦〉、〈嚴子陵釣臺賦〉、〈攜雙柑酒聽黃鸝賦〉三篇。題韻可作為副標題以提挈醒豁題義，有「嚴光萬古高風在」之於〈嚴子陵釣臺賦〉、「果然奪得錦標回」之於〈競渡賦〉、「知我者其天乎」之於〈露香告天賦〉。

（二）文本互文性的呈現方式

互文性以多樣的面貌及方式存在於兩個或兩個以上的文本之間，概略言之有以下七種：一，引用。又分為運用語典、運用事典；二，襲改、剪裁拼貼前作；三，口傳文學的集體創作及不斷衍化創新；四，戲仿；五，異質文本的改編；六，深厚文化傳統對文本的影響；七，同一作家文本的自我互文性。[49] 細究曹敬賦作的互文性，則分別以上述第一、二、四、六這些方式呈現。

首先，二十二篇賦作，在賦題的命名及題韻的限定上，大都引用

---

49 劉楚荊：〈常見互文性類型舉隅〉，《文化學刊》2023年第7期，頁91。

經史子集之語句或故實；其次，賦作文句，裁融前人之句，如：「室陋德馨」（草色入簾青賦），裁融〈陋室銘〉「斯是陋室，惟吾德馨」、「以休以息，載欣載奔。實迷途其未遠，覺荒徑之猶存。」（〈淵明歸隱賦〉）融裁自〈歸去來兮辭〉「實迷途其未遠，覺今是而昨非」、「乃瞻衡宇，載欣載奔。僮僕歡迎，稚子候門。三徑就荒，松菊猶存」，這些都是屬於直接或間接的引用；再次，〈擬鮑明遠舞鶴賦〉乃對經典文本鮑照〈舞鶴賦〉的仿擬；最後，賦作中的思想與內容，皆是傳統義理與朝廷政教的闡揚，如「勤學」（〈業精於勤賦〉、〈柳汁染衣賦〉、〈種蕉學書賦〉）、「慎獨」（〈露香告天賦〉、「為政以德」（〈夏雨雨人賦〉等，此外，亦有頌聖之語，例：「何如我聖朝，海晏河清，威行德布……試奏凌雲之賦。」（〈淮陰背水出奇兵賦〉）、「方今皇上，養士恩隆，作人化布……上恬下熙，聊濡毫而作賦。」（〈王景略談時務賦〉），而其賦作表現的情感審美，清雅平和，是深厚詩樂文化傳統對文本具體的影響。

四　〈淵明歸隱賦〉修辭分析

　　曹敬將《宋書》、《晉書》、《南史》隱逸傳的淵明事蹟，與〈歸去來兮辭〉、〈五柳先生傳〉、〈桃花源記〉、〈讀山海經〉等淵明作品，融裁成為互文性豐富飽滿的〈淵明歸隱賦〉，讚頌淵明歸隱之樂。此賦所運用的修辭差可代表曹敬賦作的辭章藝術特色。

（一）引用

　　語文中援用別人的話或典故、俗語等等，叫作「引用」。[50]引用，依其所引材料可為分「事典」及「語典」。

---

50 黃慶萱：《修辭學》（臺北市：三民書局，1992年9月），頁99。

1 事典

　　所謂事典之引用，是指在寫作時，用簡省之語詞將歷史之人事故實表現於文句中，此不僅能簡省文詞展現簡潔之美，又能使文句鮮明生動，盡顯畫龍點睛之效。在〈淵明歸隱賦〉中，運用事典之例如下：

　　　　笑他爵秩關心，欲植三槐之樹；豈若煙霞痼癖，別開五柳之門。

此處「三槐之樹」與「五柳之門」，分別為兩個典故。槐樹在古代是太師、太傅、太保三公宰輔之位的象徵，「堂前植槐」乃期待官爵之意。[51]五柳，即指淵明筆下之隱士五柳先生。

　　　　此何異歸去之浩然，門原是鹿；歸來之張翰，膾每思鱸也。

《新唐書・孟浩然傳》載孟浩然隱居鹿門山，孟浩然乃繼淵明後的田園詩人大家。《晉書・張翰傳》：「翰因見秋風起，乃思吳中菰菜、蓴羹、鱸魚膾」，張翰便辭官返家，同時亦躲過了一場政治風暴。此「歸去」，指隱居。「歸來」，指有歸隱之心，尚未隱而仍在官場。這亦是同類的「事對」。

2 語典

　　語典之引用，可以是使用原詞語、原語句，或是截取、裁融原典

---

51 蓋《宋史・王旦傳》載：「旦父祐，尚書兵部侍郎，以文章顯於漢周之際。事太祖、太宗，為名臣……祐手植三槐於庭曰：『吾之後世，必有為三公者。此其所以志也。』旦幼沉默好學有文。祐器之。曰：『此兒當至公相』。」後王旦果然成為宰輔。王旦手植三槐於庭，顯示其對爵秩的關心與在意，相較於此，淵明自況而虛構的五柳先生，乃不屑名祿的真隱士耳。

之詞語、語句而化用前人之語。化用前人之語，與仿擬修辭中的「擬句」亦如出一轍。[52]曹敬〈淵明歸隱賦〉中所用語典，多裁融、化用淵明〈歸去來兮辭〉之語句而來，二者互文性相當顯著。如第二段：

> 于是辭公廨，承小軒。全末路，返故園。以休以息，**載欣載奔**。**實迷途其未遠，覺荒徑之猶存**。從此辭官，為愛杯盤狼籍；迴思作吏，何堪案牘勞煩。[53]

「以休以息，載欣載奔」二句，乃裁截〈歸去來兮辭〉之「乃瞻衡宇，載欣載奔」句，再將「以休以息」代「載欣載奔」而來。「實迷途其未遠，覺荒徑之猶存」二句，裁融〈歸去來兮辭〉之「實迷途其未遠，覺今是而昨非」、「三徑就荒，松菊猶存」而來。

（二）對偶

在語文中上下兩句，字數相等，句法相，平仄相對的，就叫「對偶」。對偶，在客觀上，源於自然界的對稱，在主觀上，源於心理學的「聯想作用」，和美學上的「對比」、「平衡」、「勻稱」的原理。[54]對偶修辭所體現的是平衡與對比之美。

律賦與駢賦相同，句式多用對偶，並要求精當切要，聲律諧協之

---

52 仿擬是指對前人作品的摹仿。在修辭學方面，摹仿前人作品的仿擬有廣狹二義，廣義的仿擬是指單純摹仿前人之作的仿效（imitation），狹義仿擬是指摹仿前人作品而意含嘲弄的仿諷（burlesque）。廣義的仿擬又稱仿效，可細分為兩種，摹仿前人的句法叫「擬句」，摹仿前人的文章腔調的叫「仿調」。見黃慶萱：《修辭學》，頁71、75。

53 簡宗梧、許俊雅主編：《全臺賦校訂》（臺南市：國立臺灣文學館出版，2014年10月），頁187。此後引文皆出於《全臺賦校訂》頁187-188，不再逐一出註。

54 黃慶萱：《修辭學》，頁447。

外，內容又以「反對」為工。在指導律賦創作的《賦譜》中，以字數
區分對偶為「壯、緊、長、隔」等，前三者皆指單句對。所謂
「壯」，乃指三字句的對偶；所謂「緊」，乃指四字句對偶；所謂
「長」，乃指上下五至九字句的長句對偶；所謂「隔」，乃「隔句
對」，亦即雙句對偶。

1 單句對偶

> 忍折腰於斗米，愧失足夫俸錢。
> 鑒督郵鞭而卸篆，休彭澤令而改絃。
> 人若鳩藏，自甘蠖屈。
> 謝絕簪纓，長違黼黻。

其中「人若鳩藏，自甘蠖屈」為意思相對立的「反對」，其它則為意
思相類的「正對」。

2 雙句對偶

《賦譜》將雙句對偶的「隔」，又分為「輕、重、疏、密、平、
雜」六種。之句式。〈淵明歸隱賦〉中，則未見「疏隔」，即上三下不
限字的句式。也就是說，在〈淵明歸隱賦〉中的雙句對偶，計有輕
隔、重隔、密隔、平隔、雜隔這五種。

（1）輕隔

所謂「輕隔」，即指四下六的句型，在〈淵明歸隱賦〉中有「從
此辭官，為愛杯盤狼籍；迴思作吏，何堪案牘勞煩。」「寄其襟懷，
羲皇以上人也；問其意趣，山水之間樂乎。」二例。

（2）重隔

　　所謂「重隔」，是上六下四句型的對偶，在〈淵明歸隱賦〉中有「欣逢黃菊開花，有香有色；更喜白衣送酒，我享我將。」「歸而短帽輕衫，仍還故我；歸而芒鞋竹杖，又見真吾。」二例。

（3）密隔

　　所謂「密隔」，是指上句五言以上、下句六言以上的對隅，在〈淵明歸隱賦〉中有三例：

　　　　蓋忘薄宦之情者，且作脫簪之隱士；而動故鄉之樂者，何妨解
　　　　組而歸田。

　　　　歸于里不仕於朝，好把為官話野叟；歸歸于家不立於國，定教
　　　　遺世作耕夫。

　　　　盍賦吾黨歸與，鞅掌勞篋書之責；報道先生歸也，杖頭攜尊酒
　　　　之胡。

（4）平隔

　　所謂「平隔」，是指上下句四或五言的對隅，在〈淵明歸隱賦〉中則有三例：

　　　　若隱泉石，不甚懸殊；類隱邱園，差堪髣髴。

　　　　爾田爾宅，退隱悠然；吾愛吾盧，懷歸豈不。

（此何異）歸去之浩然，門原是鹿；歸來之張翰，膾每思鱸（也）。

（5）雜隔

所謂「雜隔」，即上句四言，下句五、七、八言，或者上句五、七、八言而下句言的對偶。在〈淵明歸隱賦〉中則有六例：

卻悔回棹之孤舟已遲，風清仕路；亦知返駕之巾車太晚，夢覺宦場。

或隱東皋以舒嘯，木自欣欣；或隱南畝以耘耔，草偏萋萋。

無論大隱、中隱、小隱，志在賦閒；即屬隱居、隱逸、隱淪，身無貶詘。

到門惟雞犬桑麻，自堪守拙；此地有煙霧花鳥，不覺忘機。

有時把卷高吟，酣眼樹蔭；無事揭竿長往，因坐苔磯。

（此何異）歸去之浩然，門原是鹿；歸來之張翰，膾每思鱸（也）。

曹敬在〈淵明歸隱賦〉中所使用的對偶，大都為內容相近的「正對」，屬意思相反的「反對」則有「笑他爵秩關心，欲植三槐之樹；豈若煙霞痼癖，別開五柳之門。」上述之對偶皆屬平泛，未及精巧新穎。

（三）排比：

　　用結構相似的句法，接二連三地表出同範圍同性質的意象，叫做「排比」。[55]排比是數種意象有秩序有規律地接連發生，其秩序或為交替的，或為流動的。在美學上，是基於多樣的統一與分化，而在表達上，排比修辭能夠形成酣暢的氣勢，還有視覺及聽覺形式上的齊整、平衡、和諧的效果。[56]

> 乃歸而尋故侶，乃歸而訪同徒。乃歸而悅茲親戚，乃歸而樂爾妻孥。

> 聞歸而鄉鄰問訊，知歸而朋友卬須。迎歸而兒童狂喜，遄歸而家族疾趨。

用此排比形式，表達歸返田園後與尋親訪故之暢心快意。在此的排比又兼類句，讀者在其中可感受秩序與變化之美。

（四）鑲嵌

　　在詞語中，故意插入數目字、虛字、特定字、同義或異義字，來拉長文句的，叫作鑲嵌。修辭學上，鑲嵌又分為鑲字、嵌字、增字、配字四種。[57]鑲嵌能使句子表現出令人預期重現的熟悉感，此在美感體驗中，屬於規律與秩序的美。〈淵明歸隱賦〉中的「以休以息」句，即將「以」字鑲插於「休息」一詞中，拉長文句，屬於鑲嵌中的「鑲字」。

55　黃慶萱：《修辭學》（臺北市：三民書局，1992年9月），頁654。

56　吳禮權：《修辭心理學》（昆明市：雲南人民出版社，2002年2月），頁217。

57　黃慶萱：《修辭學》，頁391。

（五）類疊

同一個字詞語句，接二連三反復地使用著，叫作「類疊」。[58]「類疊」的使用，亦是因重複出現而產生的熟悉的美感。一個詞語或句子反復地出現，會比只出現一次更能予視聽者深刻的印象，更能打動視聽者的心靈。

1　類字

同一個字，間隔地出現叫「類字」。

「載」欣「載」奔；「有」香「有」色；「我」享「我」將；「爾」田「爾」宅；「吾」愛「吾」盧。

除此之外，〈淵明歸隱賦〉集中於四、五段中出現了十七次「歸」字、十五次「隱」字。[59]而「歸」、「隱」連續間隔出現於句子中，又形成「類句」。

2　疊字

同一個字連續出現。

木自「欣欣」、草偏「茀茀」

58　黃慶萱：《修辭學》，頁411。

59　全文「歸」字共出現十八次，尚有第六段：「吾愛吾盧，懷歸豈不。」與第七段：「家山無恙，閭里重歸。」

3 類句

相同句式，間隔地出現。

歸而短帽輕衫，仍還故我；**歸**而芒鞋竹杖，又見真吾。此何異**歸**去之浩然，門原是鹿；**歸**來之張翰，膾每思鱸也。

乃歸而尋故侶**乃歸**而訪同徒。**乃歸**而悅茲親戚，**乃歸**而樂爾妻孥。

聞歸而鄉鄰問訊，**知歸**而朋友卬須。**迎歸**而兒童狂喜，**遄歸**而家族疾趨。

歸于里不仕於朝，好把為官話野叟；**歸于**家不立於國，定教遺世作耕夫。盍賦吾黨**歸**與，鞅掌勞篋書之責；報道先生**歸**也，杖頭攜尊酒之胡。

如高**隱**之逸士，豈逃**隱**而途絕物。人**隱**從竹坨經過，鳥**隱**向楊隄低拂。若**隱**泉石，不甚懸殊；類**隱**邱園，差堪髣髴。或**隱**東皋以舒嘯，木自欣欣；或**隱**南畝以耘籽，草偏芊芊。無論大**隱**、中**隱**、小**隱**，志在賦閒；即屬**隱**居、**隱**逸、**隱**淪，身無貶詘。爾田爾宅，退**隱**悠然。

曹敬似乎特意用此複沓的方式，再三使用「歸」、「隱」二字所構成的語詞及句子以強調主題，扣應題旨。[60]大量使用類字、類句的情形，

---

60 從創作手法探求，曹敬應是刻意將「歸」、「隱」二字大量安插在〈淵明歸隱賦〉中

還出現在〈纔了蠶桑又種秧賦〉、〈海月賦〉、〈霜葉賦〉中,而〈纔了蠶桑又種秧賦〉最是鮮明,如:

> 南陌北陌,前**村**後**村**。**孰**力田詔,**孰**務農敦。**孰**東皋往,**孰**南畝奔。**孰**披星出,**孰**負日暄。**孰**歌田祖,**孰**祝稻孫。**孰**勤耕穫,**孰**灌田園。**孰**歌雨足,**孰**種雲根。[61]

用類字修辭,描繪農人在田間日夜辛勤的狀態,頗如法國印象派點描法之繪圖。「**孰**」之一字,所指為種秧農人,賦作歌詠的主角之一。

> 課**蠶**何時,勸**蠶**何月。**蠶**婦勤勞,**蠶**神發越。**蠶**繭抽絲,**蠶**綿濯髮。浴**蠶**何室,火炙溫房;養**蠶**何方,土泥煖窟。如冰**蠶**獻,為繭黻新;如春**蠶**眠,宜香火謁。曾幾何時,**蠶**市纔沽,**蠶**絲已竭。**蠶**器纔登,**蠶**工欲歇。[62]

田間農事之外,一系列的蠶織之事,亦是緊湊忙碌,莫得閒暇。再次呼應題韻「鄉村四月閒人少」。

> 又聽**秧**歌,莫輟耕歎;又聞**秧**皷,知穡事艱。又欲犁雲,**秧**田岸曲;又欲鋤雨,**秧**水聲潺。絕無休暇,那任偷閒。**秧**針簇簇,**秧**種勻勻。**秧**車見駕,**秧**馬方馴。種**秧**弗遑,稼穡維寶;

以彰顯題旨,據此而將其視為是鑲嵌修辭中的「嵌字」,似乎亦無不可。「嵌字」,是指將特殊的字插入文句中,另顯其義,如古代藏頭詩、新詩中的隱題詩,就是嵌字格的運用。

61 簡宗梧、許俊雅主編:《全臺賦校訂》,頁191。
62 簡宗梧、許俊雅主編:《全臺賦校訂》,頁191。

插秧之後，錦繡鋪茵。[63]

藉由類字出現的疏密，以調控賦文的節奏，如此處理，甚有情味。從以上所引〈纔了蠶桑又種秧賦〉的類字修辭可看出，曹敬運用文字類疊以表現農家春日農作的忙碌，是十分成功的修辭運用，[64]然而，但並不是所用題目與內容都適合運用大量類字以表現。

在〈霜葉賦〉中的類字使用，則明顯無法營造如〈纔了蠶桑又種秧賦〉那般的情味：

> 霜華歲晚，霜信秋初。霜風吹女，霜月愁余。霜痕渲染，霜鬢蕭疎。霜天歷亂，霜雪凌虛。凝霜杜若，隕霜林於。霜入柏松，岩阿凋謝；霜萎草木，黃落欷歔。

> 著樹霜飛，空林葉墜。楓葉流丹，桐葉失翠。亂葉飄空，一葉委地。木葉驚波，溝葉題淚。抱葉悲吟，剪葉封賜。竹葉醅綠，朱戶三千；桃葉歌紅，雕欄十二。當葉落時，勵嚴霜志。（〈霜葉賦〉）[65]

如果將文字寫景轉化為拍攝影片的鏡頭，那麼古代表現手法精湛高超的田園山水詩人，其實都是運鏡高手，例如二謝、王孟、韋柳，他們寫景的文字，能使讀者跟著「文字的鏡頭」有秩序的移動。[66]無論詩

---

63 《全臺賦校訂》，頁191。

64 在〈纔了蠶桑又種秧賦〉中的類疊修辭中，「蠶」、「秧」二字反復出現，似乎也扣應題目的「蠶桑」與「種秧」二事，用意在彰顯農家辛苦勞作之二事，故在此亦可視為鑲嵌修辭中的嵌字格。

65 《全臺賦校訂》，頁197。

66 如謝朓〈晚登三山還望京邑〉：「灞涘望長安，河陽視京縣。白日麗飛甍，參差皆可

句是「由泛而具」的視線推移，還是「由具而泛」的反向而行，無論描寫的視角是由上而下的俯視，還是由下而上的仰視，都有明顯的秩序可供讀者掌握。而這種視線挪移的描寫與電影鏡的「蒙太奇」（Montage）表現手法之高下，早已成為分析、鑑賞古代詩文常見的一種方式。曹敬不用描寫景物的視線推移來寫秋日之霜葉，卻用抽象思維的聯想以吟詠「霜」與「葉」。

在〈霜葉賦〉中用霜華、霜信、霜風、霜月、霜痕、霜鬢、霜天、霜雪做為主語，寫秋天之景，似隨意造句，紛雜凌亂，乍讀之下，無法找出具有秩序且可依循的思路脈絡，唯有以對偶句輔以析之，才能看出其邏輯。蓋「霜華／歲晚」句，對「霜信／秋初」句；「霜風／吹女」句，對「霜月／愁余」句，此二組對偶尚屬工整，然而，駢律詩賦之對偶，上下句應避免犯重，尤其是句子極短的四言句。而屬於雙句對的「霜入柏松，岩阿凋謝；霜萎草木，黃落欹歍。」其二、四句的謂語描狀擬態，顯得空泛平淺。

「葉」字重複出現於句中作主語，有楓葉、桐葉、亂葉、一葉、木葉、溝葉、竹葉、桃葉；作動詞後的賓語，則有「抱葉」、「剪葉」；組構成的對偶句，則有「楓葉／流丹」，對「桐葉／失翠」；「竹葉醅綠，朱戶三千」，對「桃葉歌紅，雕欄十二。」其中「楓葉流丹」、「溝葉題淚」，用「紅葉題詩」事，見於唐‧孟棨之《本事詩》；「桐葉失翠」、「剪葉封賜」，則用「桐葉封弟」事，見《史記‧晉世家》；「竹葉醅綠」化用元‧白樸〈西江月〉：「竹葉醅浮綠釅」句，「桃葉歌紅」則用晉‧王獻之〈桃葉歌〉之事。[67]

見。餘霞散成綺，澄江靜如練。喧鳥覆春洲，雜英滿方甸……」視線的推移是由遠而近、由大而小、由上而下；柳宗元的〈江雪〉：「千山鳥飛絕，萬徑人蹤滅。孤舟簑笠翁，獨釣寒江雪。」運鏡順序是「遠──近──特寫」，首句仰視，次句俯視，末二句平視。無論視線的推移或鏡頭的移動，皆極富條理。

67 蓋桃葉本為王獻之愛妾，王獻之常在金陵秦淮河渡口接其愛妾，此渡口遂名為桃葉

《文心雕龍・麗辭》云：「言對為易，事對為難，反對為優，正
對為劣。」[68]上述用「葉」字而組構的對偶句，有事對「楓葉流丹，
桐葉失翠」、「木葉驚波，溝葉題淚」、「抱葉悲吟，剪葉封賜」，然而
這三組事對，其實只運用了事典使其在文字表面相對，但在句義上，
卻沒有任何對舉的深義，故可以說是「名為事對，實為言對」。正對
為：「竹葉醅綠，朱戶三千；桃葉歌紅，雕欄十二。」顧況拾得御溝
紅葉題詩以成婚姻事與周成王桐葉封叔虞之事，在〈霜葉賦〉中被拆
成二處運用，並加入「木葉驚波」[69]，這些對偶句，在形式上都達到
了對仗的要求，但卻都沒有深一層的關聯之義，故而予人生硬拼湊之
感。曹敬刻意使用「霜」、「葉」二字組構成的對偶句，頌詠的秋日霜
葉，然而二字重複過多，依之而構的對句亦不靈動精巧，所以使讀者
產生了審美疲勞。

在〈海月賦〉中，曹敬則鋪陳羅列與海相關之總總名物，以類字
修辭表現：

> 河伯對曰：先生所云，其海月乎。且夫海之異產，亦多矣哉，
> 海扇搖光、海童留跡。風恬而海馬躍波，浪靜而海梭穿碧。不
> 但鸞帆峭發，泛海窟以游巡：而且鮫室高聳、任海濤以驚拍。
> 不但蠣奴粘石，傍海市以安：而且魚婢奔波，出海門而行役。
> 則異不勝稽，名難盡核。豈僅一物之微、足以驚奇於前席也
> 哉。（〈海月賦〉）[70]

渡，王獻之遂作〈桃葉歌〉三首，〈桃葉歌〉首句：「桃葉映紅花」。「桃葉歌紅，雕
欄十二」，「桃葉歌紅」應是用此事典，謂王獻之對其妾之偏愛。

68 〔梁〕劉勰著，范文瀾注：《文心雕龍注（下）》（北京市：人民文學出版社，2023
年3月），頁588。

69 「木葉驚波」語出自〈湘夫人〉：「嫋嫋兮秋風，洞庭波兮木葉下」。

70 《全臺賦校訂》，頁206。

如此的同類羅列，是古賦賦體最常用的手法，所以古賦有「幾近類書」之說，然而律賦追求聲律諧協與對偶精當，運用同類羅列的類疊修辭於律賦中，實非屬寫作上策。

綜觀曹敬賦作修辭藝術，最具其個人特色者，乃大量類字、類句之使用。文詞、句型重複出現，能加深印象、加強說服，形成強烈氣勢，又有一瀉千里暢快恣肆之感，但同時也容易形成過度刺激而造成接受者的反應疲乏。在訴諸於聽覺的口語傳播上可多用複沓詞語與句子，以鞏固聽者印象，但作為書面的文章或詩賦，是訴諸於先視覺再心覺的接受，大量重複的用字用語，會形成板滯僵拙之感。曹敬類字修辭使用成功之例，乃〈纔了蠶桑又種秧賦〉一篇，可謂「大巧若拙」，此篇所用的類疊手法，將春日農家傾力忙於農事的勞碌鮮活呈現，內容與形式技巧完美地結合。

然而同樣大量的類字修辭運用在〈淵明歸隱賦〉、〈霜葉賦〉、〈海月賦〉三篇賦中，令人感到的不是大巧若拙反而是拙且未巧。在〈淵明歸隱賦〉中一再重複「歸」、「隱」二字，敘述淵明歸隱後之生活樣態，對於熟諳史籍典故者而言，一再裁融熟語熟典而重複用詞用語，行文板滯缺少創意；在〈霜葉賦〉中大量重複「霜」字詠寫秋日景色，寫景凌亂，缺少秩序，對偶只在表面相對而乏深意；用「葉」字組構的對句雖也用隸事用典，但近似拼湊，對偶亦不精工；在〈海月賦〉中重複「海」字以羅列海中之名物，缺少推陳出新之描寫，未有新穎鮮活之內容，未見靈活巧妙之用語與構句；不分題目、內容均用大量類字兼嵌字修辭，反而予讀者深深的「技窮」之感，十分地可惜。

五　結語

互文性是文學活動的重要特點，廣義地說，所有的文學文本皆具

有互文性，因為每個文本都會與其所處的社會文化、政治制度、思想傳統、審美風尚產生或密或疏、樣態各異的關聯，不過是有些文本較為明顯，有些文本較為隱晦。在此互文性視角下分析任何一文本皆會發現，文本所承載的意義與其所指向的世界會透過讀者的閱讀、理解與詮釋，不斷地向外織就著新的意義網絡。

曹敬賦作因為沒有關於臺灣地方形勝與人情風土的書寫，在目前已成為顯學的臺灣文學作品中，未能顯出本土特色，設若將其臺籍作家身分隱去，其與臺灣文學之關聯恐就泯而不見。然而，作為清代中期臺灣的基層文人士子，曹敬的賦作與科考息息相關，它們不是在試場中產生就是在準備科考的過程中產生，此誠然又可作為清代試賦大文本的一個小注腳，在整個清代試賦的大文本中，曹敬賦作能夠代表臺灣士子的應試養成經過，它是整個國家政教的普遍性與統一性的強大例證。

將曹敬賦作置於整個清代賦壇而論，其成就與藝術價值確實無法與名家爭勝，但若作為斷代與地方的社會文化與文學史料而言，其價值自然就在其中。

參考文獻

一 古籍

〔梁〕劉　勰著，范文瀾注：《文心雕龍注》：北京市：人民文學出版
　　　社，2023年3月。

〔唐〕杜　佑：《通典》，北京市：中華書局，1988年7月。

〔唐〕李　肇：《唐國史補》，上海市：上海古籍出版社，1979年1月。

〔清〕余丙照：《增注賦學入門》，臺北市：廣文書局，1979年11月。

王　冠編：《賦話廣聚》，北京市：北京圖書館出版社，2006年12月。

簡宗梧、許俊雅主編：《全臺賦校訂》，臺南市：國立臺灣文學館出
　　　版，2014年10月。

二 今著

李玉平：《互文性——文學理論研究的新視野》，北京市：商務印書
　　　館，2014年7月。

吳禮權：《修辭心理學》，昆明市：雲南人民出版社，2002年2月。

李世愉、胡平著：《中國科舉制度通史（清代卷）》，上海市：上海人
　　　民出版社，2017年4月。

黃慶萱：《修辭學》，臺北市：三民書局，1992年9月。

郭維森、許結著《中國辭賦發展史》，南京市：江蘇教育出版社，
　　　1996年8月。

尹占華：《律賦論稿》，成都市：巴蜀書社，2001年5月。

商衍鎏：《清代科舉考試述錄》，保定市：故宮出版社，2014年4月。

許　結：《賦體文學的文化闡釋》，北京市：中華書局，2005年9月。

許　結：《賦學：制度與批評》，北京市：中華書局，2013年9月。

彭紅衛：《唐代律賦考》，北京市：社會科學文獻出版社，2009年1月。

詹杭倫：《清代律賦新論》，北京市：北京燕山出版社，2008年5月。

魯小俊：《清代書院課藝總集敘錄》，武漢市：武漢大學出版社，2015年11月。

鄧洪波：《中國書院史（增訂版）》，武漢市：武漢大學出版社，2012年11月。

〔日〕青木正兒著，隋樹森譯：《中國文學概說》：重慶市：重慶出版社，1982年9月

〔日〕鈴木虎雄著，殷石臞譯：《賦史大要》，臺北市：正中書局，1992年4月。

三　期刊論文

王士祥：〈「試賦」的內涵與外延〉，《河南師範大學學報（哲學社會科學版）》第40卷第6期，2013年11月，頁143-146。

王國瓔：〈史傳中的陶淵明〉，《臺大中文學報》第12期2000年5月，頁193-228。

林淑慧：〈臺灣清治中期淡北文人曹敬及其手稿的詮釋〉，《臺北文獻（直字）》第152期，2005年6月，頁59-94。

祁立峰：〈聲律的實踐與示範：論唐律賦「題韻」與「題義」的互文性〉，《國立臺南大學人文研究學報》第42卷第1期，2008年，頁23-40。

禹明蓮：〈論清代的書院教育與賦學批評〉，《中北大學學報（社會科學版）》，第38卷第4期，2022年8月，頁65-70、76。

許　結：〈湯稼堂《律賦衡裁》與清代律賦學考述〉，《浙江學刊》2003年第6期，頁110-118。

許　結：〈論清代書院與辭賦創作〉，《湖北大學學報（哲學社會科學版）》第36卷第5期2009年9月，頁41-44。

許　結：〈論清代科制與律賦批評〉，《中國古代文學理論研究》第21輯，2003年12月，頁265-281。

俞士玲：〈論清代科舉中辭賦的地位與作用〉，《學術月刊》2000年第3期，頁76-81。

俞士玲：〈論清代辭賦的變革〉，《南京大學學報（哲學・人文科學・社會科學）》第37卷（總123期）2009年第1期，頁112-120。

程嫩生：〈清代書院詩賦教育〉，《文藝理論研究》第2014年第2期，頁85-93、99。

劉楚荊：〈常見互文性類型舉隅〉，《文化學刊》2023年第7期，頁91-94。

劉德玲：〈臺灣先賢曹敬賦作析論〉，《輔仁國文學報》第31期，2010年10月，頁165-182。

簡宗梧、游適宏：〈律賦在唐代「典律化」之考察〉，《逢甲大學人文社會學報》第1期，2000年1月，頁1-16。

趙成林、成朝暉：〈限韻和病犯：也談律賦的體式標準〉，《遠東通識學報》第2卷第2期，2008年7月，頁31-38。

簡宗梧：〈《全臺賦》編校之商榷——以曹敬賦為例〉，《長庚人文社會學報》第1卷第1期，2008年，頁85-108。

鄺健行：〈律賦論體〉，《四川師範大學學報（社會科學版）》第32卷第1期，2005年1月，頁68-74。

游適宏：〈《全臺賦》所錄八篇應考作品初論〉，《逢甲人文社會學報》第15期2007年12月，頁61-84。

四　學位論文

王嘉弘：《清代臺灣賦的發展》，臺中市：東海大學中文系碩士論文，
　　　　2004年。

王瑜純：《清代試賦研究》，杭州市：浙江大學中國古代文學碩士論
　　　　文，2017年。

張　　穎：《清代書院課藝賦研究》，杭州市：浙江大學中國古代文學碩
　　　　士論文，2021年。

和平島的永續生活實踐
——以在地特色商家之場域優化設計為例

莊育鯉

國立臺灣海洋大學海洋文創設計產業學系副教授

摘要

基隆和平島地區的漁業在當地扮演著經濟和文化的關鍵角色，為居民提供穩定的就業機會和經濟收入，同時對當地社會和文化產生深遠影響，體現在飲食習慣、節慶慶典和民間傳說等方面。然而，近年漁獲資源減少，漁業產業面臨挑戰，導致和平島地區店鋪和建築物老舊化，影響商業區域的吸引力，對區域發展造成負面影響。為因應漁業挑戰，臺灣高等教育推動大學社會責任實踐（University Social Responsibility, USR）計畫，引導大學以人為本，解決區域問題。

本研究融入 USR 理念和框架，鼓勵學生以當地需求和真實問題為導向，開展以地方為本位（place-based）的課程和活動，進行洞察、詮釋和面對問題的過程。首先，研究目標在於挖掘和平島地區的地方特色。學生透過田野調查和訪談，與當地居民建立互動，深入了解當地文化、資源和特色產業，並記錄觀察到的現象，以瞭解和平島的歷史、文化和經濟情況。同時，以服務設計為核心概念，改善特色店家形象，優化店內陳列方式和視覺元素，傳達和平島的價值觀和故事，提高店家的在地特色吸引力和競爭力。此外，保存和推廣和平島的在地漁業文化特色，同時發展品牌

識別，豐富服務設計在地方特色文化產業領域的知識。

關鍵詞：和平島店家、永續、場域優化設計、服務設計、大學社會責任
　　　　實踐計畫

一 文獻探討

(一) 和平島

　　基隆和平島是北臺灣歷史發展最早的地方之一，和平島原名社寮島，是一座與臺灣本島間以海溝相隔的小島，和平島位居基隆港口的出入厄口，海洋航線必經之地，掌控船舶進出（圖一）。十六世紀起東亞貿易時代即為軍事列強競逐之地，是臺灣最早有西方人入住的地方，也是基隆最先被漢人開墾的地方之一。和平島鄰近海域海流的交匯形成絕佳的漁場，而沿海綿長曲折的海岸提供漁村聚落良好的生存環境，形成獨特的傳統漁村聚落。島上終年受到東北季風吹襲以及海浪拍打侵蝕影響造成和平島上僅擁有特殊岩石景觀，海岸更有許多珍稀的動植物；島上的數百年的歷史積累使它經常成為受關注的焦點，生活型態、族群文化與產業變遷呈現了多樣性的發展與面貌。[1]

圖一　和平島地理位置

　　和平島天然的港灣加上沿海綿長曲折的海岸線與暖流流經，提供了漁村聚落良好的生存環境，外海因有著黑潮的交匯，形成絕佳的漁

1　劉可強：《和平島文化地景整體規劃：成果報告書》（基隆市：基隆市文化局，2009年）。

場。和平島居民依海為生，自古產業多與海洋有關，早期和平島上漁
業的發達，吸引各地的外來移民，逐漸成長發展為倚賴漁業的典型傳
統漁村（圖二）。[2]直到日治時代，日本人來到和平島之後，優良的漁
場與豐富的魚種，吸引大量的日本人、琉球人以及朝鮮人來到和平
島，建設了現代化的漁港，與新漁業技術地帶入，一些漁港內的公共
設施如加油站、冷凍製冰廠、魚類加工廠、造船廠、魚、市場、漁業
電臺等周邊產業也都陸續設立。但是到了七〇年代左右，和平島漁場
日漸枯竭、漁獲大量減少，另外社會型態的改變也使得年輕一輩不願
意再投入辛苦的漁業工作。漁業景氣的蕭條也衝擊了周圍的相關產
業，同樣造成了年輕人口的外移。[3]和平島因為產業、戰事等種種因
素，吸引了許多來自外地的移民。然而，隨著產業的沒落，人口也逐
漸流失。

圖二　和平島現今漁業狀態

（二）和平島海鮮料理特色店家

　　人類對於食物的需求不僅僅是關於滿足飢餓的基本需求，它還包
含了一種深刻的無形意義與象徵性的多方內涵。同時也反映出人們的

2　王　鑫：《獨特的容顏──北台灣》（臺北市：遠足文化事業公司，2016年）。

3　李明諺：《漁村社區轉型策略研究之探討：以高雄縣茄萣鄉為例》（高雄市：國立中
　　山大學碩士論文，2006年）。陳均龍、許旻棋、陳璟美、莊慶達：〈價值創造觀點探
　　討漁村產業發展之研究：以基隆市為例〉，《農業推廣文彙》第59期（2014年）。

價值觀、信仰、態度和行為方式。經由生活飲食的了解，我們可以了解一個人的居住環境和歷史發展，以及他們的民族特性、生活習慣和生活價值觀。

　　和平島是基隆市的一個重要地標，和平島周圍的海域豐富多樣，擁有各種類型的海洋生物，包括魚類、螃蟹、貝類等。過往，漁獲一直是當地漁民的主要經濟來源，同時也為周圍地區的店家提供了多樣性的在地食材。這些在地食材成為和平島當地店家的寶貴資源。在地店家也經常巧妙地運用當地食材，創造出獨具特色的菜單，吸引居民與觀光客前來品味，多數店家以其新鮮、美味的海鮮料理而聞名，也使得和平島成為一個熱門的美食目的地（圖三）。

圖三　和平島的在地海鮮美食

　　和平島傳統店家一直以來都是和平島飲食文化的一個重要部分，它們代表了和平島產業的歷史和豐富的漁業文化內涵。近年來，由於生活水平的提升，消費者對於餐飲體驗的期望正在變化，不僅關心食物的品質，還更加注重用餐環境的舒適度和品質。

　　店家不僅僅是商業實體，也是和平島文化的一部分，但現今許多和平島傳統店家經營已久，島上傳統的臺灣料理店家經營疏忽更容易出現老舊未維護的情況，顯得古老，對於用餐體驗來說並不理想（圖四）。長期來看，這可能導致店面失去吸引力，不易滿足現代消費者

的需求。隨著時間的推移，消費者的口味和需求也在不斷變化，商業店家的視覺意象是營造品牌形象的重要元素之一，也是商家對外界傳遞品牌訊息和形象的關鍵媒介。同時合理的動線設計可讓店內的流動和舒適度直接影響客戶的用餐體驗，愉快的用餐氛圍可以提升顧客的對在地特色文化情感的認同，延續地方意象的後續發展。

圖四　和平島的在地店家外觀現狀

二　設計方法

（一）設計方法

　　本研究融入臺灣教育部於一〇六年啟動的「大學社會責任實踐計畫」（University Social Responsibility, USR）[4]，以學生學習為核心，鼓勵學生將人為本的價值觀融入其中。我們將學習焦點放在滿足當地需求，並聚焦於區域或當地特色的發展，以解決現實問題，並加強與當地社區的聯繫。透過洞察、詮釋及參與真實問題的過程，我們旨在促進學生對當地連結的加強，並鼓勵他們應用和分享在校所學的專業

4　〔西班牙〕Coelho, M., & Menezes, I. (2021).: "University Social Responsibility, Service Learning, and Students' Personal, Professional, and Civic Education." *Front Psychol, 12,* 617300. https://doi.org/10.3389/fpsyg.2021.617300

知識，以推動和平島當地的特色飲食的長期成長和發展（圖五）。

　　研究的設計發法以服務設計方法[5]運用於和平倒在地特色商家之場域優化設計之中，透過服務設計整合不同的有形和無形的資源，而建構思維縝密、結構清晰完整的服務經驗。並定義人（people）、資產（props）和流程（processes）等設計的三個要素，[6]來說明了與服務有關的直接或間接的關係人、有形與無形的物件及執行的流程，讓每一項要素都能在設計表現上持續有效的運作，並且能夠整合在一起（圖六）。發展流程上運用雙鑽石設計流程圖（Double Diamond Design Process diagram）[7]的設計流程，以發散思考至收斂思考程序，並反覆地從多面向的問題中探索可執行的設計模式與解決方法，設計發展上將結合服務設計理念與鑽石設計流程的發展，進行和平島在地特色店家的場域優化設計。

5　〔德〕Stickdorn, M., & Schneider, J. (2005). *This is Service Design Thinking: Basics, Tools, Cases* Wiley.

6　〔美〕Gibbons, S. (2017).: "What Is a Service?" Retrieved 29 June from https://www.nngroup.com/articles/service-design-101/

7　Nessler, D. (2018).: "How to apply a design thinking,*" HCD, UX or any creative process from scratch — Revised & New Version*. Retrieved 15 JAN from https://uxdesign.cc/how-to-solve-problems-applying-a-uxdesign-designthinking-hcd-or-any-design-process-from-scratch-v2-aa16e2dd550b

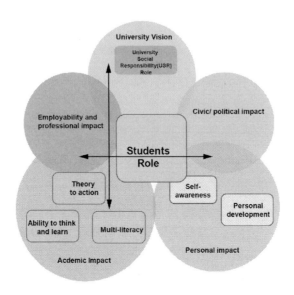

圖五　USR 學習標的學生定位

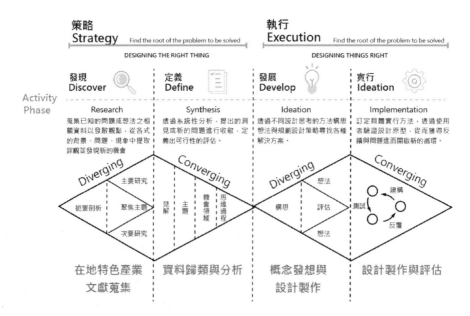

圖六　雙鑽石設計流程圖（Double Diamond Design Process diagram）

（二）設計流程

　　第一階階段主要是以田野調查與店家訪談，來了解和平島的個個不同面向的文化地景，從研究、分析與實際調查體驗來認知和平島的自然環境、歷史人文與特色產業的相關文化構面。並且從相關的文獻資料蒐集與分析，彙整出有關和平島意象元素，歸納出屬於和平島漁業特色的實質認知意象、抽象情感意象以及整體意象等構面以進行特色商家之場域優化設計的轉換與設計議題之探討（圖七、圖八）。

圖七　實地田野調查　　　　　　圖八　店家訪談

　　第二階階段將所蒐集的資料，運用客戶體驗地圖（user journey map），將來訪觀光客的行動、想法、情緒與感覺可視化，將顧客的整個體驗以故事的方式展現出來（圖九）。設計發想的過程上運用由日本慶應大學松岡由幸教授在二〇〇〇年開始所提倡的多空間設計模組（multispace design model）設計方法[8]（圖一〇），其主要的特點是將設計思考中常用的 KJ 法加以提升。發想內容上主要以和平島店家的符號再現為主要發展，符號的設計與發展上必須根據其隱喻屬性才可能被圖式化並得以傳佈，藉由和平島的各種自然環境、歷史與人文活

8　〔日〕加藤健郎、佐藤弘喜、佐藤浩一郎、松岡由幸：《デザイン科學概論：多空間デザインモデルの理論と実践》（東京都：慶應義塾大學出版会，2018年）。〔日〕松岡由幸：《創発デザインの概念》（東京都：共立出版社，2013年）。

動與過往的記憶建構和平島特色商家之場域優化設計與象徵符號的商品轉換。

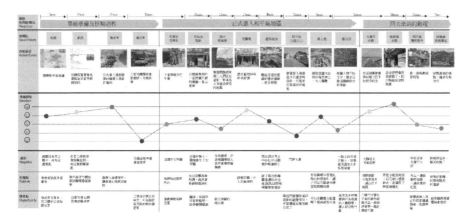

圖九　客戶體驗地圖（user journey map）

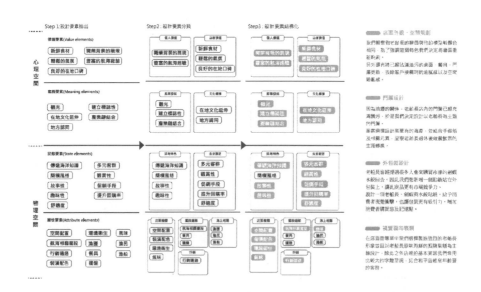

圖一○　多空間設計模組（multispace design model）設計方法

三 設計表現

在餐飲店商業空間設計中，資料蒐集和分析是關鍵的步驟。設計表現上需要收集顧客的需求和偏好，分析市場趨勢，並根據這些相關訊息設計適合的設計方案。最後階段的設計表現是設計想法的實際呈現方式，專業學習的視覺設計展現，亦是學生與團隊、店家之間溝通和共享設計概念，使其概念變得具體可見而共同參與。在基本的設計概念表現上以餐廳的整體形狀、動線設計、座位安排、裝飾和照明等為設計主軸，考慮到不同的場景和需求，並提出相應的設計方案。主要設計表現的面向有：

（一）構思不同情況的設計思路

針對不同的情況，可以構思不同的餐飲店商業空間設計思路。首先，對於餐廳的形狀設計，可以根據場地大小和形狀進行設計，例如在狹長的空間中，可以考慮使用長型的餐桌以最大限度地利用空間；對於動線設計，需要考慮到廚房到餐桌的最短路徑，以及顧客進出的便利性；在座位安排方面，可以根據不同顧客群體的需求，設置不同類型的座位，例如適合家庭用餐的大桌，以及適合單人用餐的小桌；在裝飾和照明方面，可以根據餐廳的主題和風格進行裝飾，同時通過適當的照明設計，營造出舒適和溫馨的用餐氛圍。

（二）專注於使用條件的變化

考慮到餐飲店使用條件的變化是設計的關鍵之一。在餐飲店營業時間內，用餐時間和非用餐時間的客流量會有所不同，因此需要設計靈活且適應性強的空間布局，以滿足不同時間段的需求。例如，在用餐高峰期，可以增加座位數量和服務人員，以應對客流高峰；在非用

餐時間，可以將部分座位收起，並將空間用於其他用途，如舉辦活動或提供私人聚會場所。

（三）關注功能價值和情感價值

餐廳空間設計既要考慮到功能性，也要注重情感價值。功能性包括設計的實用性和便利性，如合理的座位安排和良好的動線設計；情感價值則包括設計所帶來的情感體驗和用餐氛圍。地方特色的融入是提升餐廳情感價值的重要手段之一，通過反映當地文化、歷史和特色，可以營造出獨一無二的餐飲體驗，吸引更多顧客。，在設計中可以加入當地特色的裝飾元素，如傳統藝術品或地方特色飾品，以展現餐廳與當地的關聯性，營造出獨特的文化氛圍。

（四）Logo 的意象設計與表現

在品牌形象的元素運用上，必須能夠凸顯海洋風情、帶來現代感、活力感和動感。在設計 Logo 時，需要充分考慮如何以特定的形狀、色彩和排列方式來展現這些特質。在元素運用上可以以流暢的曲線和圖案來表現，使得整個 Logo 充滿動感和活力。形狀上，可以選擇海浪或漩渦的圖案，這些形狀能夠代表海洋的無窮動力和變化。另外，海洋生物展現海洋風情的絕佳選擇，它們的形狀可以營造出生機勃勃的氛圍。同時為營造出現代感，Logo 表現上可以思考風格簡潔明快，避免了過多的細節和繁複的圖案，保持整體的清晰度和現代氛圍，俐落明確的字體和排版風格，可以讓整個 logo 看起來更加時尚和具有現代感。[9]

在的設計表現中，我們透過整合多空間設計模型以及結合現有的

9　蘇文清、嚴貞、李傳房：〈符號學與認知心理學基礎理論於視覺設計之運用研究——以「標誌設計」為例〉，《人文暨社會科學期刊（Journal of Humanities and Social Sciences）》第3卷第1期（2007年），頁95-104。

思維和分析方法。我們通過應用這一方法於兩個不同案例，對我們的設計過程和解決方案進行了詳細研究與設計表現。

　　在第一個商業空間案例中，我們致力於打造一個以海洋風情為主題的海鮮料理餐廳，旨在吸引愛好海鮮美食的顧客。我們運用海洋元素的裝飾所構思的 Logo 意象表現，營造海產意象。為了提升客流量，我們設計了寬敞舒適的用餐區域，並考慮到動線的流暢性，使顧客能夠輕鬆找到座位並享受用餐體驗。在地文化氛圍通過使用當地新鮮的海鮮食材和傳統烹飪技巧，為顧客呈現了地道的海鮮料理，讓他們感受到海岸城市的美味和活力（圖一一）。

　　而在第二個商業空間案例中，我們專注於打造一個現代的海鮮餐廳，以吸引追求時尚潮流的年輕顧客。通過選擇具有獨特設計風格的吧臺和優化照明設計，我們成功地打造了一個充滿活力和動感的用餐環境。在動線設計上，我們考慮到客流量和顧客需求，設計了輕鬆舒適的用餐區域和活動空間，讓顧客能夠盡情享受美食。在地文化氛圍通過意象和餐飲的結合，讓顧客感受到和平島的獨特魅力和文化風情（圖一二）。

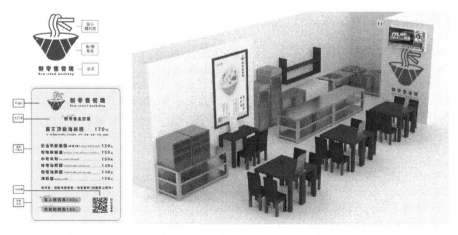

圖一一　　和平島特色店家──新零售場域優化設計

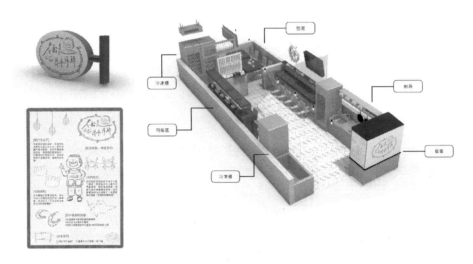

圖一二　和平島特色店家 —— 老船長場域優化設計

四　結論與建議

　　基隆和平島以其獨特的特徵，包括傳統性、鄉土性和多元性，具有獨特的魅力。當我們探討如何振興漁村地區的新經濟價值產業時，我們必須深入了解地方區域文化發展的經驗脈絡以及其歷史和人文特色。這些元素在在地特色商家之場域優化設計的符碼轉換中扮演著重要的角色。本研究強調了 USR 教學理念、服務設計、設計方法和社會設計的緊密結合，以建立以學生為中心的教育模式，旨在提供更富有社會學習價值和可持續性的實踐教育體驗。我們著重於和平島的多樣文化為主題，通過在地田野調查和訪談，以當地店家為合作夥伴，並融入象徵性的地方視覺元素來設計教育體驗。

　　學生透過參與在地田野調查和訪談，他們能夠真正理解當地社群的特色和需求。同時，透過店家作為合作夥伴，學生有機會實際參與

當地經濟生態，從而增強他們的實務技能和社會參與意識。在設計上強調象徵性的地方視覺意象在教育設計中的關鍵作用。這些視覺元素不僅為教育體驗增添了文化深度，還能激發學生的創造力和思考能力。這種整合方法的基礎在於讓學生深刻體會和表達和平島文化的內涵，同時探索在地特色商家場域的優化設計潛力，從而呈現新的風貌。

參考文獻

〔西班牙〕Coelho, M., & Menezes, I. (2021).: "University Social Respon-sibility, Service Learning, and Students' Personal, Professional, and Civic Educ-ation." *Front Psychol*, *12*, 617300. https://doi.org/10.3389/fpsyg.2021.617300

〔美〕Gibbons, S. (2017).: "What Is a Service?" Retrieved 29 June from https:// www.nngroup.com/articles/service-design-101/.

Nessler, D. (2018).: "How to apply a design thinking", *HCD, UX or any creative process from scratch — Revised & New Version*. Retrieved 15 JAN from https://uxdesign.cc/how-to-solve-problems-applying-a-uxdes ign-designthinking-hcd-or-any-design-process-from-scratch-v2-aa16e2dd550b

〔德〕Stickdorn, M., & Schneider, J. (2005). *This is Service Design Thinking: Basics, Tools, Cases* Wiley.

王　鑫:《獨特的容顏——北臺灣》,臺北市:遠足文化事業公司,2016年。

〔日〕加藤健郎、佐藤弘喜、佐藤浩一郎、松岡由幸:《デザイン科学概論:多空間デザインモデルの理論と実践》,東京都:慶應義塾大学出版会,2018年。

李明諺:《漁村社區轉型策略研究之探討:以高雄縣茄萣鄉為例》,高雄市:國立中山大學碩士論文,2006年。

〔日〕松岡由幸:《創発デザインの概念》,東京都:共立出版社,2013年。

陳均龍、許旻棋、陳璟美、莊慶達:〈價值創造觀點探討漁村產業發展之研究:以基隆市為例〉,《農業推廣文彙》第59期,2014年。

劉可強：《和平島文化地景整體規劃：成果報告書》，基隆市：基隆市
　　文化局，2009年。

蘇文清、嚴貞、李傳房：〈符號學與認知心理學基礎理論於視覺設計之
　　運用研究——以「標誌設計」為例〉，《人文暨社會科學期刊
　　（Journal of Humanities and Social Sciences）》第3卷第1期，
　　2007年，頁95-104。

金門話慣稱地名之文化記憶：
分歧、斷裂與承續

楊惠玲

國立金門大學華語文學系副教授

摘要

金門建縣於一九一五年，歷經民初南洋移民潮、日軍侵擾、軍管時期，歷史背景異於臺灣本島，現之地名與地方慣稱之間存在若干落差。此種分歧因何形成、看似斷裂之地名文化記憶如何達到和解並獲得承續，為本文討論重心。本研究以文化記憶理論作為框架，針對三十五個地方慣稱地名，檢視金門地名所反映之歷史文化及社會變動。研究顯示：地名以字形、字義、字音等形式承載金門先民文化記憶。經本研究之考察與田調印證，官方與慣稱地名之斷裂，透過各類媒介作為儲存器，繼而承續文化記憶。承續性以字音高於字形、字義。字形常因假借，出現一地多名；多義共存也源自後世對字形之臆測。相對地，口耳相傳之語音成為最穩定的傳承媒介。此外，看似斷裂之慣稱地名，也透過地方儀典與聯鄉行為獲得維繫與保存。過往地名研究多採取人文地理或方言視角，本研究通過文化記憶理論解譯官定與慣稱地名間之分歧。我們認為文化韌性足以阻斷表面之記憶斷裂，繼而創造和解，使得文化記憶得以延續。

關鍵詞：金門、聚落地名、文化記憶、聯鄉

一 前言

　　金門直至一九九二年底解除戒嚴、終止戰地政務管制，隔年二月開放觀光，才褪下神秘面紗為外界漸知。金門古屬福建省同安縣，於一九一五年獨立建縣。一八九五年馬關條約割土並未包含金門，因此金門有別於臺灣，僅於一九三七至一九四五年間為日軍所佔。金門因地理位置，歷代向為海疆守禦重地。第二次臺海戰役之後的冷戰期，更造就它今日之特殊性。近代與金門最有相關的戰役包括古寧頭和八二三兩大戰役。一九四九年古寧頭戰役之後，大批軍隊湧入金門；一九五八年八二三砲戰發生，同年至一九七九年，金門歷經約二十年單打雙不打的冷戰期，進入重兵駐守及民間自衛保強的年代。金門軍管時期之最高統領機構為金門防衛司令部（簡稱金防部），參與地方政策與建設。相較之下，臺灣本島在日治時期的一九二〇年施行之地方行政區域改革，以及一九四五年公布之「臺灣省各縣市街道名稱改正辦法」均未擴及金門。種種因素使得現如今金門之地名景觀有別於臺灣多數地區，依舊保留著許多初始樣貌。

　　乍看金門的聚落地名景觀相關匱乏。巨大的入村石、一致性的外觀與字體：漆以紅色的漢字，加上對應之漢語拼音。然而，入村石上的地名卻蘊含著豐富的文化意涵。譬如，賢聚原為顏姓宗族開基，盧為現在的大姓。而字面的「賢士畢聚」所形成的結構和語意，看似無法對應前述文化記憶。此外，東社之地名有別於臺灣本島常見之通名「社」。此地名之金門話讀作 Tang-tsiah（東藉），非東社之字面音 Tang-siā。「藉」在此為休憩，此區本為附近農民之休憩處，後發展為村落。東店本為東「塾」，塾表示低窪之處。「店」看似人文設施，然係因「塾」雅化而來的，屬自然類地名。以上「社」或「店」，如同

「厝」，為閩南常見表示居所之通名，然而若未經考究其文化記憶，則容易望文生義。基於文化記憶傳承，如今金門居民能以某人姓氏推得其所居村落。除入村石上之地名，村民對於金門話慣稱之地名也耳熟能詳。聚落地名具有豐富的歷時性，靜默地訴說著金門的開發史。

本文以金門聚落命名為主軸，透過金門話慣稱地名與官方地名之分歧，探究文化記憶之斷裂與承續。段落鋪陳如下：第二節說明文獻回顧及文化記憶理論。第三節討論地方慣稱地名之形音義，兼論語言景觀與在地文化之互動。第四節論述文化記憶之儲存媒介，最後為總結。

二　文獻回顧

（一）地名與文化

漢語地名研究一向受到學界關注。羅常培在《語言與文化》始討論地名和民族遷徙之關係，指出地名顯現之文化蘊涵。周振鶴、游汝杰由六個面向討論地名與文化之間的關係。[1]李如龍《漢語地名學論稿》涵蓋面更廣，包括地名的詞語結構、詞彙系統、形音義、命名法、類型、語源、演變以及地名文化特徵。常敬宇就漢語詞彙分類說明中國地名所象徵的文化意涵，共十四類。[2]卜仁海以深港之地名為例，說明地名文化景觀的形成因素。新近以專書討論漢語地名者有徐雪英[3]、楊建國和陶嘉慧[4]。徐雪英針對寧波聚落地名進行調查與分

1　周振鶴、游汝杰：《方言與中國文化》（臺北市：南天書局，1990年），頁135-164。
2　常敬宇：《漢語詞彙文化》（北京市：北京大學出版社，2009年），頁245-256。
3　徐雪英：《寧波地名文化》（杭州市：浙江大學出版社，2014年）。
4　陶嘉慧：《福建省建寧縣地名用字及地名命名方式研究》（重慶市：四川外國語大學碩士論文，2018年）。

析，包括地名之語言結構、命名理據和文化意涵。楊建國探討北京地名，涵蓋北京特有的建築設施對地名的影響，如：京城格局與城門、北京牌樓、鐘鼓樓及壇廟，也包括舊時都市生態、歷史、移民以及民族融合等影響因素。楊建國列出北京市區因城門得名的街巷、與市民日常生活密切相關的街巷，並且指出具人文色彩的街巷地名具有一定的穩定性。[5]然而他的語料與分析多聚焦於北京的巷弄街道，僅少量的北京近郊與遠郊的地名。以上兩論著為敘述性的專書，以舉例方式說明地名文化意涵，也未進行統計分析，然分類可供參考。陶嘉慧討論福建建寧縣的地名用字與命名方式。她以語言學的觀點區分結構與意義進行討論。根據她的資料，可看出偏正型村落名稱占最多數。在意義層面她區分為：名與地任意結合法、說明法及比擬法，可惜此類闡述卻不及兩頁，僅少數舉隅。李如龍區分為描述性、記敘性及寓託性三類地名。[6]羅朝英區分自然、人文及心理等三類地名，大致對應於李如龍之類別。常敬宇[7]的分類也涵蓋了自然、人文及心理等面向，然偏重於後兩者。整體而言，地名分類大同小異。

　　臺灣地理學門以多面向探究地名。地名研究忌望文生義，看似人文聚落的地名，可能因訛讀或雅化而有別於字面義之文化意涵，必須深究跨族群之語言，遂有韋煙灶[8]和蔡淑玲[9]等人討論臺灣地區閩南語地名與族群之互動。韋煙灶以地名辭書之地名作為語料，討論閩南語文白讀音以及方音差所造成的臺灣地名轉譯之差異；蔡淑玲依原住民

5　楊建國：《文化語言學視域下的北京地名研究》（北京市：北京大學出版社，2018年），頁122。

6　李如龍：《漢語地名學論稿》（上海市：上海教育出版社，1998年），頁83-89。

7　羅朝英：〈從地名看壯漢文化的交融〉，《語文學刊》第13期（2009年），頁137-140。

8　韋煙灶：〈閩南語之文白異讀、腔調、聲調差異與臺灣閩南語地名的關係〉，《環境與世界》第9期（2004年），頁55-82。

9　蔡淑玲：〈台灣閩南語地名的語言層次與文化層次〉，《臺灣語言與語文教育》第5期（2003年），頁115-128。

語、荷西語、閩客語、日語及華語等五個時期，舉例說明臺灣本島閩
南語之地名文化。[10]其中，以閩客族群在明鄭和清朝時期所形成的地
名為數最多；日治時期的新地名以東部地名最為明顯。地名之形音義
分析也受到學界之重視，譬如：翁淑娟、韋煙灶考察新北市八里區地
名，從四一二個中析離出字面義、實質義分歧之五十四個（13%）地
名，進行分析。研究發現三類不一致的面向：（一）二十三筆諧音
化，如：占山（尖山）、訊塘埔（汛塘埔）；（二）二十六筆訓義化，
如：花瓶山（花矸山）；（三）五筆誤用，如：彎曲園（彎坵園）。[11]此
類針對全縣市的聚落或全區里名之研究，為數較少。臺灣現代的大規
模地名研究首推臺灣文獻館所編之《臺灣地名辭書》系列，包括金門
縣。各縣市地名辭書之編撰雖完整，然而結合地名與文化之分析，依
舊相對匱乏。

　　此外，學者也探析地名所反映之內涵。陳佳穗指出臺灣地名傳說
呈現三種集體意識：（一）英雄崇拜作為神格：人們頌揚鄭成功的豐
功偉業，常依照地形地物，加上人們的想像，塑造出具有紀念性的「傳
說故事」，形成現有之地名。如：鶯歌石、鳶山、蟾蜍山、拇指山、龜
山島；[12]（二）居民對政治主體與權利者的認同或反抗：傳說在流傳過
程，往往依據個人或團體的利益與政治、社會實際情況，勾勒出集體
記憶。此記憶之流傳，必須合乎詮釋者（地區居民）的選擇取向；[13]
（三）作者以高雄彌陀港、苗栗公館鄉五谷岡及彰化縣二水鄉的地名

---

10 蔡淑玲：《台灣閩南語地名之語言研究兼論其文化意涵與演變》（新竹市：國立新竹
　　師範學院臺灣語言與語文教育研究所碩士論文，2004年）。

11 翁淑娟、韋煙灶：〈新北市八里區地名之字面義與實質義的比較〉，《地理研究》第
　　78期（2023年），頁151、154、155。

12 陳佳穗：〈台灣地名傳說所反映之居民集體意識研究〉，《南亞學報》第30期（2010
　　年），頁364-365。

13 陳佳穗：〈台灣地名傳說所反映之居民集體意識研究〉，頁373。

傳說為例，居民祈求神仙顯靈、消災解厄之精神寄託而生。其中，五谷岡之地名源自客家人供奉的五穀爺信仰主管。[14]此為常民文化在地名之表現。林聖欽考察竹南一保街庄組織，據此指出五個相應之聚落地名並非自然村，乃源自街庄組織之地域空間。[15]由此可知，地名能展現多元之文化景觀與社會意涵。

　　綜觀金門地名之記載，文獻也相對有限。金門縣文獻會曾於一九七八出版重印《滄海紀遺》，該書作者為明朝洪受，記載當時金門的風土民情與地方名士，為金門第一本地方志。在林焜熿《金門志》卷二分域略中，記載著清朝時期之地名，列出金門的都、保及鄉社名稱。新近則有蔡鳳雛《金門地名調查與研究》，該書比較清道光年間與金門建縣（1915）期間之地名變遷，針對鄉鎮及村里描述各集居點的地理與人文景觀，該書為田野調查之成果，作者也推敲聚落地名可能由來，為金門地名研究之基礎。另有王建成，該書以作者家鄉金城鎮東沙之小地名為考察標的，討論該聚落「土名」所透露出的文化，反映之聚落墾拓歷史以及舊時的文化景觀。這裡的「土名」指的是地方居民所採用的小地區名稱，在土地重劃中逐漸為地籍地號所取代。隨著長者之消逝，不再為人所知。此論文著重於口述歷史及民間契書古籍所呈現之田野調查成果，對於金門聚落地名之文化具啟發性。此外，由國立臺灣師範大學地理系高銘澤、施添福、陳國川所編之《臺灣地名辭書・金門縣》說明金門縣內各鄉鎮之現有地名之沿革。辭書所載以資訊提供為主，資訊充分且涵蓋面廣。以上文獻均為研究金門地名之寶貴資料，可惜多屬描述性資訊。《金門地名調查與研究》或《臺灣地名辭書・金門縣》均為極佳之工具書，然書中對於地名未予標註地方

14　陳佳穗：〈台灣地名傳說所反映之居民集體意識研究〉，前揭文，頁374。
15　林聖欽：〈清代淡水廳竹南一保街庄名之社會空間意涵：試論慈裕宮五十三庄宗教組織的形成〉，《地理研究》第50期（2009年），頁44。

音，也未賦予文化意涵。另有《古地圖與金門史研究》從各類古地圖解讀金門的歷史與舊時的經濟與防禦地位。較為特殊的是鹽場圖及漁場圖，從這些圖能觀察到聚落地名，如：明萬曆年間（1613）的浯洲場圖記錄金門千戶所、五個巡檢司以及沙美、浦頭、後山、楊翟、斗門及官澳等地名。清道光年間的浯洲場圖（1830）也記載沙美、浦頭及太武山等地名。[16]近年金門縣政府鼓勵撰寫村史，截至二〇二三年止，村史已出版四十八本，為金門學研究提供了更廣的材料，各書對於地名由來也有少量的描述。

（二）文化記憶

語言符號因涉及社群成員的共同約定，這些約定俗成經常性地來自社群的共同記憶，故而討論文化記憶。文化記憶理論（Cultural Memory Theory）由德國學者揚・阿斯曼（Jan Assmann）與阿萊達・阿斯曼（Aledia Assmann）共同提出。揚・阿斯曼認為記憶文化（memory culture）是普世的，每一個人類群體都會形成。記憶所涉及的時間指的是過去，講的是過去是怎麼被重構的，[17]而儀式與慶典是組構文化記憶的焦點。揚・阿斯曼提及三個議題，一是記憶，討論的是過去；二是認同，屬政治的想像；三是文化延續性，講的是傳統的形塑。前述三者所對應的就是阿萊達・阿斯曼所談的經典之過程：選擇、價值、存續（時間的持續）。

揚・阿斯曼的主要貢獻在於他將記憶層次化，區分為個人、社會和文化三個維度，並釐清個體記憶、交往記憶（或譯作溝通記憶、交流記憶）和文化記憶之差異：個體記憶屬於生理及心理層面；交往記

---

16 陳炳容、吳秀琪：《古地圖與金門史研究》（金門縣：金門縣文化局，2022年），頁334、363。

17 〔德〕Assmann, Jan: *Cultural Memory and Early Civilization*, p.16-17。

憶藏身於社會體系中；文化記憶為一種文化認同，有別於社會認同，它可以歷時傳承。他定義下的文化記憶為「一種集體記憶型態，它為許多人所共享，向這些人傳遞著一種集體的（即文化的）認同」。[18]他總結兩種記憶之差異，如表一。[19]他指出，文化記憶是體制性的，它被對象化，被儲存於象徵型態中，人們透過特定媒介予以儲存，譬如博物館、圖書館或紀念性建築等。交往記憶不是體制性的，它「存在於日常互動和交往之中」。前者被譬喻為「遙遠的過去」，後者為「最近的過去」。[20]

表一　交往記憶和文化記憶之比較

	交往記憶	文化記憶
內　　容	自傳記憶框架中的歷史，最近的過去	神話中的歷史，絕對的過去（那一刻）的事件
形　　式	非正式的傳統和日常交往風格	非常正式，儀式溝通
媒　　介	活生生的、具身化的記憶，用白話語言溝通	以文本、圖像、舞蹈、儀式和各種表演作為居間仲介；古典的或者是正式化的（多種）語言
時間結構	八十～一百年，三至四代人互動的範圍	絕對的過去，神話中的原始時間，三千年
參與結構	散漫的	專門化的記憶載體，等級化的結構

　　阿萊達‧阿斯曼的主要貢獻在於詮釋文化記憶的媒介。她提及文化記憶有兩類，一個是「工作中的記憶」，另一類是「參考性的記

18　〔德〕揚‧阿斯曼：〈交往記憶與文化記憶〉，《文化記憶研究指南》（南京市：南京大學出版社，2021年），頁139。

19　〔德〕揚‧阿斯曼：〈交往記憶與文化記憶〉，頁147。

20　〔德〕揚‧阿斯曼：〈交往記憶與文化記憶〉，頁140。

憶」。工作記憶指經常性被使用被關注的文化記憶產物，通常由國家機器所主持的機構（譬如教堂）來主持。這些機構儲存空間有意識地、有選擇性地留存下來的記憶文件或產物，成為經典。它是刻意有政治目的之選擇，經常以博物館、紀念碑的方式來刻劃過去。我們所看到的經典文獻，就是透過工作記憶而世代留存下來，是經典化的過程。反之，參考記憶則透過檔案館的方式來儲存。檔案包括文件及物件，係相對於前述之經典。也有已過時之政治及歷史檔案，待學者或專家進行活化，賦予新的語境。她因此形容參考記憶介於經典和遺忘之間。阿萊達・阿斯曼認為檔案的體制就是讓一些物質處在「不再」和「尚未」之間，它可能脫離了過去的存在，也可能等待著新的存在。這裡指的是人們對於「檔案」的詮釋。她提及具身（Embodied）的文化記憶，[21]指出口傳文化通過表演和實踐獲得了傳承，與節慶儀式和慣例一樣，都是具身的。也就是現在所提的非物質文化遺產，如今已獲廣大重視。我們認為採用文化記憶理論可擴大解釋力，因為記憶可遠也可近。如阿斯曼所述，近期的交往記憶，經過選擇之後能夠進入經典級的文化記憶。而經典級的久遠記憶，也會被重新語境化，若不符合經典，也可能被捨棄。

　　根據金壽福的回顧，揚・阿斯曼的文化記憶理論細化了哈布瓦赫（Maurice Halbwachs, 1877-1945）的「集體記憶」（Collective Memory）理論。集體記憶分為交流記憶和文化記憶。前者屬於個體，以口傳為主，屬於短時記憶；後者屬於社會的，其文本、圖畫、儀式與成員共享，具共同屬性。在特定的時空之下，以情感和意義作為基礎。交流記憶和文化記憶能交互作用，前者有機會轉換為後者。金壽福進一步指出，文化記憶的存續建基於它所屬的社群集體是否需要它。緣此，

---

21 〔德〕阿萊達・阿斯曼：〈經典與檔案〉，《文化記憶研究指南》（南京市：南京大學出版社，2021年），頁131-132。

社群領導者經常透過圖書館、博物館、檔案館、紀念碑、教科書、街道名、廣場、紀念郵票、紀念日、旗幟、國旗、國歌等媒介，藉以保存文化記憶。[22]此外，文學與文字也為文化記憶的重要媒介。阿斯特莉特‧埃爾（Astrid Erll）在《文化記憶理論讀本》中討論文學文本作為文化記憶的載體。阿萊達‧阿斯曼（Aleida Assmann）在《回憶空間：文化記憶的形式和變遷》指出文化記憶的媒介包括文字、圖像、身體及地點。劉慧梅、姚源源（2017）回顧中國近二十年的文化記憶相關研究，指出「記憶載體的文化書寫」，也就是透過語言文字來記錄文化，共區分為四類：（一）文學與文化記憶；（二）節日、儀式與身體表述；（三）傳媒與影視；（四）文化遺產。作者再以空間形式的媒介來劃分過往研究的類型，包括：（一）城市記憶空間；（二）鄉村記憶空間；（三）展演空間；（四）空間的媒介與符號；（五）文學中的記憶場。在展演空間方面，作者指出阿萊達‧阿斯曼將博物館和檔案館視為歷史展演空間。第四個次類則討論地名、建築所延伸的文化記憶，足見地名也為記憶地方的媒介。

此外，康澄以「象徵（Symbol）」作為文化記憶的手段，提出象徵的三特性：承載、轉移與新創。文化借助「象徵」深刻記載並世代相傳形成我者之集體概念。作者指出文學作品或歌謠都屬於「象徵」，象徵足以承載文化記憶，能夠轉移或創造。譬如「茶花女」為凝結著豐富文化記憶的象徵。經典的文學人物是象徵轉移、組合的綜合體。因為這種轉移性，他們可超越時空、歷經變遷而不消亡。[23]記憶是具有創造力的象徵。藝術家透過這種創造力與想像力，傳達他們的思維。舊有的作品透過集體意識的創造而活化了。康澄認為，這也就是哈布瓦赫所說的「集體記憶在本質上是立足現在而對過去的一種

---

22 金壽福：〈揚‧阿斯曼的文化記憶理論〉，《外國語文》第2期（2017年），頁39-40。

23 康澄：〈象徵與文化記憶〉，《外國文學》第1期（2008年），頁58-59。

重構」。[24]沈寧以倫敦華人之身分認同，討論文化遺產之下的文化記憶。她指出跨域的文化遺產透過無形的文化記憶予以流傳，其中包括當地出生的倫敦華人（British-born Chinese, BBC）對於自身的文化認同。史艾米討論文學作品中的創傷記憶。他針對數個文本，分析不同的文學策略處理集體創傷並建構過去。這些文本未必是具有真實的歷史敘事性，或許是在時空背景之下做了轉移。回應到康澄的象徵之轉移，如同史艾米所指，創傷的再現被文學化了，創傷話語也就具有開啟的潛在性。[25]史艾米並指出，創傷在出事時只是交流記憶的一部份，無法讓後代或其他地區之民眾記住，他們必須是文化記憶才得以存續。潛在的文化記憶是在圖書館或博物館，現實的文化記憶則是透過新的語境獲取新的意義。[26]

（三）小結

以金門為主題的學術研究在人文社會層面多與近代戰爭或南洋開發史有關。譬如，江柏煒分析冷戰時期金門民間社會的集體記憶，包括創傷的生活經驗及戰地管制經驗以及消極的文化抵抗。[27]再如宋怡明以地緣政治的觀點來觀察金門軍事化的過程及其歷史、地理意義，[28]反映金門人於冷戰時期的集體文化記憶。按「文化記憶理論」，這些近代的「集體記憶」介於交流記憶與文化記憶之間，部份將被「選擇

---

24 康澄：〈象徵與文化記憶〉，頁60-61。

25 史艾米：〈創傷歷史與集體記憶——作為交流型記憶和文化記憶的文學〉，《清華中文學報》第13期（2015年），頁303。

26 史艾米：〈創傷歷史與集體記憶——作為交流型記憶和文化記憶的文學〉，頁291。

27 江柏煒：《冷戰金門：世界史與地域史的交織》（金門縣：金門國家公園管理處，2017年）。

28 宋怡明：《前線島嶼：冷戰下的金門》（臺北市：國立臺灣大學出版中心，2016年）。

性地儲存」。[29]

目前關於地方的文化記憶研究相對較為匱乏,論文期刊所用的文化記憶未必採取理論框架,也未見以文化記憶詮釋地方學或討論語言與文化之互動。本研究採用揚・阿斯曼和阿萊達・阿斯曼夫婦所創之文化記憶理論(Cultural Memories),除了偏好該理論的跨領域、多領域概念,也採取他們的文化記憶儲存體及功能分類。揚・阿斯曼的書寫目標在於重建集體記憶、書寫文化和民族誌的關聯,使之成為通泛性的文化理論。阿萊達・阿斯曼則從當代西方文明中闡述文化記憶的功能與具體儲存媒介。我們認為聚落所關照的常民生活與文化,經常透過集體機制(或主動選擇或被制約)從交流記憶轉化為文化記憶。在當代各式媒介為文化記憶之重要傳播管道,即便是無形資產也能透過語言文字作為傳承與流傳。地名承載人類的語言文化,源自文化選擇中的留存記憶,為先民的文化遺產。

三 金門話慣稱聚落地名

金門原屬福建泉州府同安縣管轄,於一九一五年獨立設縣,又歷經日軍侵擾、軍管時期,若干聚落迭經更名或消殞。按地名辭書,現今地名乃一九九二年所確定。我們將金門聚落地名視為語言景觀,討論其隱藏之動態特性。本節所稱之聚落係指金門轄區三鎮兩鄉[30]各村里轄下之自然村或社區,合計一七六個。在後續分析中,將以現今地名為分析基礎,聚焦於官定和民間慣稱有異之地名,據此論述語言景

---

29 根據阿萊達・阿斯曼(2016:399-400),記憶愈形龐大,儲存器有限之下,必將產生選擇。文化記憶的選擇可能涉及政治性與社會性。

30 三鎮兩鄉指金城鎮、金湖鎮、金沙鎮、金寧鄉及烈嶼鄉。本文未列金門縣託管之烏坵鄉。

觀通過文化記憶機制所呈現之地方自主性與他我界線，以衝突、抵抗
與和解為討論重心。我們藉助《臺灣地名辭書・金門縣》（以下簡稱
《金門地名辭書》）所載之聚落敘述，限縮到前述地名標的，並適時
加入蔡鳳雛、鄭藩派、各地村史以及筆者之田野調查所獲資訊，作為
地名由來之依據。

　　原則上所有漢字地名均可採金門話發音，本文所談之分歧主要在
於漢字和語音對應有異之當地慣稱地名。資料來源係將金門聚落地名
總表，比對於《金門縣志（修訂）》之〈人民志〉第五篇第一章本土
語言語彙，再新增筆者田野調查所獲資訊。

（一）金城鎮

　　以下前五項載於《金門縣志》，後兩項為本文新增。漢字以《金
門縣志》所載為主，本文增列臺羅拼音[31]。根據劉秀雪，金門話陰平
連續變調之調值為35，如：起厝 khi$_{35}$ tshu^{11}。陽平連續變調之調值為
11，如：朋友 pɪŋ^{11} iu^{53}。[32]

表二　閩南語調類與調號

	平	上	去	入
陰	第1調： 東（tong）	第2調： 黨（tóng）	第3調： 棟（tòng）	第4調： 督（tok）
陽	第5調： 同（tông）	第6調： 動	第7調： 洞（tōng）	第8調： 毒（to̍k）

---

31 臺羅拼音指教育部推廣之「臺灣閩南語羅馬字拼音方案」所列之拼音方式。

32 劉秀雪：〈鄉音無改？——金門人在北台灣的語音轉換〉，《語言時空變異微觀》（臺
　　北市：中央研究院語言學研究所，2012年），頁153-171。起厝、朋友之記音為連續
　　變調，前字下標表示變調後之音值，後字上標表維持簡讀調。此外，金門話兩個特
　　殊央元音，小稱以及輕聲之調值也有差異。

1 賢聚（顏厝，Hiânn--tshù）[33]：

賢聚舊名為顏厝，原以顏為大姓之血緣村，現以盧為大姓。根據《金門地名辭書》，「顏厝」自宋沿用到明末，始出現「賢厝」。相傳係因明鄭時期地方鄉宦盧若騰之因，忠臣賢宦常聚於此而得名，清朝之後改稱為「賢聚」。「賢厝」可能轉諧自「賢聚」。[34]村史對於地名由來與前述地名辭書之說法一致。[35]

多數人認為金門話讀音 Hiânn--tshù 係因「賢厝（Hiân--tshù）」之誤讀。另外，根據教育部《臺灣閩南語常用詞辭典》（以下簡稱《閩南語辭典》）：顏作為姓氏讀為 gân，依此推斷「顏厝」從 gân--tshù 訛讀為 hiânn--tshù，可能性不大。張屏生認為地方讀音 Hiânn--tshù 之對應即為漢字「顏厝」。[36]他指出「顏」為山開二刪・疑（山攝、刪韻目、疑母、二等、開口），顏之舊讀音（土語）記載於《彙音妙韻・京韻》。從語音的證據來看，張屏生之說法更為可信。此外，根據香港中文大學《漢語多功能字庫》[37]：顏之廈門音白讀為 hiã 陽平（如：顏厝），文讀音為 gan 陽平。換句話說，現今慣稱的金門音 Hiânn--tshù 為該地之舊地名「顏厝」。

2 夏墅（下市，ē-tshī）：

夏墅舊地名為「下滋」或「下市」。「下滋」源自聚落居低溼地而

---

33 依《臺灣閩南語羅馬字拼音方案，輕聲以符號「--」表示。

34 高銘澤、施添福、陳國川：《臺灣地名辭書卷24・金門縣》（南投市：國史館臺灣文獻館，2014年），頁42。

35 顏炳洳：《賢聚：留餘蔭忠孝傳芳》（金門縣：金門縣文化局，2017年），頁42。

36 張屏生：《烈嶼方言研究》（金門縣：金門縣文化局，2019年），頁18。

37 引自漢語多功能字庫——其他方言讀音「顏」，網址：https://humanum.arts.cuhk.edu.hk/Lexis/lexi-mf/dialect.php?word=%E9%A1%94，檢索日期2023年5月1日。

得名；「下市」的由來成因於港口市集，遂將「滋」轉音為「市」。[38]
蔡鳳雛指出該地於一九六七年更名為「夏墅」。[39]至今金門人依舊以 ē-tshī 稱呼該地，「下市」之門牌留存可為佐證。現有中生代所稱之 ē-tshī，確對應於舊官定名稱「下市」。然老一輩將該地讀為 ē-tshî，民間早期的解釋認為下市之「市」（tshī）轉諧為 tshî。然而二者聲調有異，且 tshî 似乎為另書寫之讀音。我們的田調發現，tshî 為溼之意，常用以描述三四月間因南風濕氣造成地板返潮之現象。經查詢《閩南語辭典》，前述 tshî 之替代字為「溡」，屬形聲字，意從水、音從時。由此可知，民間常用之「下滋」或「下溼」作為書寫形式。然而，「滋」（tsir）或「溼」（sip）兩漢字，一為陰平調，另一為陰入調，均有異於當地慣稱 tshî 之讀音。我們查詢《廣韻》，認為「濱」較有可能為濕潤之候選漢字。

3 後豐港（後門港，Āu-mn̂g-káng）：

根據《金門地名辭書》，洪姓族人自明中葉入金墾殖，因應先民期望「後裔衍慶，後代其昌」，故稱「後豐」。後因聚落的港口機能，加上「港」字而為「後豐港」。因聚落大姓為洪，該地另稱「洪門港」（Âng-mn̂g-káng）。[40]當地村史記載，軍管時期金門地名之「後」均改為「后」，該地村民於二〇〇五年申請復名為「後豐港」。[41]

4 古崗（許坑，Khóo-khinn）：

古崗的地名書寫形式有溝興、許興、許坑、鼓岡、古坑等。[42]根

---

38 蔡輝詩等：《金城鎮志》（金門縣：金門縣政府，2009年），頁679。
39 蔡鳳雛：《金門地名調查與研究》（金門縣：金門縣文化局，2011年），頁326。
40 再高銘澤、施添福、陳國川：《臺灣地名辭書卷24・金門縣》，頁51。
41 洪德舜、洪采妮：《後豐港村史：傳承》（金門縣：金門縣文化局，2020年），頁34。
42 主要指現今之大古崗，小古崗又有舊地名。兩地合併為古崗。

據《金門地名辭書》，該地有「澔興」之稱，源自董姓先民期望後世子孫興盛。其中，澔為水之濱。「鼓」取自該地由多山環繞而成之盆地、「岡」為山脊，「坑」為低窪之地。[43]根據村史，該地在宋時稱「鼓岡」，民國之後有古岡、古崗之名。村史中記載該地祭拜經文都讀做「古坑」（讀音為 Kóo-khinn），而作者認為今之慣讀音 Khóo-khinn 為古坑之諧音，同時指出「許坑」的寫法造成許姓族人初墾之誤解。[44]我們認為「澔」書寫為「許」是可理解的，因「澔」又音 khóo，同「許」（khóo）。另根據《漢語多功能字庫》，澔之廈門白讀音為 kʰɔ，上聲53（如：澔井〔地名〕）。我們認為當地慣讀音 Khóo-khinn 對應為「澔坑」應可理解，祭文讀音 Kóo-khinn 則對應於前述之古坑。

5 珠山（山仔兜，Suann-a-tau）：

根據《金門地名辭書》，珠山在軍管時期改為今名，以聚落東側之「珠山」命名。舊時本地稱為「龜山兜」。龜山位居東側，聚落地處山麓；「兜」指山邊之聚落，住民以「山仔兜」稱之。[45]然而國家文化資產網顯示，珠山之名早在民初即形成，更早期有「薛厝坑」之稱，然此稱為薛氏入浯之舊地（位龜山之西）[46]。

6 東社（東藉，Tang-tsiah）

根據發音人，東社之讀音有二：Tang-siā（即東社之字面音）或 Tang-tsiah。根據《金門地名辭書》，「東社」直至一九二一年才出現，民間原稱此地為 Tang-tsiah。據稱此地為古區居民耕憩之處，後

---

43 高銘澤、施添福、陳國川：《臺灣地名辭書卷24・金門縣》，頁58-59。

44 董水應：《金門古崗玉笋傳芳》（金門縣：金門縣文化局，2018年），頁18。

45 高銘澤、施添福、陳國川：《臺灣地名辭書卷24・金門縣》，頁67。

46 引自國家文化資產網，網址：https://nchdb.boch.gov.tw/assets/overview/historicalBuilding/20030331000021。

發展為小聚落。[47]東藉之舊名也載於《金門地名調查》。[48]現今金門人
採如上之原地名讀音（Tang-tsiah）或採漢字對應音（Tang-siā）。

7 舊金城（金門城，Kim-mn̂g-siânn）

知名的明遺老街兩旁之許多門牌同時顯示舊金城和金門城，其來
有自。根據村史，明時設置之金門守禦千戶所，取「固若金湯，雄鎮
海門」而為「金門」之由來。該地又有金門所城、金門城之他稱，明
末金門城已稱為金城。然一九五一年金門城更名為「舊金城」，對應
於後浦之「金城」。一九九四年舊金城居民申請復名為金門城。[49]根據
《金門地名辭書》，在千戶城建置之前已有血緣村辛厝，今之金門城
範圍包括辛厝以及千戶所。[50]

由前述分析可知，一地多名留存於金門，表達著文化記憶的儲
存。隨著不同的「儲存器」的介入以及時間推進，有些稱呼被流傳，
成為承續的記憶，有些逐漸被遺忘。綜上可發現，雖然現今地名之漢
字與地方慣稱有異，在軍管之前更多的是多重地名之書寫。地方史籍
或地方文件（如：族譜、契書），出現不同字形之記錄，也有字形與
字音之衝突。整體言，語音作為文化記憶之儲存器，相對穩固許多。
在語意及文化層面，由顏厝、薛厝坑、洪門港等例可得知，地名冠以
地方大姓，為宗族之重要表徵，也表現墾殖初始地名之特色。古地名
如：後豐、滸興，則屬於求平安繁盛之例。「夏墅」與地方慣稱之分
歧，源自於國家機器（state apparatus）由上而下（top-down）之介入，

---

47 高銘澤、施添福、陳國川：《臺灣地名辭書卷24 · 金門縣》，頁44。

48 蔡鳳雛：《金門地名調查與研究》，頁332。

49 陳炳容：《固若金湯、雄鎮海門：金門城》（金門縣：金門縣文化局，2018年），頁113。

50 高銘澤、施添福、陳國川：《臺灣地名辭書卷24 · 金門縣》，頁55-56。

使得經濟類地名（下市）轉變人文心理類。過去民間「下滋」或「下
溼」之書寫法，表現該地低窪潮濕之狀態，屬自然類地名。國家機器
力量之介入也使得「古岡」之書寫改為「古崗」、後豐港改為「后豐
港」。新舊地名之衝突，於軍管結束後通過復名作為抵抗手段並獲得
和解，消除了原先之地名斷裂。舊金城也經復名為古地名金門城，也
攜帶著居民對於歷史古城之聲望與榮耀。

　　知名的金門西南鄉里串，以金門話口述流傳，描述大金門西南
（金城鎮轄區）當時的生活以及物產：「下市罾，洪門港燒酒矸。水
頭鱟，金門城肉豆。許坑澳，山仔兜狗。東沙豬，歐厝驢。泗湖無
例，后湖哭爸，昔果山鬮大蠘」[51]。鄉里串中的地名有四個如前所
述：下市（夏墅）、洪門港（後豐港）、許坑（古崗）、山仔兜（珠
山），為慣稱地名留下證據。

表三　金城鎮之金門話慣稱聚落地名

	官定地名	民間慣稱	備註
1	賢　聚	Hiânn--tshù	「顏厝」自宋沿用到明末，始出現「賢厝」。 清朝之後改稱為「賢聚」。
2	夏　墅	ē-tshī、 ē-tshî	舊地名書寫包括「下市」，或「下滋」、「下溼」。市指漁市，後兩者意指該地處於低窪處。
3	後豐港	Āu-mn̂g-káng、 Âng-mn̂g-káng	除了後門港，還有： 先民期望「後裔衍度，後代其昌」，故稱「後豐」。

---

51 口述之鄉里串，文字寫法各異，在此僅列村史相關文字供參。見洪德舜、洪采妮：
　　《後豐港村史：傳承》，頁34。金門當地也有以吟唱展演之個例，網址：https://www.
　　youtube.com/watch?v=UnYoICJgN5A，檢索日期：2022年7月28日。

	官定地名	民間慣稱	備註
3	後豐港	Āu-mn̂g-káng、Âng-mn̂g-káng	因聚落大姓為洪，該地另稱「洪門港」。二○○五年申請復名為「後豐港」。
4	古崗	Khóo-khinn	書寫形式除了許坑，尚有濬興、許興、鼓岡、古坑等。
5	珠山	Suann-a-tau	住民慣稱珠山為「山仔兜」。
6	東社	Tang-tsiah	民間慣稱「東藉」。一九二一年才出現「東社」。
7	舊金城	Kim-mn̂g-siânn	明時設置金門守千戶所，成為金門城，一九五一年更名為「舊金城」，一九九四年居民申請復名。

（二）金湖鎮

《金門縣志》所載之慣用地名與官定地名有異者，在金湖縣境之聚落共八個，其變遷如下：

1 復國墩（蚵殼墩，Ô-khah-tun）

根據《金門地名辭書》，「蚵殼墩」之舊稱源自聚落南方發現貝塚。一九六○年金防部將之更名為「復國墩」，以激勵復國大業。[52]

2 成功（陳坑，Tân-khinn）

根據《金門地名辭書》，成功舊稱陳卿、陳坑。「陳卿」乃沿用自陳姓先祖於宋入浯之晉江原居地名。一九六○年經金門防衛司令部更名為「成功」，可能因其華語音近於華語「陳坑」。[53]該地於明初設陳

---

52 高銘澤、施添福、陳國川：《臺灣地名辭書卷24·金門縣》，頁278。
53 高銘澤、施添福、陳國川：《臺灣地名辭書卷24·金門縣》，頁251。

坑巡檢司[54]，在日據時還有「尚卿」之稱。[55]

居民稱「上坑」為「陳坑」，「陳坑」即「陳卿」之諧音。陳坑村沿海有「尚卿碉樓」[56]可證。「尚」音同「上」，此「尚卿」所指為「上坑」[57]。經查詢《閩南語辭典》，「坑」之白讀音為 khinn，文讀音為 khing。文讀確與「卿」同音。然而，初始地名傾向選擇白讀音 khinn，因此「陳卿」、「陳坑」雖指同地，前者取自原鄉地名，後者應與地形有關。另外，「尚」音同「上」指的是文讀音 siōng。「上」之白讀音為 tshiūnn 或 tsiūnn，上坑之口語讀為 tsiūnn-khinn。換句話說，只有在文讀時，「上坑」音同「尚卿」。居民也稱此地為「頂坑」（Tíng-khinn），以對應於下坑（今夏興）。

3 夏興（下坑，Ē-khinn）

根據《金門地名辭書》，下坑於一九六○年經金門防衛司令部更名為「夏興」，該地居民與陳坑之開基祖為兄弟。[58]「夏興」可能因聚落旁之「中興亭」而得名。[59]此地另有「下坑」（Ē-khinn）之稱，對應於前述之「頂坑」。該地族譜記錄以上坑和下坑記錄今之成功與夏興兩地。

---

54 明洪武二十年（1387）設置金門守禦千戶所，及峯上、官澳、田浦、陳坑等巡檢司，見郭哲銘：《浯鄉小事點》（金門縣：金門縣文化局，2010年），頁31。

55 蔡鳳雛：《金門地名調查與研究》，頁222-223。

56 尚卿碉樓為銃樓，為早期的瞭望台，守護一九二一年完工之陳景蘭洋樓。

57 載於金門日報「金門族譜研究之一移民與地名」，網址：https://www.kmdn.gov.tw/1117/1271/1274/37757/。

58 高銘澤、施添福、陳國川：《臺灣地名辭書卷24・金門縣》，頁252-253。

59 黃振良：《金門戰地史蹟》（金門縣：金門縣文化局，2003年），頁273。再蔡鳳雛：《金門地名調查與研究》，頁222。

4 南雄（埕下，Tiânn-ē）

根據《金門地名辭書》，南雄原名埕下，「埕」指空地，「下」指山麓。一九四九年之後為金南守備區，駐軍以「南疆雄師」自許，稱為「南雄師」。一九六〇年經軍方更名為南雄。[60]根據我們的田野調查，該地雖有舊名埕下（Tiânn-ē），但金門人也以漢字音來稱呼該地，讀作 Lâm-hîng 或 Lâm-hiông（前者之「雄」為白讀音，後者為文讀音）。我們發現不採舊地名發音者，多為西半島居民或中年以下族群。此外，現行金門縣地圖上有埕下、南雄兩地，也因此若干金門人認為有兩個不同地點。村史記載軍管時期軍隊在「埕下」後方開鑿山洞為「金南守備區」。[61]根據我們的田野調查，「埕」所指為今太武山雷達站旁之平地，「下」為俯瞰，故稱埕下。同時，今之南雄為擴大後的聚落。

5 尚義（沙頭）

根據《金門地名辭書》，因聚落前方為沙灘，位於沙頭之處，舊稱「砂頭」（1915）、「沙仔頭」（日據時期，1937-1945）或「沙頭」（軍管初期）。一九五九年以後出現「要頭」的記載。因地名之華語音與「殺頭」諧音，於一九五四年經更名為「尚義」。[62]該辭書另載《金門王氏族譜》尚義之古名為要頭，[63]然黃振良稱金門話甚少使用「要」（sńg）。[64]若採《金門縣志》之字形，「沙頭」應讀為 sua-thâu，「沙」經變調後讀作陽去（即臺羅拼音之第七調），然而此說不符當

---

60 高銘澤、施添福、陳國川：《臺灣地名辭書卷24・金門縣》，頁269-270。
61 林怡種：《營山風情》（金門縣：金門縣文化局，2019年），頁31-32。
62 高銘澤、施添福、陳國川：《臺灣地名辭書卷24・金門縣》，頁253。
63 高銘澤、施添福、陳國川：《臺灣地名辭書卷24・金門縣》，頁254。
64 黃振良：《金門戰地史蹟》，頁272。

地慣讀音 sua_{35}-$thau^{35}$。鄭藩派提出漢字若為「徙頭」較能符合金門本地發音 suá-thâu。他取「徙」之移動意源自聚落位居臺地斷崖下，地形落差大。[65]

經查詢《漢語多功能字庫》後發現「要」的廈門音為[sua]上聲53、汕頭音[suŋ]陰上53。尚義有兩個甲頭，分別記做「頂要」（黃氏）和「下要」（王姓），經詢地方人士，兩甲頭之後字讀為陰上 suá。由此可推估，如果在尚義的民間文件中記載為「要」，此字可對應於舊地名「要頭」suá-thâu 之讀音。換言之，「徙頭」或「要頭」均可對應到金門話 sua_{35}-$thau^{35}$ 之讀音；「砂頭」或「沙頭」則無法對應。然而，在我們的田調中，地方文史專家傾向「沙頭」之意，該地風沙大，頭為盡頭，風沙止於地形高低落差之處。金門當地也稱此地為「沙仔頭」，若採合音之說，推估調值由沙仔 sua^{33}-a^{53}合為 sua^{35}，也能符合 sua_{35}-$thau^{35}$之慣讀音。然而，若視「要」為「沙仔」合音後之替代字，便難以解釋當地人讀為陰上 suá（調值35）之「頂要」與「下要」。

6 瓊林（平林，Phînn-nâ）

根據《金門地名辭書》，「平林」出現於《金門志》用以記載現今瓊林所在。明末因鄉宦蔡獻臣之故，獲御賜里名「瓊林」。[66]村史作者補充「平林」之稱係因聚落地勢低且多樹林，遠眺見一片叢林。[67]

7 塔后（赤後，Tshiah-āu）

根據《金門地名辭書》，「赤後」之說法載於《金湖鎮志》，因聚

---

65 鄭藩派：《金門縣方言志》（金門縣：金門縣文化局，2013年），頁417。

66 高銘澤、施添福、陳國川：《臺灣地名辭書卷24・金門縣》，頁258。

67 蔡群生：《御賜里名：瓊林》（金門：金門縣文化局，2016年），頁21-22。

落位於當地人稱「赤土」（紅土小山丘）之後方。[68]至於塔後之名源自於鄰近的赤山（又稱塔山）。該村在塔山之北，從居民之移居地「湖前」之視角來看，該聚落居山之後，故稱「塔後」。[69]今當地有後赤山公園、赤東路、赤西路，可論證前者之說。

8 漁村（相拍街，Sang-phah-kue）

「雙打街」或「相打街」[70]可能源自當地屋舍沿道路雙排對峙。該地另稱「海垱街」（hái-kînn-kue），源於聚落鄰近海濱。颱風搬遷之後，一九六〇年聚落經更名為「漁村」，源自居民多以漁業為生。[71]據稱漁村乃雅化而為之更動。[72]

以上關於金湖鎮地名慣用地名之考察結果異於金城鎮所列。在金湖鎮，軍管時期更改為民族大義型之地名包括：復國墩、成功、夏興、南雄、尚義等五個，涉及國家機器的介入。這些聚落位居太武山下或重要海防聚點，為當時大量駐軍防守之處。聚落更名可能因應軍中通行之華語之便（成功、夏興採諧音）、駐紮之部隊（南雄），或因雅化（復國墩、尚義）。更重要的是藉此鼓舞官兵士氣，激起民族大義之思維。剩餘三聚落（漁村、塔後和瓊林）之地方慣稱各有緣由，或因產業或因地景。漁村之地名也為由上而下之更動，然以當地之經濟為依據。而塔後除了「後」之書寫變動[73]，原則上命名由下而上，

---

68 高銘澤、施添福、陳國川：《臺灣地名辭書卷24‧金門縣》，頁246。

69 蔡鳳雛：《金門地名調查與研究》，頁211。

70 文字上的「打」在閩南語的書寫為「拍」（phah）。「雙」之金門方音為sang，因此雙拍街記為Sang-phah-kue。

71 高銘澤、施添福、陳國川：《臺灣地名辭書卷24‧金門縣》，頁245。

72 蔡鳳雛：《金門地名調查與研究》，頁217。

73 因軍管時期之文字更動，凡「後」字均改為「后」，相同例子包括：山后、后浦頭等。

取決於居民。瓊林與其慣稱「平林」，推估因「御賜里名」之榮耀，二地名並存。除了語音、語意，有時我們也能透過字形，確認曾有過之歷史軌跡。譬如，自陳坑移居海外之僑民組織（如前述之「浯卿公會」）以及民初所建「尚卿碉樓」之泥塑字樣。

表四　金湖鎮之金門話慣稱聚落地名

	官定地名	民間慣稱	備註
1	復國墩	Ô-khah-tun	一九六〇年金防部將之更名為「復國墩」。
2	成　功	Tân-khinn	慣稱「陳坑」，又稱為「頂坑」。一九六〇年經金門防司令部更名為「成功」。
3	夏　興	Ē-khinn	慣稱「下坑」，一九六〇年經金防部更名為「夏興」。
4	南　雄	Tiânn-ē	南雄原名埕下，一九六〇年經軍方更名為南雄。
5	尚　義	Suá-thâu	村落居風沙所止之地，常記作沙頭；聚落位居臺地斷崖下，地形落差大。
6	瓊　林	Phînn-nâ	慣稱「平林」。明末因鄉宦蔡獻臣，獲御賜里名「瓊林」。
7	塔　后	Tshiah-āu	慣稱「赤後」，因聚落位於赤土之後方。
8	漁　村	Sang-phah-kue	舊稱「相拍街」，源自當地屋舍沿道路雙排對峙。

（三）金沙鎮

　　《金門縣志》所列之慣用與官方地名有分歧者，在金沙鎮之聚落僅五例。

1 沙美（沙尾，Sua-bér）

根據《金門地名辭書》，「沙尾」（Sua-bér）經雅化為「沙美」。[74] 該聚落位於河海交接處沖刷的平原，又為山阜之處，更早以前記作「砂尾」或「金砂」。[75]

2 斗門（打門，Tánn-mñg）

《金門地名辭書》指出斗門源自陳姓家族原居地「堂名拱斗，遂承其斗，曰斗門」，今之斗門象徵著丹心不忘。另有「陡門」、「膽門」之寫法：前例係因「斗」通「陡」，有險峻陡峭之意。該聚落有太武山入山古道，地勢險峻；「膽門」源自陳氏祖先抗元之忠肝義膽事蹟。[76] 按斗門之前字「斗」讀音為 táu，有異於現今地方慣讀 Tánn-mñg；膽門 Tánn-mñg 則可反映地方慣讀音。查詢《漢語多功能字庫》，「陡」之廈門音為[tɔ]上聲53，與當地慣讀音相去更遠。當地未有其他文件可印證「打門」之書寫地名，然斗門之說廣為流傳，當地仕紳推測今之讀音 Tánn-mñg 可能源自 Táu-mñg 之諧音。

3 長福里（腸腹內，Tñg-pak-lāi）

根據《金沙鎮志》，長福里為源自「腸腹內」或「腸腹裏」之雅化地名，具幸福美滿之期許。[77] 村史指出該聚落位居羊腸小徑而得名。[78]

---

74 高銘澤、施添福、陳國川：《臺灣地名辭書卷24・金門縣》，頁206。

75 蔡鳳雛：《金門地名調查與研究》，頁69。

76 蔡鳳雛：《金門地名調查與研究》，頁148。

77 楊天厚、林麗寬等：《金門縣金沙鎮志》（金門縣：金門縣金沙鎮公所，2002年），頁164。

78 何志強：《六甲水濱之巔 浦邊》（金門縣：金門縣文化局，2018年），頁16-17。

4 西園（西黃，Sai-n̂g）

以黃為大姓之西園，當地人稱 Sai-n̂g 而非字面音 Sai-hn̂g。根據《金門地名辭書》，「西黃」之慣稱源自地居聚落西側之黃姓，黃雖為大姓但仍有他姓，因此轉諧為「西園」。[79]村史指出民國十年修纂的《金門縣志》以及史籍中的金門地圖，均採「西黃」為村名，然而地名歷經多次變化：因聚落位居獅山（指五龍山）之下，早期有「獅形」或「獅行」之稱，後因黃姓為大族而改稱「獅黃」。一九三六年福建省陸地測量隊測繪的地圖上首見「西園」。[80]就讀音而言，文獻所載之「西黃」或「獅黃」均能對應到地方慣稱 Sai-n̂g。

5 碧山（後山，Āu-suann）

根據《金門地名辭書》，陳氏開基祖以故居之山峰「後山」命名，期許子孫勿忘祖。一九五七年金防部認「後山」與「山後」（今之山后）易混淆，改「後山」為「碧山」。[81]村史指出陳姓於新樓地沿用祖居地「後山」與「碧山」兩個地名，後專用「碧山」。[82]換言之，「碧山」並非新創，然居民仍慣稱當地為後山（Āu-suann）。

以上五例當中僅碧山涉及國家機器，係自上而下之更名，其餘四個均具有地方自主性。或因地形取名，之後經過雅化，如：沙美、長福里。或援用原鄉地名，如：斗門、碧山。也有其他因素而得之他稱，如：西園、斗門。具地方自主性之地名，其中以原鄉地名較易通過族譜作為儲存器而流傳下來。

---

79 高銘澤、施添福、陳國川：《臺灣地名辭書卷24・金門縣》，頁222。

80 黃振良：《浯洲鹽鄉──西園・後珩》（金門縣：金門縣文化局，2018年12月），頁15。

81 高銘澤、施添福、陳國川：《臺灣地名辭書卷24・金門縣》，頁172。

82 陳長慶：《阮的家鄉是碧山》（金門縣：金門縣文化局，2019年11月），頁28-29。

如同金城、金湖兩鎮，金沙鎮之慣稱地名也表現崇敬自然，以自然地形或地貌做為初始地名，如：沙尾（今沙美）、後山（今碧山）。此外，也具備求美、求好之更名，如：沙美、腸腹內（今長福里）。從慣稱地名中也能觀察到懷鄉之情、對宗族之聲望和期許，如：斗門、碧山及西園（慣稱西黃）。

表五　金沙鎮之金門話慣稱聚落地名

	官定地名	民間慣稱	備註
1	沙　美	Sua-bér	慣稱沙尾，更早以前記作「砂尾」或「金砂」。
2	斗　門	Tánn-mĥg	斗門源自陳姓家族原居地「堂名拱斗，遂承其斗」。 另有「陡門」、「膽門」之寫法。前例係因「斗」通「陡」有險峻陡峭之意；後之「膽門」源自陳氏祖先抗元之忠肝義膽事蹟。
3	長福里	Tĥg-pak-lāi	源自「腸腹內」或「腸腹裏」之雅化地名，該聚落位居羊腸小徑而得名。
4	西　園	Sai-ĥg	慣稱有「西黃」。早期有「獅形」或「獅行」之稱，後因黃姓而改稱「獅黃」。
5	碧　山	Āu-suann	陳氏開基祖以故居之山峰「後山」命名。一九五七年金防部改「後山」為「碧山」。

以下十例係本文另增列，未刊載於《金門縣志》。

1　浯坑（Gōo-khinn）

舊名「吳坑」之聚落係以鄭為大姓之自然村，而非吳（Ngôo）姓聚落。二〇〇一年經鄭氏裔孫申請更名為「浯坑」。據稱鄭姓先祖

於明洪武年間入浯，總理浯州鹽場鹽引。[83]蔡鳳雛指出早期西黃灣可能也稱為「浯江」，而一九三八年地圖上也出現過「五坑」之文字記載。[84]「五坑」普遍為居民所信，認為該地古時由五個小村落所組成。該地在公文中曾記作「吳坑」，然未有吳姓族裔之記錄。[85]

2 后浦頭（phóo-thâu，浦頭）

后浦頭又記作「後浦頭」，舊稱「汶浦」，源自該村落居汶水之岸畔。[86]村史補充：「汶」所指為汶水溪，「浦」為水濱或河入江海之處。「浦頭」為海陸接壤之起點。後浦頭另一舊名為「滄浦」，義同「滄洲」，指濱水之地。[87]

根據田調，村民慣稱該地為「浦頭」。在祭祀文中確可見「汶浦」，然日常口語較為罕用。后浦頭為黃姓血緣村，位居東半島金沙鎮；西半島金寧鄉之西浦頭為莊姓所居。兩聚落初始地名也以自然環境命名，兩地居民實則無血緣關係。浦頭鄰近之「小浦頭」乃后浦頭延伸之黃姓血緣村，故后浦頭又稱為「大浦頭」。[88]另根據田調，當地人或稱小浦頭為「浦頭仔（phóo-thâu-á）」，亦即以小稱詞綴-a 譬喻規制小，符合小稱詞用法。后浦頭和小浦頭均屬汶沙里，里名保留了「汶」字。

3 後水頭（Bûn-tsuí-thâu，汶水頭）

該聚落取溪河「汶水」為名，舊稱「汶水頭」，建縣後改稱「水

83 郭哲銘等：《金門各姓族譜類纂》（金門縣：金門縣文化局，2012年），頁238。

84 蔡鳳雛：《金門地名調查與研究》，頁92。

85 鄭藩派：《金門縣方言志》，頁419-420。

86 楊天厚、林麗寬等：《金門縣金沙鎮志》，頁113。

87 黃克全：《汶水揚波后水頭》（金門縣：金門縣文化局，2016年），頁22。

88 蔡鳳雛：《金門地名調查與研究》，頁75。

頭」，在軍管時間又有「後水頭」、「后水頭」之稱。[89]村史另補充金門島上有兩「水頭」，位西半島者為「前水頭」，居東半島者為「後水頭」，主要住戶均為黃氏族裔。[90]

　　水頭之地名雖也有雙胞，但有別於兩個浦頭村落（西浦頭、后浦頭），居民慣稱西半島之聚落為「水頭」，東半島為「後水頭」[91]。根據田調，金門人稱前水頭為「金水」[92]，後水頭為「汶水」。宮廟祭祀文方中也能見到「汶水頭」之別稱。

4　蔡厝（Suann-tau，山兜）

　　蔡厝為蔡姓血緣聚落，發音人指出，「山兜」之慣稱流傳於當地。「山兜」源自該地居太武山側之故。此命名方式同「山仔兜」（珠山），依地形命名。相對於太武山，珠山規模較小，因此有「仔」一字。此地名後改為蔡姓祖居地同安「蔡厝」，以示不忘祖。[93]

5　新前墩（Sin-tshân-tun，新田墩）

　　居民自「前墩」搬遷至後側之現居所，為了不忘舊居，遂取新地為「新前墩」。[94]蔡鳳雛指出新地名帶有祈求新氣象之意涵。[95]田調發現，該村及鄰近地區居民慣稱該地為 Sin-tshân-tun（新田墩），與同在金沙之另一聚落「田墩」並無直接關係。也有人按字面讀「新前墩」（Sin-tsiân-tun），然而此「前」不讀當地遺留之同安音 tsâinn，而採

89　高銘澤、施添福、陳國川：《臺灣地名辭書卷24・金門縣》，頁190。

90　黃克全：《汶水揚波后水頭》，頁12。

91　水頭現今之官定地名書寫為「前水頭」。

92　金水所指為金門城外之溪流。

93　高銘澤、施添福、陳國川：《臺灣地名辭書卷24・金門縣》，頁191。

94　高銘澤、施添福、陳國川：《臺灣地名辭書卷24・金門縣》，頁185。

95　蔡鳳雛：《金門地名調查與研究》，頁127。

文讀之 tsiân。推測可能與地名經過轉譯有關。

6 大地（Tuā-tī，大治）

此聚落在《滄海紀遺》記載為「大地」，而《金門志》（1836）記為「大治」，《金門縣志》（1921）也為「大治」。[96]蔡鳳雛認為「大地」指大片可種植之田地；「大治」係取長治久安之意。[97]我們的田調顯示，村民及東半島居民慣稱此地為 Tuā-tī（大治）。

7 高坑（Kho-khinn）

陳姓族人於明初移居聚落之北，稱「上宅」，後遷至南側新址，更名為「高坑」，源自聚落之左右兩側有坑溝，鄉社居於高處。[98]根據我們的田調，高坑有兩讀音，一為 Ko-khinn，另一 Kho-khinn，發送氣音者多為高坑本地以及大金門島東居民。「高」之聲母疑受「坑」影響，產生逆向同化，發送氣之讀音 Kho-khinn。

8 田埔（Tshân-phóo，田浦）

大金門東側臨海之田浦城為明代巡檢司[99]之一。原之「田浦」在軍管時期被改寫為「田埔」。浦和埔分讀為 phóo 和 poo，讀音不同，意思也有異[100]。現今居民依舊以 Tshân-phóo（田浦）稱此地。《明史》上也如是記載，附近鄉里也有前浦溪流經。

96　蔡鳳雛：《金門地名調查與研究》，頁182。
97　蔡鳳雛：《金門地名調查與研究》，頁122。
98　高銘澤、施添福、陳國川：《臺灣地名辭書卷24・金門縣》，頁198。
99　金門千戶所共設五個巡檢司：官澳、田浦、峯上、陳坑（今成功）及烈嶼。
100　浦位於水邊之地，埔指平坦之地，二者意思不同。

9 洋山（Iânn-suann，營山）

聚落居營山之下，而營山又稱為「洋山」。[101]根據村史，洋山古稱「營山」，民間書寫（包括地契、神主牌位、墓碑等）均以「營山」為地名，舊門牌也記作「營山」。然清道同年間之金門圖曾出現過「洋山」。而營山源自村民紮「營」之「山」；初墾選此依山傍海之址，足供族人「營生」。[102]另一村史指出，洋山之說源自「營」與「洋」下接「山」字時，兩地名金門話音近。[103]該聚落以山為名，為初始地名常見命名方式之一。唯「營」之白讀音為 iânn，而「洋」讀作 iûnn，營山和洋山之金門話讀音依舊有異，恐非文獻所說二地名因諧音所致。我們傾向認為地方慣稱依約定俗成，兩個以上之地名則由社群進行文化選擇，選擇何者該地名便隨之而延續。

10 陽翟（Iûnn-the̍h，陽宅）

陽翟或作「陽宅」，源於「陽居吉宅」之寓意。[104]村史指出該地居民之祖籍為河南光州固始陽翟村，沿用故居為移居後之地名。[105]蔡鳳雛列出包括洋宅、楊翟之書面記錄：明朝之前採陽翟，清朝時採陽宅，民初採陽翟，軍管初期採洋宅後又記作陽宅，現今已復名為陽翟。[106]根據田調，金門的陽翟陳姓曾於明朝移居至今之同安和集美，分別記作「陽翟」和「洋宅」，地名有跡可循。

以上之地名記載在華語均同音。金門話對當地之慣讀音為 Iûnn-

---

101 楊天厚、林麗寬等：《金門縣金沙鎮志》，頁162。

102 林怡種：《營山風情》，頁23。

103 何志強：《六甲水濱之巔・浦邊》（金門縣：金門縣文化局，2018年），頁17。

104 楊天厚、林麗寬等：《金門縣金沙鎮志》，頁135。

105 陳慶瀚、陳篤龍：《科甲聯登的村社：陽翟》（金門縣：金門縣文化局，2017年12月），頁16。

106 蔡鳳雛：《金門地名調查與研究》，頁132。

thèh。前述別稱之前字無論為「陽」、「洋」或「楊」，白讀音均為 iûnn。「宅」白話音為 thèh，文讀為 thìk。而「翟」在《廣韻》中，屬於開口二等入聲陌韻。另外，翟有「宅」和「狄」兩個發音。前音屬於場伯切，宅小韻。《教育部國語辭典簡編本》記載：翟，1.姓；2.地名用字，如陽翟。亦即今「翟」作為姓氏或地名時讀作「宅」。《廣韻》記錄的是文讀音，而「翟」又為古姓，恐難追蹤白讀音。今閩南語「宅」讀為 thèh，或許 tìk 和 thèh 各為漢字「宅」之文白讀音。「宅」為「翟」之俗字。據此，「陽翟」讀作 Iûnn-thèh 也為合理推斷。

表六　金門話慣稱聚落地名（增列）

	官定地名	民間慣稱	備註
1	浯坑	Gōo-khinn	以鄭為大姓之自然村，原記為吳坑，二〇〇一年經鄭氏裔孫申請更名為「浯坑」。
2	后浦頭	phóo-thâu	舊稱「浦頭」或「汶浦」。另稱「滄浦」
3	後水頭	Bûn-tsuí-thâu	舊稱「汶水頭」，建縣後改稱「水頭」。軍管時期又有「後水頭」、「后水頭」之稱。
4	蔡厝	Suann-tau	原稱「山兜」，改為蔡姓之祖居地同安「蔡厝」。
5	新前墩	Sin-tshân-tun	居民從「前墩」搬遷至後側之現居所，取為「新前墩」。慣稱新田墩。
6	大地	Tuā-tī	此聚落在《滄海紀遺》記載為「大地」，《金門志》（1836）記為「大治」，《金門縣志》（1921）作「大治」。
7	高坑	Ko-khinn Kho-khinn	「高坑」源自聚落之左右側有坑溝，鄉社居於高處。
8	田埔	Tshân-phóo	現今居民依舊以 Tshân-phóo（田浦）稱此地。

	官定地名	民間慣稱	備註
9	洋　山	Iânn-suann	洋山古稱「營山」，民間書寫「營山」。
10	陽　翟	Iûnn-tĥeĥ	沿用故居河南光州固始陽翟村為移居金門後之地名。陽翟或作「陽宅」，源於「陽居古宅」。另有洋宅、楊翟、陽磲之書寫格式。 陽翟陳姓族人曾於明南移居今之同安和集美，分別記作「陽翟」和「洋宅」。

本小節所舉之例為五鄉鎮中之最，地名依地形或地貌命名者居多，如：頭、坑、山、地、浦、墩和兜。此外，也有人文心理類之大治（今大地），以及原鄉地名類之陽翟。值得一提的是，陽翟於軍管時期經更名後又復名。其復名除了反抗由上而下之地名變動，也帶有懷鄉與歸屬之情感。吳坑居民發動由下而上之自主性更名，將地名改為浯坑，除了彰顯鄭氏宗親之團結，也帶有金門舊稱「浯」之榮耀感。更名和復名各自表現了對於當地地名文化記憶之壓迫與居民之抵抗，可謂積極的行為。消極的抵抗者，以金沙鎮的田浦為例：現今地名雖經軍方更動記作「田埔」，當地人依舊讀送氣音之「浦」。

（四）金寧鄉

1　安歧（後歧，Āu-kiâ）

「安歧」源自安歧湖，為金門之五大湖之一，「安」鎮也。[107]縣志記作「後歧」，前字符合慣讀語音。丘葵的《釣磯詩集》中提及「歐崎」，即安歧之舊稱。「歐崎」或寫作「甌崎」，因該村落之地形低陷且崎嶇不平，或因湖尾溪下游彎曲，因而得名。[108]然經查，不論

107　蔡鳳雛：《金門地名調查與研究》，頁270-271。

108　高銘澤、施添福、陳國川：《臺灣地名辭書卷24·金門縣》，頁146。

歐崎或甌崎，前字之箇讀均為陰平調，有異於當地之慣稱 Āu-kiâ（前字為陽去調）。鄭藩派認為後「岐」之漢字應為後「崎」以符合金門話讀音。[109]根據《重編國語辭典修訂本》[110]，「崎」意味著地勢或道路艱險峻峭、高低不平，確與該聚落之地形描述相吻合。

2　榜林（董林，Táng-nâ）

地方慣稱 Táng-nâ 源自此聚落位居擋風之林地，「董」有「擋」之意。[111]村史補充，於清乾隆年間之民間契書中已出現「榜林」，可能帶有「金榜林立」之寓意。金門建縣之後漸採「榜林」為書寫地名，然地方上仍沿用舊名「董林」。此外，新加坡之僑民以「珠林」稱榜林；根據當地移居澎湖之宋氏族人，榜林另有「長林」之舊稱。[112]另「董林」最早出現於康熙二十八年（1689）之文獻，而「榜林」則出現於道光二十三年（1843）。光緒十年（1884）續修之《金門志》均能看到「榜林」或「董林」[113]，足見兩地名在清代已廣為官方及民間使用。值得一提的是，近代文獻常以諧音來解釋「擋林」、「長林」等不同地名。鄭藩派指出閩南語「董」音同「擋」。[114]然「擋」、「長」之白讀音分別為 tòng 與 tn̂g，與董 táng 不論是韻母或聲調都相異。根據《漢語多功能字庫》，「擋」之廈門音為 toŋ 陰去21、汕頭音 taŋ 陰去213。即便後者與 táng 同韻母，然聲調（臺羅拼音第3調）也有別於董

109　鄭藩派：《金門縣方言志》，頁424。

110　引自教育部《重編國語辭典修訂本》，網址：https://dict.revised.moe.edu.tw/search.jsp?md=1，檢索日期2023年5月1日。

111　鄭藩派：《金門縣方言志》，頁244-245。

112　陳永富：《互古通金榜林村史》（金門縣：金門縣文化局，2021年11月），頁18。

113　呂西埔：〈『榜林』地名之沿革〉，金門日報網站，網址：https://www.kmdn.gov.tw/1117/1271/1274/199777/，發表日期：2011年9月1日，檢索日期：2022年7月28日。

114　鄭藩派：《金門縣方言志》，頁422。

táng（臺羅拼音第2調）。換言之，「董林」之讀音與地方慣稱相同，而「擋林」則不同。

3 后盤山（後半山，Āu-puànn-suann）

此地名源自地形，名「半山」，但為區別於翁姓聚落之「半山」，改稱「後半山」。另一說為，聚落位居半山（盤山）東隅，故稱後半山或寫作后盤山。[115]村史補充，在明清都圖中十九都有「半山」[116]，民初金門設縣後改稱為「盤山」，始有前盤山（今之盤山已區分為三聚落）[117]、後盤山[118]。

4 昔果山（菽蒿山，Sik-kó-suann）

「菽蒿山」為唐朝牧馬候陳淵牧馬時之古地名，因該地之豆菽黍稷牧料為名，亦寫作稷稿山、菽蒿山（嘉慶間《同安縣志》）或積菓山。金門建縣後諧為今之「昔果山」。另一緣由為聚落建於枝蒿山上，村民以山為地名。[119]村史另指出，相傳清朝官員來訪時見「菽阿」（乾枯的禾草），因貌似藁，遂命此地為菽藁山。[120]

根據教育部《異體字字典》：「藁」通「稿」，穀類作物之莖稈。另

---

115 再高銘澤、施添福、陳國川：《臺灣地名辭書卷24‧金門縣》，頁137-138。

116 金門於清咸豐年間為都圖九之翔風里綏德鄉，乾隆年間設馬巷廳，隸屬於泉州府。大金門編十七到十九都，烈嶼為二十都，見郭哲銘：《浯鄉小事典》（金門縣：金門縣文化局，2010年），頁215-216。

117 頂堡、下堡及前厝三聚落原為盤山（地方慣稱為半山，Puànn-suann）之三個甲頭，後各自獨立為聚落地名（高銘澤、施添福、陳國川，2014：130-132）。

118 王振漢：《三村一脈‧同氣連枝〈珩厝、后盤山、西山村〉村史》（金門縣：金門縣文化局，2021），頁41。

119 再高銘澤、施添福、陳國川：《臺灣地名辭書卷24‧金門縣》，頁126。

120 吳啟騰、陳秀竹：《紅土下的奇蹟：昔果山村史》（金門縣：金門縣文化局，2019年），頁17。

一意，通「槁」。槁，木枯也。「稿」或「槁」，《說文》本作「槀」。[121]
經查小學堂方言音，[122]「槀」於閩語區雖有不同讀音，但在金門讀為
kó 應為合理。在田調中，長輩發音人指出此字在當地用以稱呼舊時高
大的高粱桿，稱蘆黍槀 lôo-sué-kó。今名「昔果山」視為轉譯過之地
名，「果」若取文讀音 kó，確也符合當地慣稱之讀音 Sik-kó-suann。

　　以上四例所呈現的主要為地形或地貌，也有因物產而得名者。今
昔果山之各類書寫各有不同讀音：菽蒿山 Sik-kó-suann、稷稿山 Tsik-
kó-suann 和積菓山 Tsik-kér-suann，即便如此，卻也有相似之處，亦即
均談及作物，地方之文化記憶具有一致性，表現居民崇敬自然之本質。

表七　金寧鄉之金門話慣稱聚落地名

	官定地名	民間慣稱	備註
1	安歧	Āu-kiâ	慣稱「後歧」，或寫作「歐崎」、「甌崎」。
2	榜林	Táng-nâ	舊名「董林」。清乾隆年間的民間書中已出現「榜林」之書寫。另有「珠林」、「長林」之舊稱。
3	后盤山	Āu-puànn-suann	明清都圖中使用「半山」，民初改稱「盤山」，始有前盤山（今之盤山三聚落）、後盤山。
4	昔果山	Sik-kó-suann	亦寫作稷稿山、菽蒿山或積菓山。金門建縣後改稱「昔果山」。

121　引自教育部異體字字典，網址：https://dict.variants.moe.edu.tw/variants/rbt/home.do。
122　引自中研院小學堂，網址：https://xiaoxue.iis.sinica.edu.tw/。

（五）烈嶼鄉

羅厝（四維）

　　羅厝以初墾之羅姓為地名，軍管時期曾改為「四維」，戰地政務結束後經由村民及僑民爭取恢復原名。[123]村史補充，「四維」與戰地政務時期的時空背景有關，具國族主義之色彩。[124]漢字「羅」可拆解為四維，如今鄰近還有軍管期所建之四維坑道。

（六）小結

　　本節前五部份按鄉鎮別，依次介紹《金門縣志》記載金門話慣稱與官定有異之地名，以及本研究之補充，計三十五例。由這些個例可知，由下而上的地名形成，多為初始地名，為移居金門之先民所定，如：平林（今瓊林）。由上而下的地名異動發生於軍管期，如：下市（今夏墅）、陳坑（今成功）。由下而上的地名變更也包括軍管期結束後之復名，如：舊金城（今金門城）、吳坑（今浯坑）。

　　不論由下而上產生或由上而下更動之地名，都可能在歷時層留下「交往記憶」。在強大的文化韌性影響之下，由下而上產生的地名透過不同載體轉化成經典的「文化記憶」。由上而下的書寫記憶，因強制性的「選擇」，同時形成經典記憶。二者在共時層產生重疊，產生居民慣稱地名與官定地名相左之現象。

　　如第二節所述，文化記憶理論認為歷久彌新的文化記憶係透過適切之儲存器得以留存下來。本節所列之慣稱地名之儲存器，除了軍管時期《正氣報》所列之地名屬於由上而下之更動，多數地名斷裂之補救媒介來自民間，屬於阿萊達・阿斯曼所稱之「參考性的記憶」。儲

---

123 高銘澤、施添福、陳國川：《臺灣地名辭書卷24・金門縣》，頁339。
124 羅志平：《烈嶼羅厝的美麗與哀愁》（金門：金門縣文化局，2017年12月），頁35。

存於博物館等機構的屬於「經典的記憶」，此類也包括官方歷來記錄之地名。「經典的記憶」可能因故遺失，或因外力阻擋而不被記憶。「參考性的記憶」更具多元性，如前一節所提之各類儲存器（族譜、契書、甚至墓碑等）。

康澄以「象徵（symbol）」作為文化記憶之手段，認為文化記憶能歷經轉移與創造。前述慣稱血緣村之地名作為象徵，世代承載，以形成我者之文化記憶；大陸原鄉地名之使用表示時空之超越。在各地村史編寫之際，作者與村民再次省思地名之由來，透過集體意識之創造而活化了文化記憶。綜觀本節對於金門慣稱地名之剖析，可歸納如這些地名呈現五類文化意涵：崇敬自然、懷鄉與歸屬、聲望與榮耀、期許與激勵，以及壓迫與抵抗。

本文透過各類金門地名相關文獻，得知地名的可能由來。地名以字形、字義、字音等形式承載金門先民文化記憶。經本研究之考察與田調印證，字形受限於歷時語音的演變，又常因假借，出現一地多名。字義的層面，源自針對字形之臆測存在比例高。相對地，語音之口耳相傳，卻也意外地成為穩定的傳承媒介。

四　文化記憶之斷裂與承續

本節將從記憶之儲存、語音的記憶及文化展演等三面向，論述前章節所列地名文化記憶之斷裂與承續。

（一）記憶之儲存

地名的文化記憶能展現地方主體性的強弱，話語權較高者較具有選擇之主動權。地名命名自上而下涉及國家機器的介入，多處於動亂時期，常改以民族大義型，如：成功、夏興、復國墩等例。地名的命

名由下而上，表示地方主體性較高。對於墾殖地初始地名之選擇，不外乎地景、方位或與宗族之關聯性，分別如：高坑、塔後（赤後；赤山之後）或蔡厝。遷徙之後為維繫宗族關係，有時也沿用原鄉地名，譬如：後山（今碧山）。宗族的興榮也足以決定以自己的堂號或姓氏命名。血緣村對於地名之決定權及傳承性較高，如：陽翟（陳姓）、羅厝（羅姓）。此外，金門人也鍾情於帶有歷史價值之舊地名，且願為此發動復名，如：金門城。至於因經濟或軍事因素而形成的多姓村，較難詳細記憶該地地名。然而，我們也發現面對遷徙變化較大之聚落，居民對於地名的堅持度相對較低，舊地名經常為後來居民承襲使用，如：何厝。

本文針對金門話慣稱地名討論其與官方地名之分歧。我們聚焦於文化記憶，兼談地名所呈現的文化意涵。地名的被記憶或被遺忘，可視為文化記憶的承續與斷裂。地名是否被記憶關乎文化記憶之「選擇」，也涉及「儲存器」之採用。針對文化記憶之儲存器，我們分別考慮語音、字形與字義。字音透過當地語言世代口耳相傳。字形儲存在官方或民間，可能是縣志、地圖、契書或族譜；地名之書寫形式經常有多種版本，有時共時、有時歷時呈現。相較之下，字意最容易產生斷裂。語意涉及思維，也涉及人的壽命，最難儲存。形音義三者間經常不對應。換言之，儲存器中以語音的承續性最高，字形記載也相對可靠，然而它的困境是無法得知是以何種語言唸讀。地名之來源即便有文字作為記載，在語意層面難免存在著臆測，使得地名由來流傳之樣貌最為豐富。考究當地世代相傳的語音，加上其他兩項的佐證，能產生較為可靠的地名來源。

（二）語音的記憶

文化記憶之儲存器以語音之承續性相對較高。在調查聚落之地方

慣稱之際，我們另發現文白讀音也有系統性。韋煙灶針對19本地名集及辭書之語料，歸納文白讀選用差異之地名類型，包括：（一）山、方位詞，；（二）定語；[125]（三）姓氏。[126]他指出初始地名原則上以白讀音為主，不同語言轉譯後則傾向取文讀音。姓氏亦以白讀為主。以下檢視三個以姓傳名之金門聚落：

前面指出賢聚之慣讀音即為舊地名「顏厝」，以顏姓傳名。類似例還有珩厝及何厝。珩厝慣稱為 Hîng--tshù。珩厝之地名由來有三：一為源自同安祖籍地，二以同安仁德里苧溪鄉龍山社為起源地，後改龍山社為珩山，又將居地命名為珩厝；三為命名自同安開基祖分衍地之一珩山，遷居金門，建村為珩厝。[127]我們認為金門話珩厝 Hîng--tshù 此讀音可對應於「王厝」。王為宕攝云母合口三等字。珩厝之「珩」為形聲字，取「王」為形，「行」為音。在中國福建省珩厝寫作型厝、形厝或邢厝，為借音字，實為「王厝」，前三者讀音均為 Hîng--tshù，為王姓宗族之居所[128]。金門珩厝也為王姓所居之所。經查，與「王」同等第的雲、雨在當代閩南語之白讀音，聲母均為 h。楊秀芳指出「穿」（本字「上」）於廈、漳、泉腔，均讀為 -iŋ，屬宕攝開口三等字；她提及因東陽合韻，宕合 -iŋ 可視同宕開。[129]同為宕合三等字之框（平聲）、往（上聲）均以 iŋ 為韻母[130]，據此，「王」之韻母不無可能讀為 iŋ。加上前述推估之聲母 h，組成「王」hîng 之白讀音。

---

125 韋煙灶（2004：72）討論量詞或序詞，在地名上採白讀音。他舉例時將「大」和「小」歸為量詞，然此非量詞。本文改以定語概括此類。

126 韋煙灶：〈閩南語之文白異讀、腔調、聲調差異與臺灣閩南語地名的關係〉，《環境與世界》第9期（2004年），頁72。

127 再王振漢：《三村一脈・同氣連枝〈珩厝、后盤山、西山村〉村史》，頁39-40。

128 參考張志鴻：《閩南姓氏「王」到底怎麼念？》，知乎網站，網址：https://kknews.cc/n/n29reag.html，發表日期：2020年1月15日，檢索日期：2022年8月10日。

129 楊秀芳：〈論穿著義動詞「上」及其在閩語的反映〉，《台大中文學報》第54期（2016年），頁32、39。

130 例詞分別為：mn̂g-khing，門框；íng-kèr，往過（華語為「過往」）

何厝之地方慣讀音為 Uâ--tshù，該聚落因何姓族人初墾而得名[131]。對於金門話發音 uâ--tshù 有不同說法，其中鄭藩派稱該聚落之屋舍順地勢呈瓦片般之波浪，故稱「瓦厝」[132]。鄭又指出閩南語之「瓦」與「何」諧音。然「瓦」讀為 uá 屬文讀，白讀音讀作 huā。地名若從「瓦厝」之說，此讀音將與當地慣稱地名不符。經查《閩南語辭典》百家姓，何姓於目前所採之發音 Hô 從文讀，但確也有 uâ 之白讀音[133]。金門南管樂譜遇「何」吟唱為 uâ。又，查詢《漢語多功能字庫》後發現「何」的廈門音為：ua 陽平35（白讀，如：何厝〔地名〕），ho 陽平35（文讀）。據此，uâ--tshù 應可對應於「何厝」。

由前三例可知居民對於舊地名之記憶不易更動。字形與字音看似未能對應，然文化記憶經口耳相傳也能跨代承續。

（三）文化展演之記憶

除了前述文化記憶載體，聚落地名也出現於金門盛行之宮廟祭典以及聯鄉（或稱聯境）。地方語言之使用除了宗族聚會，還發生於廟會及聯鄉活動，本文稱為文化展演。首先，地名與宮廟祭祀行為之關係表現在祭文中。金門廟會之榜文至今仍使用建縣之前的都保。譬如：金湖鎮之山外在醮儀之祝壽值福榜文上以「福建省金門縣十八都滄湖保山外鄉居住合眾人等……」開頭。告示類的榜文也傾向採舊名，如：陳坑（今成功）。疏文也記載舊地名。金門大型廟宇如浯島城隍廟，其信眾陳請之疏文，也列陳請人之舊地名（十七到二十都）。

聯鄉[134]社在金門相當普遍。有些聯鄉社以姓氏作為連結，如黃氏

---

131 高銘澤、施添福、陳國川：《臺灣地名辭書卷24·金門縣》，頁197。

132 鄭藩派：《金門縣方言志》，頁418。

133 字典有：無奈何（bô-ta-uâ），意思為無可奈何、不得已。

134 聚落在金門話中稱為鄉、社、鄉里或鄉社。聯鄉之「鄉」所指為聚落。

宗親會、五呂[135]和十三陳[136]。以黃氏宗親為例，舊地名如：汶水、金水、汶浦依舊可見。聯鄉常結合鄰近鄉里且以宗教號召，如：古寧頭三鄉（林厝、北山、南山）、湖尾三鄉[137]、六甲[138]、五呂及五鄉[139]。積極而言，以互助共好為目的。然多伴隨經濟色彩，譬如因爭奪地盤需有強大的組織以對外抵禦。宮廟活動則可能跨宗族，甚至跨域進行，此時聯鄉社扮演極重要之角色。地名與聯鄉行為之關係，表現如上述之宮廟祭典。書面上雖多以當代地名為主，但口頭上常採金門話慣稱。有些聯鄉社的活動也張貼榜文，宗親會祭文也以舊地名稱之，如：泉州府同安縣某都某保某鄉。

因著金門當地之文化韌性，即便在軍管期受若干限制，文化展演依舊能透過世代相傳，成功地承續了地名之文化記憶，此即阿萊達・阿斯曼所稱之具身文化記憶（Embodied Cultural Memory）。儀式慶典和聯鄉社之各類展演互動，為分歧地名之締造了和解空間，使表面上斷裂之舊地名得以承續下去。

綜上所述，地名文化記憶之有形儲存器，文書類包括地方志、族譜、契書等，也有出土之墓碑。無形之儲存媒介包括口傳故事，以及宗族或宗教活動（本文稱文化展演）。地名記憶之斷裂可能源自文化記憶媒介（儲存器）之不穩定性。若無族譜、地名發音之雙重保障，

---

135 東村、西村、庵邊、土樓、西埔，為呂姓聚落。

136 慣稱的十三陳係由湖前、下坑（今夏興）、陽翟、浯陽、陳坑（成功）、斗門、高坑、埔後、後山（碧山）、古區陳、金門城、烈嶼湖下、後浦（金城鎮中心）等組成十三股之陳氏宗親。

137 三鄉為金寧鄉湖下（含東坑）、安岐（含山灶）、湖尾（即東、中、西堡及湖南），聚落都在鄰近地區。

138 浦邊、劉澳、呂厝、后宅、洋山、長福里稱為六甲，以鶯山廟為信仰中心。

139 五鄉包括金沙鎮之大地、內洋、田浦、新前墩、東山、東溪、東沙尾等聚落。後三者為一鄉。

經常會出現超過一種地名書寫形式。字形之不穩定性表現在一地擁有數種文字記錄，彼此之間多數具諧音關係。記憶之斷裂也可能源自外部干預，譬如軍管時期國家機器之介入。然而，文化記憶未曾遠離。除了形音義之相互映證，透過族群內部及之間的祭典或聯鄉行為，得以阻斷前述之斷裂，使得今日在金門仍能接收到強烈的地名文化記憶。顯見在當代村史等專書編撰之前，常民之生活體驗與文化展演對承續地名文化記憶，確功不可沒。

五　結語

　　過去的金門研究多從社會或地緣政治角度詮釋社會記憶，本文探究金門話慣稱聚落地名所展現之語言文化議題，通過「文化記憶」的理論框架來闡釋金門地名文化記憶儲存之管道。現行金門官方地名於一九九二年抵定，相較於一九一五年金門獨立建縣，中間歷經長達四十年以上的軍管時期，地名究竟產生了何種變化。本研究檢視三十五個官定地名與金門話慣稱有分歧之聚落地名，論述地名文化記憶之斷裂與承續。地名的書寫雖經變遷，然文化記憶中「最近的過去」通過口語、文字和文化展演傳承下來，轉化為「文化記憶」，使得舊地名得以傳承。本文爬梳既有金門地名文獻，佐以田調以檢視分歧地名之形音義，並進一步考察地名文化記憶獲得記錄之媒介。歷時而言，具分歧之地名可分為三類：第一類為一地多名，追溯時點較為久遠，如：慣稱山仔兜（Suann-a-tau）之珠山。第二類為由上而下的變動，排除慣稱為平林（Phînn-nâ）之瓊林，主要發生於軍管時期，如：現今之夏墅、成功、夏興、南雄、尚義、漁村及復國墩等。此類國家機器之干預多變更為民族大義型地名，因應當時國民政府復國大業，主要分布於駐軍重地太武山周圍。彼時也有全島性改字，如：「後」改

為「后」，如：后水頭；也有繁改簡之例，如：陽翟更改為陽宅或洋宅；再有易與山後（山后）混淆之後山，經更名為碧山。第三類為由下而上的變動，如：吳坑更改為浯坑，或金門城之復名。第一、二類有重疊之處，一地多名也可能產生於共時層。以上詳述於本文第三部份。我們在分析階段經常觀察到字音和字形不對等之地名。一地擁有數種文字記錄，足見字形之不穩定性，而歷來作者或居民多以諧音來詮釋此種現象。此外，也常見望文生義的地名語意推測。本文以金門話讀音，釐清各文獻所稱之諧音或音轉，試圖為地名由來之傳說提供另一種觀點。

地名是一種文化記憶之表徵，透過常民生活中有形及無形之手段得以實踐。阿斯曼指出在短期之間所組成的社會記憶，通常不超過三代或八十年。經過時間歷練並以不同的媒介所流傳下來之記憶（不論有意、無意的選擇），才能成為「文化記憶」。文化可經過重新詮釋、重現，並可透過不同的媒體來儲存，包括使用語言形式、意識、展演，或者是有形的物件來保存。我們於第四部份繼而探究金門人如何透過宮廟或聯鄉活動將地名文化記憶落實於生活中。此點可回應於文化記憶理論之高度擴充性。除了擴充性，文化記憶理論也具備極強的彈性。它所陳述的概念，具備跨學科、跨域以及跨時之特質。

金門話慣稱聚落地名與歷史層疊交錯，經由不同類型之文化記憶儲存形式得以世代傳承。我們認為多元的文化記憶儲存器源自於當地之文化韌性，因此阻斷了地名文化記憶斷裂，繼而得以承續。本文透過文獻與田調釐清望文生義之金門地名傳說，並試圖以文化記憶理論開啟學術對話。然而，金門縣境內大小聚落共一七六個，自然村多達一六〇個以上，地名所呈現之更多動態（包括宗族分支、祭祀移動或與原鄉之關聯），未來仍需進一步探究方能深入了解。

參考文獻

卞仁海：《語言文化的多視角研究》，北京市：中國文史出版社，2020年。

王建成：《鄉土地名文化之調查研究：以金門縣金城鎮東沙村之聚落「土名」為例》，金門縣：國立金門大學閩南文化研究所碩士論文，2013年。

史艾米：〈創傷歷史與集體記憶——作為交流型記憶和文化記憶的文學〉，《清華中文學報》第13期，2015年，頁283-310。

江柏煒：《冷戰金門：世界史與地域史的交織》，金門縣：金門國家公園管理處，2017年。

呂西埔：〈『榜林』地名之沿革〉，金門日報網站，網址：https://www.kmdn.gov.tw/1117/1271/1274/199777/，發表日期：2011年9月1日。

宋怡明：《前線島嶼：冷戰下的金門》，臺北市：臺大出版中心，2016年。

李如龍：《漢語地名學論稿》，上海市：上海教育出版社，1998年。

沈　寧：〈倫敦華人社群的身份認同——從文化遺產與文化記憶的角度分析〉，《民族學刊》第3期，2014年，頁47-58、124-125。

周振鶴、游汝杰：《方言與中國文化》，臺北市：南天書局，1990年。

林聖欽：〈清代淡水廳竹南一保街庄名之社會空間意涵：試論慈裕宮五十三庄宗教組織的形成〉，《地理研究》第50期，2009年，頁21-46。

林焜熿：《金門志》，南投縣：臺灣省文獻委員會，1993年。

金壽福：〈揚・阿斯曼的文化記憶理論〉，《外國語文》第2期，2017年，頁36-40。

〔德〕阿斯特莉特‧埃爾著，余傳玲譯：《文化記憶理論讀本》，北京
　　　市：北京大學出版社，2012年。

〔德〕阿萊達‧阿斯曼：〈經典與檔案〉，載〔德〕阿斯特莉特‧埃
　　　爾、安斯加爾‧紐寧主編，恭忠、李霞譯：《文化記憶研究
　　　指南》，南京：南京大學出版社，2021年，頁97-136。

〔德〕阿萊達‧阿斯曼著，潘璐譯：《回憶空間：文化記憶的形式和
　　　變遷》，北京市：北京大學出版社，2016年。

韋煜灶：〈閩南語之文白異讀、腔調、聲調差異與臺灣閩南語地名的
　　　關係〉，《環境與世界》第9期，2004年，頁55-82。

徐雪英：《寧波地名文化》，杭州市：浙江大學出版社，2014年。

翁淑娟、韋煜灶：〈新北市八里區地名之字面義與實質義的比較〉，
　　　《地理研究》第78期，2023年，頁131-160。

高銘澤、施添福、陳國川：《臺灣地名辭書卷24‧金門縣》，南投市：
　　　國史館臺灣文獻館，2014年。

常敬宇：《漢語詞彙文化》，北京市：北京大學出版社，2009年。

康　澄：〈象徵與文化記憶〉，《外國文學》第1期，2008年，頁54-61。

張佳鴻：〈閩南姓氏「王」到底怎麼念？〉，每日頭條網站，網址：
　　　https://kknews.cc/n/n29reag.html，發表日期：2020年1月15日。

張屏生：《烈嶼方言研究》，金門縣：金門縣文化局，2019年。

郭哲銘：《浯鄉小事典》，金門縣：金門縣文化局，2010年。

郭哲銘等：《金門各姓族譜類纂》，金門縣：金門縣文化局，2012年。

陳佳穗：〈臺灣地名傳說所反映之居民集體意識研究〉，《南亞學報》
　　　第30期，2010年，頁359-377。

陳炳容：〈金門族譜研究之一移民與地名〉，金門日報網站，網址：
　　　https://www.kmdn.gov.tw/1117/1271/1274/37757/，發表日期：
　　　2005年8月27日。

陳炳容、吳秀琪：《古地圖與金門史研究》，金門縣：金門縣文化局，
　　　2022年。

陶嘉慧：《福建省建寧縣地名用字及地名命名方式研究》，重慶市：四
　　　川外國語大學碩士論文，2018年。

〔德〕揚‧阿斯曼：〈交往記憶與文化記憶〉，載〔德〕阿斯特莉特‧
　　　埃爾、安斯加爾‧紐寧主編，李恭忠、李霞譯：《文化記憶
　　　研究指南》，南京市：南京大學出版社，2021年，頁137-
　　　149。

黃振良：《金門戰地史蹟》，金門縣：金門縣文化局，2003年。

楊秀芳：〈論穿著義動詞「上」及其在閩語的反映〉，《臺大中文學
　　　報》第54期，2016年，頁1-58。

楊建國：《文化語言學視域下的北京地名研究》，北京市：北京大學出
　　　版社，2018年。

劉秀雪：〈鄉音無改？──金門人在北臺灣的語音轉換〉，《語言時空
　　　變異微觀》，臺北市：中央研究院語言學研究所，2012年，
　　　頁153-171。

劉慧梅、姚源源：〈書寫、場域與認同：我國近二十年文化記憶研究
　　　綜述〉，《浙江大學學報（人文社會科學版）》第48卷第4期，
　　　2017年，頁185-203。

蔡淑玲：〈臺灣閩南語地名的語言層次與文化層次〉，《臺灣語言與語
　　　文教育》，第5期，2003年12月，頁115-128。

蔡淑玲：《台灣閩南語地名之語言研究兼論其文化意涵與演變》，新竹
　　　市：國立新竹師範學院臺灣語言與語文教育研究所碩士論
　　　文，2004年。

蔡鳳雛：《金門地名調查與研究》，金門縣：金門縣文化局，2011年。

鄭藩派：《金門縣方言志》，金門縣：金門縣文化局，2013年。

羅常培：《語言與文化（注釋本）》，北京市：北京大學出版社，2009年。

羅朝英：〈從地名看壯漢文化的交融〉，《語文學刊》第13期，2009年，頁137-140。

〔德〕Assmann, Jan, *Cultural Memory and Early Civilization* ,Cambridge: Cambridge University Press, 2011.

方志

金門縣政府編：《金門縣志 · 人民志（續修）》，金門：金門縣文化局，2009年。

楊天厚、林麗寬等：《金沙鎮志》，金門：金沙鎮公所，2002年。

楊天厚、林麗寬等：《金湖鎮志》，金門：金湖鎮公所，2009年。

蔡輝詩等：《金城鎮志》，金門：金門縣政府，2009年。

村史

王振漢：《三村一脈 · 同氣連枝〈珩厝、后盤山、西山村〉村史》，金門縣：金門縣文化局，2021年。

何志強：《六甲水濱之巔 · 浦邊》，金門縣：金門縣文化局，2018年。

吳啟騰、陳秀竹：《紅土下的奇蹟：昔果山村史》，金門縣：金門縣文化局，2019年。

林怡種：《營山風情》，金門縣：金門縣文化局，2019年。

洪德舜、洪采妮：《後豐港村史：傳承》，金門縣：金門縣文化局，2020年。

陳永富：《亙古通金榜林村史》，金門縣：金門縣文化局，2021年。

陳長慶：《阮的家鄉是碧山》，金門縣：金門縣文化局，2019年。

陳炳容：《固若金湯、雄鎮海門：金門城》，金門縣：金門縣文化局，2018年。

陳慶瀚、陳篤龍：《科甲聯登的村社：陽翟》，金門縣：金門縣文化局，2017年。

黃克全：《汶水揚波后水頭》，金門縣：金門縣文化局，2016年。

黃振良：《浯洲鹽鄉──西園‧後珩》，金門縣：金門縣文化局，2018年。

董水應：《金門古崗玉笋傳芳》，金門縣：金門縣文化局，2018年。

蔡群生：《御賜里名：瓊林》，金門縣：金門縣文化局，2016年。

顏炳洳：《賢聚：留餘蔭忠孝傳芳》，金門縣：金門縣文化局，2017年。

羅志平：《烈嶼羅厝的美麗與哀愁》，金門縣：金門縣文化局，2017年。

從章法處探析〈諫逐客書〉的心理策略

龐壯城

福建師範大學文學院助理教授

林靜楠

福建師範大學文學院碩士生

摘要

秦王嬴政十年，李斯憑借〈諫逐客書〉一文實現其政治生涯中驚險而華麗的轉折，該文高超的說服藝術為後世稱道。劉勰《文心雕龍》認為，李斯之所以能夠成功勸說，在於李斯準確預測秦王之心理，為其迫切面臨的問題，提出解方。本文從章法之內容結構與篇章結構切入，探析〈諫逐客書〉中設計的論辯策略，揭示該文基於讀者的心理下所呈現的說服藝術。

關鍵詞：章法學、〈諫逐客書〉、論說文、心理策略

一　前言

　　〈諫逐客書〉是李斯於危亡時刻寫給秦王嬴政的諫書。據《史記・李斯列傳》記載，韓國派水利專家鄭國勸說秦王興修水利工程，意在損耗秦之人力、物力，以延緩秦國兼並其他諸侯國的步伐。不軌之心暴露後，一些利益為客卿所侵犯的秦國貴族趁勢而上，勸諫秦王逐客，秦王遂即采納，而來自楚國的李斯亦在被逐之列。為力挽命運狂瀾，李斯於被逐途中寫下〈諫逐客書〉，此封輕如鴻毛的書信不僅使秦王收回逐客令，更讓李斯一躍成為秦之重臣，可見其高超的說服藝術。[1]劉勰《文心雕龍・論說》云：「李斯之止逐客，順情入機，動言中務，雖批逆鱗，而功成計合，此上書之善說也。」[2]其以為李斯勸說成功之關鍵，在於精準預測了秦王的心理（順情入機），為其面臨之問題，提出解方（動言中務）。文章是作者情意思想的外化體現，其思維脈絡、心理活動，蘊於文章之連句成節、連節成段、連段成篇處，彰顯嚴密的邏輯概念，此亦即章法所探討的內容。「這種邏輯組織或條理，對應於宇宙人生規律，完全根源於人之心理，是人人與生具有的。」[3]本文以陳滿銘的章法理論為基礎，由「內容結構」與「篇章結構」二點切入，探析〈諫逐客書〉體現的心理策略，理解該文的說服藝術。

1　〔漢〕司馬遷：《史記》（北京市：中華書局，2013年），頁3069-3074。

2　〔南朝梁〕劉勰，王志彬譯注：《文心雕龍》（北京市：中華書局，2012年），頁222。

3　陳滿銘：〈章法結構及其哲學義涵〉，《浙江師範大學學報（社會科學版）》2004年第2期，頁8-14。

二 內容結構

　　陳滿銘認為，在分析章法時要兼顧內容與篇章結構，才能凸顯內容與形式上的特色，否則只是能得到機械式的謀篇布局。內容結構關乎文章的核心成分（主旨），與外圍成分（材料）。

（一）核心成分

　　當文章的核心成分被置於篇內時，都會以「情語」或「理語」呈現。〈諫逐客書〉開篇云：「臣聞吏議逐客，竊以為過矣」，此主旨的選用、呈現都暗含李斯匠心獨到之處。在主旨的選用上，李斯達成了由本能反應至理性反應的突破。根據心理學的「刺激—反應」機制原則，當個體受到外界刺激時，會產生本能反應機制（通常為表現於情緒上），但由於人類大腦的不斷發展，有時個體也會在分析、思考、歸納中觸發理性反應的機制，並以此支配個體行為，只是某些情境中，本能反應機制對個體行為的控制權大於理性反應機制。[4]

　　據《史記‧李斯列傳》記載，李斯在被驅逐前，忠心輔佐秦王統一天下，為其建言獻策，但突如其來的逐客令卻一舉抹殺李斯的種種功績。面對這樣的外界刺激，李斯的本能反應大概是憤怒、委屈，故有「臣本忠心，奈何受讒言汙蔑」、「臣非鄭國之流」等怨憤之言。然而，此等言論無益於挽回局面：第一，李斯身屬被懷疑的一類客卿，再怎麼表明忠心，都顯得蒼白無力；第二，抨擊宗室大臣等於四面樹敵，即使僥倖留在秦國，也會落得艱難處境；第三，提到「鄭國之流」便是承認間諜的存在，也間接肯定秦王頒布逐客令之舉。

　　對於急欲留在秦國大展拳腳的李斯而言，當務之急是抑制本能反

4　參不一：《人間清醒》（北京市：企業管理出版社，2022年），頁458-463。

應，抓住事件的核心關鍵進行理性分析，也就是中止逐客一事。〈諫逐客書〉「臣聞吏議逐客，竊以為過矣」一句，盡顯其抑制本能反應，並由理性發出討論。逐客令的頒布已是客觀事實，其言「吏議逐客」而非「君言逐客」，不僅表明決策尚在可議範圍內，自然有轉圜餘地，並且將逐客之過轉為臣下。「過」是尖銳性的公開反對，但非秦王之過，而是臣下之過，故李斯對此事之發難、批駁，係針對臣子而言，並不損及秦王顏面，且自貶為「竊以為過」，大大降低了直接反對的程度。[5]李斯抑制了本能的冒昧直言，以理性思考巧妙轉移鋒芒，既表達了自己的觀點，又避免了觸犯逆鱗，可謂剛柔並濟，一舉兩得。

李斯開門見山，全以「理語」表達主旨。心理學家 Zimbardo 和 Leippe 認為，說服是個體對他人產生影響的一種形式，其目的是改變對方的信念或行為，包括六大步驟，其中，居於首位的便是「接收信息」。[6]先秦時期不少文人善於以多變的勸說方式引導上位者接納觀點，例如《孟子‧梁惠王上》云：「無傷也，是乃仁術也，見牛未見羊也。君子之於禽獸也，見其生，不忍見其死；聞其聲，不忍食其肉。是以君子遠庖廚也。」[7]孟子為說服齊宣王施行仁政，巧用譬喻，因勢利導。《戰國策‧齊策》載鄒忌云：「今齊地方千里，百二十城，宮婦左右，莫不私王；朝廷之臣，莫不畏王；四境之內，莫不有求於王。由此觀之，王之蔽甚矣！」[8]其巧借自身經歷，推己及人，向齊王闡明臣下直言不易之理。甚或唐代諫臣魏徵〈諫太宗十思書〉

5　參孫紹振：〈轉危為安，歷史意義重大──讀李斯《諫逐客書》〉，《語文建設》2021年第1期，頁46-50。

6　〔美〕Zimbardo P、Leippe M，鄧羽等譯：《態度改變與社會影響》（北京市：人民郵電出版社，2018年），頁123-124。

7　〔清〕焦循：《孟子正義》（北京市：中華書局，1987年），頁83。

8　諸祖耿：《戰國策集注匯考（增補本）》（南京市：鳳凰出版社，2008年），頁507。

亦善用類比，引出「十思」之說。雖然上位者最終都「接收信息」，但勸諫的過程卻曲折迂迴，稍不注意，進言者便有可能身死人亡。但以李斯的處境而言，這些勸說方式則難完全套用，蓋因李斯上書秦王時，已在流放途中，若再巧喻曲意，因勢利導，不僅殆誤時機，更有可能引喻失意，阻礙秦王「接收信息」，故〈諫逐客書〉有必要將主旨置於篇首，明確表達自己反對逐客，也凸顯中止逐客，刻不容緩，是嚴峻形勢下的明智之舉。

（二）外圍成分

由於文章的主旨具有抽象性，必須使用具體材料彰顯其說服力與感染力，故選材之精當，直接影響文章優劣。一般而言，運材可分為「物材」與「事材」，[9]〈諫逐客書〉多用「事材」，樹立權威典範。陳滿銘在《篇章結構學》中提到：「所謂的『事』可以是事實，也可以出自杜撰。以事實來說，又以過去的事實被選用的最多。」[10]李斯為勸諫秦王收回逐客令，引用秦國昔日四位君主重用客卿，成就霸業的歷史事實——穆公任用「不產於秦」的「五子」稱霸西戎、孝公納商鞅以變法革新，強國富民、惠王以張儀之計「散六國之從」、昭王用范雎使秦成帝業，為秦王樹立舉用客卿的典範。

李斯就過往的歷史事實展開論述，體現「暈輪效應」的功能，替「納客之舉」尋找權威依據。「暈輪效應」或稱「光環效應」最早由美國著名心理學家 Edward Lee Thorndike 提出，指人們對他人的認知，

9　凡是存於宇宙天地間的實物都可以成為文章的「物材」，例如「天」、「地」、「日」、「月」、「花」等。而發生在宇宙天地之間的事情都可以成為文章的「事材」，作者常以具體事件描述，卻在無形中可由抽象的事類予以統括，如「出入」、「聚散」、「得失」等。

10　陳滿銘：《篇章結構學》（臺北市：萬卷樓圖書公司，2005年），頁63。

往往由局部擴散而形成整體印象，這是一種以偏概全、以點帶面的評價傾向，是個人主觀推斷泛化與擴張的結果。其中，典型的「暈輪效應」即「名人效應」，係通過對權威、名人的嚮往與服從，使相關言行更具可靠性、權威性。[11]《莊子・寓言》云：「重言十七，所以已言也，是為耆艾。年先矣，而無經緯本末以期年耆者，是非先也。人而無以先人，無人道也；人而無人道，是之謂陳人。」[12]此以耆艾長者之言為重言，蓋長者閱歷豐富，見多識廣，所言要為可信公允，故多為人重視、信從。

　　穆公、孝公、惠王、昭王是秦國歷史上大有作為且受人敬重的名君，他們重用外來客卿，使秦國在其治下，國力鼎盛，故所行政治措施有高度的權威性與典範性，為後人推崇。李斯以此四位君王的「用客」事跡為論據，其一可使秦王嬴政在先王功績的感召下，重新體悟客卿對秦國能有巨大貢獻，反思「逐客」是背棄先王、忘恩負義之舉，進而收回逐客令；其二則使秦王了解到若想重振國力，與東方六國分庭抗禮或是一統天下，客卿之力，必不可少。

　　Zimbardo 和 Leippe 認為，當要勸說的議題是對方很熟悉或者堅持的事情時，要注意動之以情，使對方從情感層面轉向支持、理解。[13]在〈諫逐客書〉的第三段中，李斯並未續論客卿之功勞，持續說理，而是由理入情，轉向秦王喜好、享用「鄭、衛之女」、「《韶》、《虞》、《武》、《象》」、「昆山之玉」等色、樂、珠玉之事材，從情感層面拉近秦王的感知距離──國事或許較為遙遠，讓人一時之間難以聯想，卻可「近取諸身」，讓嬴政由使用周遭佳人、珍寶的體驗，將外來尤物之價值珍貴，聯繫至客卿的難得價值。

11　參張文成：《墨菲定律》（蘇州市：古吳軒出版社，2019年），頁108-109。

12　〔清〕郭慶藩：《莊子集釋》（北京市：中華書局，2006年），頁949。

13　參〔美〕Zimbardo P、Leippe M，鄧羽等譯：《態度改變與社會影響》，頁134。

　　動之以情的關鍵在於引起聽者、讀者之共鳴，而共鳴的前提在於個體所使用的勸說內容須接近對方的經驗、情感等。由色、樂、珠玉等珍寶的使用體驗，能引起秦王從心理上對外來品的親近、熟悉感，[14]這些「不產於秦」的珍寶，更進一步則呼應珍貴的外來客卿，由用物之理聯想至用人之理，使秦王將外來的珍寶與客卿，等同視之，接納這些能對國家或秦王自身帶來益處的事物。

　　在〈諫逐客書〉的第四段中，李斯再度由情入理，借用社會之理（地廣者粟多，國大者人眾，兵強則士勇）與自然之理（是以太山不讓土壤，故能成其大；河海不擇細流，故能就其深），引出最重要的治國之理（王者不卻眾庶，故能明其德），重申國力積累的重要性，暗示秦王若要統一天下，便不能對客卿，另眼相待，必須與秦國本土人才，等同視之。相較於前文以過往的秦王為例，本段將「納客」之事提到治國道理的高度，以普遍可知的道理（社會、自然），驗證積累外來賢士對秦國發展的重要性，增強秦王對「納客」之舉的贊許與順從心理。

三　篇章結構

　　篇章結構，指篇章中內容材料的邏輯關係，是連句成節、連節成段、連段成篇的組織，凸顯作者運於文章的邏輯思維。現有章法約四十種，如今昔法、久暫法、遠近法等，[15]陳滿銘認為，一篇文章的章法並無絕對是非可言，同一內容有時可以歸納為不同章法，分析成不同的內容與形式特色。〈諫逐客書〉的篇章結構運用凡目法、正反

14　參崔仕蘭，劉連德：〈《諫逐客書》寫作心理探析〉，《安康師專學報》2003年第21
　　期，頁53-55。

15　參仇小屏：《篇章結類型論》（臺北市：萬卷樓圖書公司，2005年），頁13-15。

法、問答法、時間的虛實法。

（一）於凡目法中突破「虛假同感偏差」

　　若以「凡目法」[16]分析《諫逐客書》，則首段為「凡」，開門見山地揭示本篇主旨；第二、三、四段為「目」，從歷史、現實、未來三個角度，緊扣主旨「竊以為過矣」展開論述。其中，第二段條列舉穆公、孝公、惠王、昭王重用外來賢士以致成功的事跡，總結出「客何負於秦」，若逐客則「使國無富利之實而秦無強大之名也」的結論；第三段自「今陛下至昆山之玉……適觀而已矣」，依次條分秦王所喜好的色、樂、珠玉，暗含客卿等同外來之物，同樣能為秦之強盛貢獻力量，後「今取人則不然……制諸侯之術也」，點出「今之逐客」如同重物輕人，無益統一天下；第四段列出社會、自然、治國之理，說明積累的重要性，最後將「逐客」總結為「藉寇兵而齎盜糧」，是違背普遍真理的舉措。

　　相較於第一段「揭開題面」，直指「逐客之過」，末段為「凡」，更具體地闡明「過」在何處。「夫物不產於秦」等句照應第三段；「士不產於秦」等句照應第二段；「今逐客以資敵國」等句照應第四段，包舉全文，再次提點示本文「逐客之過」的核心思想。其凡目結構可列表如下：

---

16 所謂凡目法，即在敘述同一類事、景、情、理時，運用「總括」與「條分」來組織篇章的一種章法，其中，「凡」為「總括」，「目」為「條分」。

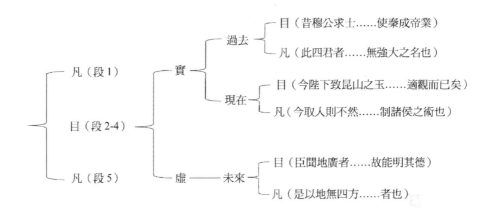

由是觀之，〈諫逐客書〉呈現「凡、目、凡」之結構，具有收束、統
一之美感，「目」之各段又均以「先目後凡」結構組織「事材」，彰顯
歸納式的思考。綜觀各段之「凡」，可知李斯組織各式材料論述「逐
客之過」，皆反映「逐客」非「跨海內、制諸侯之術」的觀點，始終
維持秦王統一天下的企圖，「客不能逐」的論述，正符秦王統一六國
的雄心壯志。從心理學角度而言，此種論述立場突破了「虛假同感偏
差」，當是李斯成功打動秦王的重要助推力。「虛假同感偏差」，指人
們常常高估或誇大自己的信念、判斷及行為的普遍性，習慣以個人的
主觀意志去認知、臆測他人，進而做出缺乏同理心之論述，是缺乏換
位思考的心理表現。[17]具備「虛假同感偏差」的人，往往過分關注自
身想法，造成與他人的交流障礙。因此，為達到與他人的有效溝通，
說服他人認同自己提出的觀點，必須學會移情，發自內心地站在他人
的立場上，深入體察對方的內心世界。李斯在抒寫〈諫逐客書〉時，
只字不提自身忠誠與冤屈，卻句句不離秦王統一天下之功業，始終設
身處地考慮秦王的利益，論述逐客之弊與納客之利，對於想要「包舉
宇內」的嬴政而言，無疑最具說服力，逐客等同於自毀前程，為延續

17　參張文成：《墨菲定律》，頁117-119。

祖先功績，成就自身豐功偉業，納客反而是當下最好的選擇。

（二）於正反法中增進認知努力

　　以「凡目法」分析〈諫逐客書〉，縱然很容易掌握主旨，感悟李斯巧妙的勸諫立場，但仔細分析後卻能發現，二至四段的句群還存在正反交錯的特點，並不能以「凡目」籠統概括，還需用「正反法」[18]切入分析，進一步地感受說理之精妙。其結構可列表如下：

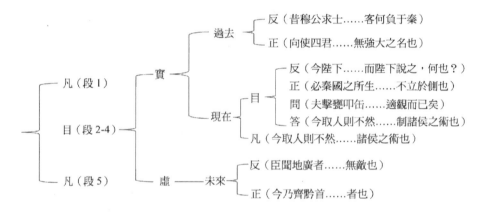

李斯於第二段先從反面列舉史例，得出「客何負於秦」的結語，接著自「向使四君卻客而不內」展開正面假設，得出「秦無強大之名」的結論，強而有力地指明「逐客之過」。第三段，李斯先於反面鋪陳「昆山之玉」、「隨、和之寶」、「明月之珠」等外來珍寶，提出「秦不生一焉，而陛下說之，何也？」之設問，引發秦王初步思考，接著從正面展開一系列「不為」、「不充」、「不實」、「不進於前」、「不立於側」的

18　「正反法」係並列兩種（或兩種以上）材料，表現強烈對比，借反面材料襯托正面，以增強主旨的說服力與感染力的一種章法。「正」與「反」的界定原則在於：合於主旨的材料即為「正」，從對面襯托出主旨的材料即為「反」。於〈諫逐客書〉而言，其主旨為「竊以為過矣」，因此論述「逐客之害」的部分為「正」，論述「納客之利」的部分為「反」。

否定，說明若一切美人珍物「必出於秦」，則難以滿足秦王的耳目之欲，鋪墊後續用人之理。第四段，李斯先由「臣聞地廣者粟多……此武帝三王之所以無敵也」進行反面論述，說明古代帝王「兼收」數者，故能成就霸業，再自「今乃棄黔首以資敵國」至段末，正面說明在列國變法圖強之際，逐客是損己以益敵，直指「逐客之過」。

透過正反論述，呈現「相對立的形態」於一篇之中，不僅給人以鮮明、醒目、鮮活、振奮的強烈感受，而且能深化讀者對主旨的認知，增強主旨的感染力。心理學研究表明，與正向表述相比，人們對於反向表述要投入更多地認知努力，這是「確認偏誤」的心理狀態所致。[19]因為正向表述符合讀者期望取向，故容易感知內涵訊息；反向、負面的表述，因違背預期，故讀者需要投入更多地認知努力，進行正向加工，方能獲取信息。「確認偏誤」雖然可能會造成反效果，使讀者更加信從原先的想法，但在開放的訊息獲取管道下，「確認偏誤」則可能消除原先想法，轉而同意後出的訊息。因此對同一主題開展正反表述，既能強調訊息，更是使讀者注意力，深入思考的有效方式。前述李斯將「逐客之過」歸結於吏議，也能發揮淡化秦王的確認偏誤，使其不致於死守「逐客」的立場，設計聽取諫言的回寰餘地。

在〈諫逐客書〉中，李斯若一味正面論述「逐客之過」，輕則可能使嬴政於長篇大論中喪失注意，殆盡耐心，重則使其更加相信李斯通過捏照、渲染「逐客之過」，以獲取自身利益。故加入反面論述，

---

19 Peter Cathcart Wason於一九六〇年代發明「確認偏誤」一詞，指人不會公平的權衡所有證據，支持某信念的證據分量，會高過反駁某信念的證據分量。Raymond S. Nickerson進一步指出「一旦某人對某議題採取了一個立場，他的首要目標就變成替該立場辯護，或者為該立場賦予正當理由。」James C. Zimring認為，雖然確認偏誤可能會造成人類死守錯誤的想法或立場，但在開放的社會團體中，也會因確認偏誤而有互相討論、辯論的機會，進而修正錯誤信念。參〔美〕James C. Zimring，唐澄暐譯：《誤判的總和》（臺北市：遠足文化事業公司，2023年），頁62-63、236、237。

不僅使文章富有生動變化之勢，更可以讓嬴政於反向論述的「加工」過程中，深化對「逐客之過」的思考，促使其收回逐客令。

第三段充分利用正反法進行論述，李斯於段首反面鋪陳一系列「不產於秦」，而秦王「說之」的珍寶，琳琅滿目的畫面，意在勾起秦王回憶珍寶的體驗，營造愉悅氛圍。接著由正面展開一系列的嚴屬否定，使其切身體會，若事物都必須拘泥於秦所產出，那麼過往美好、愉悅的體驗都有可能被剝奪。俗語云「由儉入奢易，由奢入儉難」，人類的欲望具有不可逆性，易於向上追求，而難於向下屈己，此即心理學的「棘輪效應」。[20]對於愛寶成性，錦衣玉食的嬴政而言，秦之珍寶大概無法滿足其欲望，故在面對連串否定時，他會產生巨大的心理危機，意識到若凡事講究必出於秦，將會人寶皆失。正反結合的論述，使嬴政由物、人的關係比擬，深悟逐客之舉將為秦國帶來巨大的損失與危機，更促使其收回成命。

（三）於問答法中展開強調引導

在〈諫逐客書〉的第三段，李斯以「若是者何也」發問，以「快意當前，適觀而已矣」自答，借「問答法」[21]引導秦王續行納客之舉。「問」有懸疑之效，能夠引發秦王深思自己對於外來之物的態度；「答」則能帶來撥雲見日的輕鬆感，讓秦王意識到自己可以因為「快意」、「適觀」等正面的情緒，而欣然接受外來之物，卻因「吏議」的他人意見，一味驅逐同樣有助於秦的外來賢士，為後文闡明重物輕民、「非跨海內、制諸侯之術」之理做了有力鋪墊。此外，「問」本身就具有強調作用，可以促使秦王回顧前文，展開思考；「答」則是對「問」的二次強調。李斯通過「自問自答」抒發觀點，引導秦王

---

20 參李原：《墨菲定律》（北京市：北京聯合出版公司，2015年），頁555。
21 借「問」與「答」來組織篇章的一種章法。

思考逐客之弊與納客之利，無形中增強對觀點的認同感。

（四）於時間虛實法中調節心理意向

「時間虛實法」能夠掌握過去、現在、未來，具備其他章法所沒有的優勢。[22]在〈諫逐客書〉中，李斯於二至四段分別從歷史、現在、未來三個角度論述逐客之弊與納客之利，說明客卿雖不產於秦國，但納客本就是秦孝公以降的政治傳統，也是未來嬴政統一天下不可或缺的源源動力。逐客是違背祖法的行為，不容於意圖享樂的情感，更不容於政治現實，為續行的納客提出政治根據。縱橫、虛實的論述能展現李斯寬廣的思考視域，更可以使嬴政由所經歷的今昔狀況，引發對虛幻未來的憂患意識，進而逐步加深對「逐客之過」的認知，不斷調節和改變心理意向，趨向撤銷逐客之舉。

四　結語

本文立足於章法學理論，由章法之內容結構與篇章結構切入，剖析〈諫逐客書〉可推敲的心理策略，認為該文的勸諫藝術在於立意巧妙、運材精當、結構嚴密。

以內容結構而言，李斯在主旨的選用與呈現上，抑制自身的本能反應，隱忍自身的委屈與激動，於文章開篇理性寫下「臣聞吏議逐客，竊以為過矣」，開門見山地表達自己對逐客一事的看法。在材料的運用上，借歷史「事材」樹立權威典範，體現「暈輪效應」；以「事材」（色、樂、珠玉）的體驗，動之以情，拉近秦王的感知距離；引道理「事材」拔升「納客」高度，增強秦王的讚許與服從心

22　此法將「實」之時間（昔、今），與「虛」之時間（未來）糅雜於篇章中，以求敘事（寫景）、議論（抒情）的最好效果。

理。就篇章結構而言，〈諫逐客書〉主要運用凡目法、正反法、問答法與時間虛實法：「凡目法」的運用不僅搭建嚴謹結構，給人以統一美感，其「凡」處所體現的反「虛假同感偏差」，更能彰顯李斯上書立場之巧妙；「正反法」的交錯使用則可通過秦王的「確認偏誤」，深化其對「逐客之過」的認知。「問答法」則主要起雙重強調於引導作用，為文章後續說理做鋪墊；「時間虛實法」不僅展現李斯的思維廣度，更可使秦王於今昔對比中，引出一統天下的憂患意識，不斷調節逐客、納客之觀點。

由此觀之，李斯之所以能夠憑借此文信扭轉局勢，實現從「廁中鼠」到「倉中鼠」的跨越，蓋因其立足正確的主旨與立場，以巧妙嚴密的章法組織恰當的材料進行論述，洞悉、掌握秦王的心理預期與狀態，故體現立意巧、運材妙、結構嚴的說服策略。

參考文獻

〔南朝梁〕劉　勰，王志彬譯注：《文心雕龍》，北京市：中華書局，
　　　　2012年。

〔漢〕司馬遷：《史記》，北京市：中華書局，2013年。

〔清〕郭慶藩：《莊子集釋》，北京市：中華書局，2006年。

〔清〕焦　循：《孟子正義》，北京市：中華書局，1987年。

不　一：《人間清醒》，北京市：企業管理出版社，2022年，頁458-
　　　　463。

仇小屏：《篇章結類型論》，臺北市：萬卷樓圖書公司，2005年。

李　原：《墨菲定律》，北京市：北京聯合出版公司，2015年。

孫紹振：〈轉危為安，歷史意義重大──讀李斯《諫逐客書》〉，《語文
　　　　建設》2021年第1期，頁46-50。

崔仕蘭，劉連德：〈《諫逐客書》寫作心理探析〉，《安康師專學報》
　　　　2003年第21期，頁53-55。

張文成：《墨菲定律》，蘇州市：古吳軒出版社，2019年。

陳滿銘：〈章法結構及其哲學義涵〉，《浙江師範大學學報（社會科學
　　　　版）》2004年第2期，頁8-14。

陳滿銘：《篇章結構學》，臺北市：萬卷樓圖書公司，2005年。

〔美〕James C. Zimring，唐澄暐譯：《誤判的總和》，臺北市：遠足文
　　　　化事業公司，2023年。

〔美〕Zimbardo P、Leippe M，鄧羽等譯：《態度改變與社會影響》，
　　　　北京市：人民郵電出版社，2018年。

諸祖耿：《戰國策集注匯考（增補本）》，南京市：鳳凰出版社，2008
　　　　年。

意豐文巧
——《東坡志林》探析*

黃慧萍

中國文化大學中國文學系博士生

摘要

　　距今九百多年前的文學大家蘇軾（1036-1101），身行萬里半天下，舉凡相關人、事、景、物、生活，通常是他筆記材料的來源。雖然貶官，也經歷皇帝手詔量移，又在《東坡志林・命分・退之平生多得謗譽》中論韓愈（768-824）生辰魔羯，而以本身命宮魔羯自嘲，相憐古人退之同病，但不拘泥於同時空中同溫層來往取暖，子瞻豁達的文人情懷，文、史可稽。探析《東坡志林》，筆記前四卷乃東坡翁筆記雜說，最後一卷論史；整體而論，蘇軾小品筆記，意豐文巧，值得關注研究。以《東坡志林》五卷本為底本，透過質性研究法、地方志研究法、量化研究法、歸納比較法及文獻分析法，進行《東坡志林》文本探析，豐富有關蘇軾筆記《東坡志林》研究成果。

關鍵詞：蘇軾、《東坡志林》、修辭

---

*　論文初稿曾以〈意巧文妍——《東坡志林》探析〉為題，宣讀於二○二四年一月二十日中華民國章法學會「第十六屆兩岸辭章章法學暨華語教學文創設計學術研討會」，承蒙特約討論人顏智英教授及兩位匿名審查者惠賜修改意見，獲益良多，特此誌謝。

一 前言

蘇軾生於北宋仁宗景祐三年，卒於徽宗建中靖國元年，享年六十六歲（1036-1101），字子瞻、和仲，諡文忠，自號東坡居士，中國唐宋古文八大家「三蘇」之「大蘇」。[1] 雖在四川眉州僻壤出生[2]，但是，在宋朝嘉祐二年（1057）正月二十二歲時與其弟蘇轍同科舉進士出身，制賢良方正能直言極諫科第三等，博通經、史，工詩、詞、文、書、畫，可謂是中國文學史上難得的創作通才，強者文學既有定位，所以，此一大家筆記作品當然具有學術研究價值。

然而，子瞻深受歐陽修（1007-1072）賞識[3]，在朝為官，忠愛國家，照顧鄉民，卻是官途多舛，深陷政治荊棘，芒刺在背，而其手澤袋中為仕宦遊歷日常紀聞，子瞻《志林》終因生病未成。[4]

《東坡志林》流傳的版本，主要三種：其一，南宋左禹錫所纂叢書《百川學海》丙集收錄北宋蘇軾撰《東坡先生志林集》一卷本，僅載史論[5]；其二，明代萬曆年間商濬所編刊《稗海》第五函收錄的《東

1　見〔宋〕王闢之撰，韓谷校點：《澠水燕談錄‧才識》，收入上海古籍出版社編：《宋元筆記小說大觀》（上海市：上海古籍出版社，2001年），第2冊，頁1254：「於是父子名動京師，而蘇氏文章擅天下，目其文曰三蘇，蓋洵為老蘇、軾為大蘇、轍為小蘇也。」

2　今中國四川省眉山市古地名。

3　嘉祐五年〈舉蘇軾應制科狀〉，見四川大學中文系唐宋文學研究室編：《蘇軾資料彙編》（北京市：中華書局，2004年），頁3。

4　元符三年，量移廉州。

5　裒雜說，宋度宗咸淳九年（1273）《左氏百川學海》本，凡甲、乙、丙、丁、戊、己、庚、辛、壬、癸十集，有江蘇武進陶湘開版。〔宋〕左圭編：《百川學海》微縮資料（臺北市：國立中央圖書館拍攝，出版年不詳）。而《東坡先生志林集》，收入〔宋〕左圭纂，洪浩培影印：宋刻本《百川學海》（臺北市：新興書局，1969年），頁805-843。提到「丙集收錄」，見饒宗頤名譽主編，梁樹風導讀，王晉光、梁樹風譯注：《東坡志林》（香港：中華書局，2014年5月），頁3。

坡先生志林》十二卷本，皆為雜說；其三，明代萬曆二十三年（1595）趙開美（1563-1624）刊刻《東坡志林》五卷本[6]，前四卷為雜說，第五卷為史論。

　　視宋代蘇軾作品相關研究，筆記《東坡志林》研究成果雖不及蘇詞，但士林以《東坡志林》成書考、交遊、版本、記遊、夢、審美、諧趣、醫藥、日常、書寫、異事、史傳、時間斷限、文體、讀寫素養、軼事、石、器物、《仇池筆記》等多元視角提出研究成果。

　　在臺灣三篇碩士學位論文，銘傳大學李月琪撰《蘇軾《東坡志林》研究》[7]，和國立中興大學馬菁珍撰《蘇軾《東坡志林》文學研究》[8]，肯定《東坡志林》在文獻上的價值，都側重在《東坡志林》文體研究為主軸。因二〇一九年教育部「一〇八課綱」教學議題，至二〇二一年國立高雄師範大學張淨婷撰《《東坡志林》融入讀寫素養研究》[9]，就是從「一〇八課綱」讀寫素養與《東坡志林》文本結合，將《東坡志林・學問・記六一語》所指「勤閱讀、勤寫作」落實教學上，是教學實務上的文本學習素養研究。大陸文獻五十多篇，廣西師範大學王梁撰《《東坡志林》研究》碩士學位論文[10]，未發現辨才法師圓寂時間記載歧異，且未有論述。劉師健女士所撰〈《東坡志林》審美趣味與書寫策略〉、〈論蘇軾貶謫期間的審美心境──以《東

6　〔清〕翟鏞：《鐵琴銅劍樓藏書目錄》（臺北市：廣文書局，1967年），卷十六提到：「《東坡志林》五卷，明刊本，邑中趙氏所刻，乃湯雲孫錄本，……，分類編輯，有趙用賢序，趙開美跋。」

7　李月琪：《蘇軾《東坡志林》研究》，收入《古典文獻研究輯刊》（臺北縣：花木蘭文化出版社，2008年），第七編第十七冊。

8　馬菁珍：《蘇軾《東坡志林》文學研究》（臺中市：國立中興大學中國文學系所碩士論文，2012年）。

9　張淨婷：《《東坡志林》融入讀寫素養研究》（高雄市：國立高雄師範大學國文學系碩士論文，2021年）。

10　王梁：《《東坡志林》研究》（桂林市：廣西師範大學碩士論文，2011年）。

坡志林》為考察對象〉及〈《東坡志林》的文化意蘊與審美趣味〉三篇學術期刊論文[11]，以審美為核心，整體看來異中有同，多引原文，且在〈論蘇軾貶謫期間的審美心境──以《東坡志林》為考察對象〉一文，特別強調〈逸人遊浙東〉，卻對龍井辨才法師釋元淨隻字未提，僅說明作者到這裡品嘗龍井，對〈逸人遊浙東〉詮解猶欠周延。[12]

《東坡志林》內容為蘇軾貶謫期間隨筆[13]，是宋代及蘇軾研究一部重要的文、史資料，引起研究動機，以《東坡志林》五卷本為本文研究底本，且借鑑兩岸研究成果，就此，提出問題意識，分別就後人對《東坡志林》卷帙分類體例合宜性、修辭美感、多篇互見滲染互證三個面向進行本文研究進路。進而，將所蒐集資料透過質性研究法、地方志研究法、量化研究法、歸納比較法及文獻分析法，探討呈現《東坡志林》學術研究價值。

二　內容駁雜豐富

筆記的條件為何？就周作人先生（1885-1967）對於筆記的看法，筆記要可觀、可寬、可遠、可雅、可傳[14]，以此五個筆記條件檢

---

11 劉師健：〈《東坡志林》審美趣味與書寫策略〉，《求索》（2016年3月），頁161-165。劉師健：〈論蘇軾貶謫期間的審美心境──以《東坡志林》為考察對象〉，《保定學院學報》第29卷第3期（2016年5月），頁84-89。劉師健：〈《東坡志林》的文化意蘊與審美趣味〉，《江西科技師範大學學報》第4期（2018年8月），頁102-107。

12 劉師健：〈論蘇軾貶謫期間的審美心境──以《東坡志林》為考察對象〉，《保定學院學報》第29卷第3期（2016年5月），頁84-85。

13 明代萬曆乙未，海虞趙用賢撰，刻東坡先生《志林》小序：「東坡先生《志林》五卷，皆紀元祐、紹聖二十年中所身歷事，其間或名臣勳業，或治朝政教，或地里方域，或夢幻幽怪，或神僊伎術，片語單詞，諧謔縱浪，無不畢具。而其生平遷謫流離之苦，顛危困厄之狀，亦既略備。」

14 周作人：《秉燭談‧談筆記》，收入《周作人先生文集》（臺北市：里仁書局，1982

視《東坡志林》的內容，歷宋神宗元豐年至宋哲宗元符三年（1100）
二十年[15]，蘇軾物感隨筆，更別具有簡、短、深、常，「南遷二友」不
離不棄[16]，多元風貌創作風格，充分展現子瞻崇尚自由的性格，曠達
豪放，文藝靈魂收放自如。

　　從《東坡志林》一書體例，凡五卷，類別二十九項，首以〈記
遊〉，末以〈論古〉，總計有二〇三篇（圖一）。各卷中，除了〈異
事〉類有上、下之分，且各歸在卷二之末、卷三之首外，所屬類別和
篇數皆不一：卷一，五十三篇（比例為26.11%）為多，八類有〈記
遊〉、〈懷古〉、〈修養〉、〈疾病〉、〈夢寐〉、〈學問〉、〈命分〉、〈送
別〉；卷二，四十八篇（比例為23.65%），九類有〈祭祀〉、〈兵略〉、
〈時事〉、〈官職〉、〈致仕〉、〈隱逸〉、〈佛教〉、〈道釋〉、〈異事上〉；
卷三，四十二篇（比例為20.69%），六類有〈異事下〉、〈技術〉、〈四
民〉、〈女妾〉、〈賊盜〉、〈夷狄〉；卷四，四十七篇（比例為23.15%），
六類有〈古跡〉、〈玉石〉、〈井河〉、〈卜居〉、〈亭堂〉、〈人物〉；而卷
五，十三篇（比例為6.40%），全一類〈論古〉。

　　是書就類別二十九項中，若依各類篇數數量，為〈異事〉（含
〈異事上〉和〈異事下〉）、〈人物〉、〈修養〉、〈論古〉、〈技術〉、〈道

　　年，據1936年上海北新書局版影印），頁183：「要在文詞可觀之外再加思想寬大，見
　　識明遠，趣味淵雅，懂得人情物理，對於人生與自然能鉅細都談，蟲魚之微小，謠
　　俗之瑣屑，與生死大事同樣的看待，卻又當作家常話的說給大家聽，庶乎其可矣。」
15　筆者按：《東坡志林・送別・別姜君》是元符三年（1100）三月二十一日所記，見
　　〔宋〕蘇軾撰，王松齡點校：《東坡志林》，收入《唐宋史料筆記叢刊》（北京市：
　　中華書局，1981年9月），頁23：「元符己卯閏九月，瓊守姜君來儋耳，日與予相
　　從，庚辰三月乃歸。無以贈行，書柳子厚〈飲酒〉、〈讀書〉二詩，以見別意。子
　　歸，吾無以遣日，獨此二事日相與往還耳。二十一日書。」
16　〔宋〕陸游撰，李劍雄、劉德權點校：《老學庵筆記》，收入《唐宋史料筆記叢刊》
　　（北京市：中華書局，1979年11月），卷九，頁120：「東坡在嶺海間，最喜讀陶淵
　　明、柳子厚二集，謂之南遷二友。」

釋〉、〈記遊〉、〈夢寐〉、〈送別〉、〈佛教〉、〈亭堂〉（〈登春臺〉有目無文）[17]、〈古跡〉、〈官職〉、〈卜居〉、〈疾病〉、〈致仕〉、〈命分〉、〈夷狄〉、〈四民〉、〈女妾〉、〈懷古〉、〈隱逸〉、〈賊盜〉、〈祭祀〉、〈時事〉、〈兵略〉、〈玉石〉、〈井河〉、〈學問〉。即又以雜說中的〈異事〉三十二篇（比例為15.76%）為最多，其次為〈人物〉二十九篇（比例為14.28%），〈修養〉十五篇（比例為7.38%）、〈技術〉十四篇（比例為6.89%）、〈論古〉十三篇（比例為6.40%）、〈記遊〉十二篇（比例為5.91%）、〈道釋〉十二篇（比例為5.91%）、〈夢寐〉十一篇（比例為5.41%），最少為〈學問〉一篇（比例為0.49%）。然而〈異事〉三十二篇卻被分置兩卷，在目錄體例上略顯雜亂。[18]

另，蘇軾《東坡志林》所錄，有主要內容重複，僅替換用字，如《東坡志林‧記遊‧遊沙湖》，對比《東坡志林‧疾病‧龐安常耳聵》，皆記載到龐安常善醫而聵（聾），吾（余）以手為口，君以眼為耳，非異人乎！（皆一時異人也。）後人將之分歸在記遊類、疾病類進行編目，或可在目錄分類上互著，相較分明顯見。[19]

---

17 〔宋〕蘇軾撰，王松齡點校：《東坡志林》目錄校勘記（一），頁9：「原本此則有目無文，明萬曆趙開美刊本、清嘉慶張海鵬照曠閣刊本及《學津討原》本《東坡志林》同。」

18 見〔清〕永瑢、紀昀：《四庫全書總目》（臺北市：臺灣商務印書館，1986年3月，據國立故宮博物院藏清乾隆四十七年〔1782〕文淵閣本影印），第3冊，頁607-608，卷120子部30雜家類4，頁21-22：「《東坡志林》五卷內府藏本。宋蘇軾撰。陳振孫《書錄解題》載東坡《手澤》三卷，註曰今俗本大全集中所謂《志林》者也。今觀所載諸條，多自署年月者，又有署讀某書書此者，又有泛稱昨日今日不知何時者，蓋軾隨手所記，本非著作，亦無書名，其後人裒而錄之，命曰《手澤》，而刊軾集者不欲以父書目之，故題曰《志林》耳。中如張睢陽生猶罵賊，嚼齒穿齦，顏平原死不忘君，握拳穿掌四語，據《東坡外紀》，乃軾謫儋耳時，醉至姜秀才家，值姜外出，就其母索紙所書，今亦在卷中，自為一條，不復別贅一語，是亦蒐輯墨迹之一證矣。此本五卷，較振孫所紀多二卷，蓋其卷帙亦皆後人所分，故多寡各隨其意也。」

19 〔宋〕蘇軾撰，王松齡點校：《東坡志林》，頁2、15。

又，從分卷分類序列上觀察，篇內所載時間絕非後人分卷分類的準據。援以日記體書寫中以所錄記載年代日期時間為證，有在篇首作為破題，如「元豐六年十月十二日夜」見《東坡志林·記遊·記承天寺夜遊》[20]，也有在篇末記載書寫時間和地點，如「元豐四年十二月十二日，黃州臨皋亭夜坐書」見《東坡志林·記遊·記遊松江》。[21]

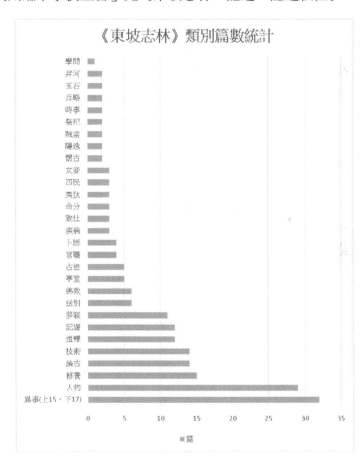

圖一　《東坡志林》類別篇數統計（為作者統計資料）

---

20 〔宋〕蘇軾撰，王松齡點校：《東坡志林》，頁2。

21 〔宋〕蘇軾撰，王松齡點校：《東坡志林》，頁3。

蘇軾的隨筆文學，雖然頗多奇異敘述，然而，就以《東坡志林‧學問‧記六一語》當然也可以看出蘇軾對於唐宋古文八大家之首歐陽文忠先生亦師亦友的敬重。既然昔人在卷帙分卷分類上，也不考慮時間或時期作為首要準據，筆記駁雜豐富的材料，在欠缺嚴謹的目錄體例，查找的確不易。為發揮《東坡志林》圖書文獻功能，符合人類心理秩序、平衡美感，予以重新分類，建立分類索引，會是一解方。

三　多元修辭應用

文辭，求通順妥貼，精確得體，乾淨俐落。《東坡志林》意豐文巧，屢出名句，發人深省，如「真人之心，如珠在淵，眾人之心，如泡在水。」見《東坡志林‧修養‧導引語》[22]，對比烘托，耐人尋味。

《東坡志林》辭寡真醇，雖然是隨手筆記，但是文學表達運用修辭多元，特顯活潑靈動，加深讀者印象，是文學創作學習上的範本。《東坡志林》在修辭格的靈活運用[23]，是如何傳神展情的？兼格修辭是怎麼樣精彩運用的[24]？如《東坡志林‧記遊‧逸人遊浙東》：

> 到杭州一遊龍井，謁辨才遺像，仍持密雲團為獻龍井。孤山下有石室，室前有六一泉，白而甘，當往一酌。湖上壽星院竹極偉，其傍智果院有參寥泉及新泉，皆甘冷異常，當時往一酌，

22　〔宋〕蘇軾撰，王松齡點校：《東坡志林》，頁9。

23　鄭頤壽：《辭章學新論》（臺北市：萬卷樓圖書公司，2004年），頁41：「辭格，是具有獨特修辭效果的格式，但是，也只有運用『得體』，才會煥發出藝術光輝。」

24　鄭頤壽：《辭章學新論》，頁41：「即使同是運用設問、排比、反覆、層遞之類辭格，實用體在於使文章條理分明，重點突出，便於說明、論證、推理；而藝術體運用上述辭格除了可以加強文章的條理性，突出重點之外，還在於加強氣勢，形成文章的節奏與波瀾，便於描繪形象、抒發感情。」

仍尋參寥子妙總師之遺迹，見穎沙彌亦當致意。靈隱寺後高峰塔一上五里，上有僧不下三十餘年矣，不知今在否？亦可一往。[25]

從本文可以知道蜀人蘇軾已不是第一次來到杭州，也不是第一次來到龍井專訪辨才[26]，兩人交遊風篁嶺。從蘇轍《欒城後集・龍井辯才法師塔碑》[27]，更可以理解到蘇軾和辨才（1011-1091）之間情誼深厚[28]，有記載到蘇軾擔憂於宋神宗熙寧三年（1070）出生的二兒子蘇迨身體衰弱，三年仍不能行走，經由初識當時六十三歲辨才法師為蘇迨磨頂祈福後，羸弱的蘇迨漸恢復行走能力追鹿[29]，那種為人父親焦慮知遇，感恩辨才之情，深植蘇軾之心。黃州一夢，夢與釋元淨在西湖相見[30]，

25 〔宋〕蘇軾撰，王松齡點校：《東坡志林》，頁1-2。

26 〔宋〕潛說友：《咸淳臨安志》卷七十，頁14：「元淨，本姓徐，字無象，於潛人，……，二十五賜紫衣及辯才號。」，收入〔清〕紀昀等纂《欽定四庫全書》史部11地理類3都會郡縣之屬。〔清〕汪孟鋗：《龍井見聞錄》卷九〈兩參寥兩辯才〉，頁352：「宋有杭州僧參寥，……，宋亦有高僧辯才，隱天竺。」，收入李潤海監印，杜潔祥主編，高志彬解題：《中國佛寺史志彙刊》（臺北市：明文書局景印清光緒十年（1884）錢塘嘉惠堂丁氏刊本，1980年1月），第一輯第22冊117，〈兩元淨〉、〈四辯才〉並見卷九，頁439-440。

27 〔宋〕蘇轍：〈龍井辯才法師塔碑〉，收入〔清〕永瑢、紀昀等纂修《景印文淵閣四庫全書》（臺北市：臺灣商務印書館，1986年3月初版，據國立故宮博物院藏清乾隆四十七年〔1782〕文淵閣本影印），集部51別集類第1112冊，頁779上，《欒城後集》卷24，頁8：「予兄子瞻中子迨生三年不能行，請師為落髮磨頂祝之，不數日，能行。」

28 〔清〕汪孟鋗：《龍井見聞錄》卷九〈元淨道潛優劣〉，頁350：「辯才、參寥，皆蘇子瞻友也。」，收入李潤海監印，杜潔祥主編，高志彬解題：《中國佛寺史志彙刊》第一輯第22冊117（臺北市：明文書局景印清光緒十年（1884）錢塘嘉惠堂丁氏刊本，1980年1月）。

29 見蘇軾詩〈贈上天竺辯才師〉。

30 〔宋〕蘇軾撰，王松齡點校：《東坡志林・夢寐・記夢》，頁18：「予在黃州，夢至西湖上，夢中亦知其為夢也。……眾僧往來行道，太半相識，辯才、海月皆在，

補償潛意識尋道僧的渴望。

　　龍井，不僅是蘇公詩友辨才老師六十九歲時退隱的居處，也是僧友辨才法師圓滿八十一歲辭世的人生終點。[31]因此，對蘇軾而言，「龍井」就是「辨才法師」專屬代稱。尤其，東坡居士元符二年（1099）貶官在儋州，五月十六日記一遊龍井，一開始就提到專程去拜謁辨才法師的遺像，至於手持密雲團茶葉去獻祭龍井，「龍井」既不是「辨才法師」的本名，但是其表徵卻足以識別是指隱居龍井的「辨才法師」，密切明確，所以，這裡以特定的「龍井」代替唯一的「辨才」，東坡及其子迨的貴人，語氣強調，貼切新穎，已然引起注意，這是借代修辭格的活用。[32]

相見驚異。」中性章法中「空間的虛實法」，見顏智英：《辭章章法變化律研究》（臺北市：萬卷樓圖書公司，2015年），頁46：「值得注意的是，在想像力的奔放縱馳下，虛、實空間轉換自如，是最能展現空間變化之美的；而且『實』與『虛』之間的相生相濟，又為文學作品增添了靈活調和的美感。」

31　筆者按：關於辨才法師八十一歲圓寂，相關記載上的歧異：其一，見〔宋〕蘇轍：〈龍井辨才法師塔碑〉，收入〔清〕永瑢、紀昀等纂修《景印文淵閣四庫全書》集部51別集類第1112冊，頁777下，《欒城後集》卷24，頁5：「元祐六年歲在辛未九月乙卯無疾而滅。」此時，蘇軾離開杭州；其二，另見饒宗頤名譽主編，梁樹風導讀，王晉光、梁樹風譯注：《東坡志林》（香港：中華書局，2014年5月），頁23注釋1：「辨才：辨才法師，初於上竺寺為僧正，晚年居龍井聖壽院。熙寧六年（1073）七月十七日圓寂。」；其三，王梁：《《東坡志林》研究》（桂林市：廣西師範大學碩士論文，2011年），頁16：「辨才初為杭州上天竺僧正，後退居龍井，熙寧六年七月十七入化。」此處所載「熙寧六年（1073）七月十七日圓寂」和「熙寧六年七月十七入化。」，疑有訛誤，誤植為海月大師慧辯趺坐合掌就別時。

32　陳望道提示，運用借代格時不可忽略：「用特徵或標記代主體時，必須該特徵或標記真足以代表該主體」，見陳望道：《修辭學發凡》，收入《民國叢書》（上海：上海書店出版社，1990年），第二編・57，頁123。黃慶萱：《修辭學》（臺北市：三民書局，2021年6月），頁355：「所謂『借代』，就是指在談話或行文中，放棄通常使用的本名或語句不用，而另找其他與本名密切相關的名稱或語句來代替。除了使文辭新奇有趣之外，還可以凸顯事物的特徵，使要表達的命意更為適切、細膩、深刻。」沈謙編：《修辭學》（臺北縣：國立空中大學，2000年），頁321：「不直接指明人事物，借與人或事物有關的所屬、所在代人或事物。」

　　拜別風篁嶺「龍井」，轉折西湖「孤山」。接續看到子瞻老泉山人還見舊地心路歷程，遞進層遞，當中所提到的孤山石室前的六一泉，智果院有參寥泉及新泉，不就是在憶舊歐陽文忠先生和詩僧參寥子及妙總大師曇潛之孫法穎，空留六一泉和參寥泉及新泉傳世幾千年？對泉南老人蘇軾來說，西湖西畔美好記憶湧上心頭，更可貴的事是一酌不竭泉水，可以撫慰他對賢才六一翁和詩僧及其徒孫的種種思念。以「六一泉，白而甘，當往一酌」[33]、「參寥泉及新泉，皆甘冷異常，當時往一酌」[34]、「尋參寥子妙總師之遺迹，見穎沙彌亦當致意」[35]，不管是當往、當時往或是亦當，情感渲染愈濃愈烈，有秩序的遞升，漸層美展現，這不僅僅是東坡心路風景，也是文句上的層遞。[36]

　　巧妙地在「一遊」、「一酌」、「一上」、「一往」中，使用數目字「一」安插在「遊」、「酌」、「上」、「往」前，詞語和諧，是為「鑲字」[37]，可見運用普遍，是「鑲嵌」修辭的一種。[38]重視與人交遊的他，因他能讓舊跡留名六一泉、參寥泉傳播，被眾人接受傳世千年之長。

　　試問，歸隱靈隱寺後高峰塔僧不下三十餘年，後面接續這句「不

33　〔宋〕蘇軾撰，王松齡點校：《東坡志林》，頁1。

34　〔宋〕蘇軾撰，王松齡點校：《東坡志林》，頁1-2。

35　〔宋〕蘇軾撰，王松齡點校：《東坡志林》，頁2。

36　沈謙編：《修辭學》，頁521：「層遞的基本條件是按大小輕重等比例，依次層層遞進。無論是前進式的遞升，後退式的遞減，無論是著眼於時間、空間、數量、程度或範疇，都必須掌握一貫的秩序。」

37　沈謙編：《修辭學》，頁394：「以無關緊要的虛字或數目字，插在有實際意義的字中間，藉以拉長詞語，是為『鑲字』。」

38　沈謙編：《修辭學》，頁392：「鑲嵌的原則有四：（一）強調語意，（二）蘊藏巧義，（三）音節和諧，（四）語意委婉。」黃慶萱：《修辭學》，頁719：「凡是在語句的頭尾或中間，故意插入虛字、數目字、特定字、同義或異義字，來拉長文句，使語義更鮮明，語趣更豐富的修辭方法，就叫『鑲嵌』。」

知今在否？」這對即將完成最後三年生命旅程歸隱的蘇軾來說，還想見到的人是誰？是特定人物抑或是不特定人？除了抒發別來無恙的文人關懷，也隱含著彼此未來是否會再相逢的感歎。其運用的設問修辭，一句「不知今在否？」激問而不答，讓讀者自己省思，答案就在所發問題的反面，真是給人一記當頭棒喝，驚醒夢中人。[39]

又如《東坡志林‧記遊‧記劉原父語》：

> 元龍曰：「夫閨門雍穆，有德有行，吾敬陳元方兄弟；淵清玉潔，有禮有法，吾敬華子魚；清修疾惡，有識有義，吾敬趙元達；博聞強記，奇逸卓犖，吾敬孔文舉；雄姿傑出，有王霸之略，吾敬劉玄德。所敬如此，何驕之有？餘子瑣瑣，亦安足錄哉！」[40]

使用了五句結構相似的複句排比句法，特點是這樣整齊的句法，條理分明，氣勢高張，方便讀誦。[41]每句「吾敬」為類疊中的類字修辭，在疊字修辭上，連接使用「瑣」字，也愈顯活潑。

略舉前面兩篇內容，不難發現蘇軾創作擅長修辭美感，經遊歷傳播被眾人接受，借代、層遞、鑲嵌、設問、排比、類疊等兼格修辭技巧[42]，是後人創作學習很好範本。

---

39 黃慶萱：《修辭學》，頁58：「設問句文多波瀾，語氣懸宕、強烈而發人深思，比判斷句及直敘法都更能引起對方的注意。」沈謙編：《修辭學》，頁259：「講話行文，刻意設計問句的形式，以吸引對象注意的修辭方法，是為『設問』。」

40 〔宋〕蘇軾撰，王松齡點校：《東坡志林》，頁6。

41 蔡宗陽：《修辭學探微》（臺北市：文史哲出版社，2001年），頁141：「所謂排比，是指在語文中，由結構相同或相似、語氣一貫的短語、句子或段落成串地排列在一起，表達相似或相關的內容的一種修辭技巧。排比，又叫排迭。」

42 鄭頤壽：《辭章學新論》，頁41：「一般說來，辭格富於藻飾的作用，越是藝術性強

四　多篇互補互見

　　劉勰《文心雕龍‧章句》：「篇之彪炳，章無疵也；章之明靡，句無玷也；句之清英，字不妄也。」[43]蘇軾隨筆筆記《東坡志林》，更別具有簡、短、深、常，進一步來說，就是簡潔、文短、意深、日常。因此，視《東坡志林》所記人、事、物薈萃如林，有時將同一人、事、物揉合成篇，有時滲染分散在異體、異篇，透過參看互見互補，詮釋探求作者語境原意，方能掌握文心。

　　《東坡志林‧記遊‧遊沙湖》云：

> 黃州東南三十里為沙湖，亦曰螺師店，予買田其間。因往相田得疾，聞麻橋人龐安常善醫而聾，遂往求療。安常雖聾，而穎悟絕人，以紙畫字，書不數字，輒深了人意。余戲之曰：「余以手為口，君以眼為耳，皆一時異人也。」疾愈，與之同遊清泉寺。寺在蘄水郭門外二里許，有王逸少洗筆泉，水極甘，下臨蘭溪，溪水西流。余作歌云：「山下蘭芽短浸溪，松間沙路淨無泥，蕭蕭暮雨子規啼。　　誰道人生無再少？君看流水尚能西！休將白髮唱黃雞。」是日劇飲而歸。[44]

這篇〈遊沙湖〉為蘇軾貶官黃州後，在宋神宗元豐五年（1082）三月的筆記，主要內容包含螺師店相田、得疾求療、異人同遊蘄水清泉寺三個部分，緊密相扣。其一，螺師店相田：參看《東坡志林‧記遊‧

的作品，用得越多，而且往往是幾種辭格的連用、兼用和套用，以加強文章的藝術感染力。」

43 〔南北朝〕劉勰：《文心雕龍‧章句》（明萬曆十年〔1582〕勾餘胡氏刊本），卷7。
44 〔宋〕蘇軾撰，王松齡點校：《東坡志林》，頁2。

遊沙湖》及〈定風波──莫聽穿林打葉聲〉一闋還不夠明瞭其一,要併參研《東坡志林‧送別‧別文甫子辯》,抽絲剝繭,可以看到蘇軾的「互見」書寫筆法。如〈定風波──莫聽穿林打葉聲〉:

> 莫聽穿林打葉聲,何妨吟嘯且徐行。竹杖芒鞋輕勝馬,誰怕?一簑煙雨任平生。　　料峭春風吹酒醒,微冷,山頭斜照卻相迎。回首向來蕭瑟處,歸去,也無風雨也無晴。[45]

東坡詞,真如清人陳廷焯所評:「別有天地」[46]?依〈定風波──莫聽穿林打葉聲〉小序記載,蘇軾在貶謫黃州後的元豐五年(1082)三月七日去相田沙湖途中遭遇風雨,上闋寫他隨順外在自然變化之從容,縱然雨具被僕人先帶走,在沙湖道路上被穿林打葉的風雨濕衣,步伐仍不慌亂,下闋寫他人生崎嶇顛簸,樂觀自在,足見子瞻的風骨,一向曠達面對挫折逆境。在蘇軾失意時,儒家的思維,生命支撐,持續曠達的想法,愛民如子,做造福老百姓的事。在《東坡志林‧記遊‧遊沙湖》第一層僅提到「予買田其間」[47],對於前往沙湖遇風雨及買田未果諸情留白,巧妙分散在蘇詞〈定風波──莫聽穿林打葉聲〉和《東坡志林‧送別‧別文甫子辯》,找到關聯,重新組合,讀出東坡的心意。如《東坡志林‧送別‧別文甫子辯》云:

45　曾棗莊、吳洪澤編:《蘇辛詞選》(臺北市:三民書局,2014年5月),頁71。

46　〔清〕陳廷焯:《詞壇叢話‧東坡詞別有天地》:「東坡詞,一片去國流離之思,哀而不傷,怨而不怒,寄慨無端,別有天地。」見唐圭璋編:《詞話叢編》(北京市:中華書局,2012年11月),第4冊,頁3721。又,陳廷焯:《白雨齋詞話》卷一,〈東坡詞別有天地〉:「詞至東坡,一洗綺羅香澤之態,寄慨無端,別有天地。」見唐圭璋編:《詞話叢編》(北京市:中華書局,2012年11月),第4冊,頁3783。

47　〔宋〕蘇軾撰,王松齡點校:《東坡志林》,頁2。

僕以元豐三年二月一日至黃州，時家在南都，獨與兒子邁來，
郡中無一人舊識者。時時策杖在江上，望雲濤渺然，亦不知有
文甫兄弟在江南也。居十餘日，有長髯者惠然見過，乃文甫之
弟子辯。留語半日，云：「迫寒食，且歸東湖。」僕送之江
上，微風細雨，葉舟橫江而去。僕登夏隩尾高邱以望之，髣髴
見舟及武昌，步乃還。爾後遂相往來，及今四周歲，相過殆百
數。遂欲買田而老焉，然竟不遂。近忽量移臨汝，念將復去，
而後期未可必。感物悽然，有不勝懷。浮屠不三宿桑下者，有
以也哉。七年三月九日。[48]

關於蘇軾〈遊沙湖〉僅提到「予買田其間」[49]，但是，在〈遊沙湖〉
卻未交代想買田養老的結果，這個螺獅店買田疑義案，由元豐七年
（1084）三月九日《東坡志林‧送別‧別文甫子辯》所記載內容中得
到正解證明補充，也就是蘇軾在元豐七年（1084）四月，量移汝州，
縱使貶官黃州時萌生買田農作養老的心思，最後仍買田不成。

其二，疾病求療：蘇軾自己的疾病書寫，透過《東坡志林‧疾
病‧子瞻患赤眼》、《東坡志林‧疾病‧治眼齒》及《東坡志
林‧技術‧單驤孫兆》提到自己有眼疾及偶有左手腫疾病。[50]在《東坡志
林‧記遊‧遊沙湖》第二層提到，蘇軾為買田養老農作，察看沙湖田
地致生病，他這趟相田行程，病況為何？求醫鍼術治療，所遇神醫龐
安常先生者何？參看《東坡志林‧技術‧單驤孫兆》云：「元豐五年
三月，予偶患左手腫，安常一鍼而愈」[51]，同年三月七日子瞻沙湖相

48　〔宋〕蘇軾撰，王松齡點校：《東坡志林》，頁23。

49　〔宋〕蘇軾撰，王松齡點校：《東坡志林》，頁2。

50　〔宋〕蘇軾撰，王松齡點校：《東坡志林》，頁14-15、62-63。

51　〔宋〕蘇軾撰，王松齡點校：《東坡志林》，頁62-63。

田遇風雨，左手疾患，在安常先生的醫療下病癒。耳聾的安常先生雖擅長醫治他人疾病，自己耳聾生理缺陷卻無法自我醫療，但因特殊的兩人都是個性曠達，分別在文學、醫術上各有專精，子瞻不僅僅能幽默自己在就醫時以手為口，書寫表達疾患，安常先生也能接受子瞻幽默他是以眼為耳，真能目視看診，子瞻的貴人。

其三，異人同遊清泉寺：蘇公擅長記遊書寫，蘇詞〈浣溪沙——山下蘭芽短浸溪〉：

> 山下蘭芽短浸溪，松間沙路淨無泥，蕭蕭暮雨子規啼。　　誰道人生無再少，門前流水尚能西。休將白髮唱黃雞。[52]

所寫他與蘄水安常同遊清泉寺，蘭溪之水西流，這種描寫是從一般到特殊，復歸到自我惕勵。對比安常雖然喪失判斷杜鵑鳥聽力，但以安常資質聰穎，積極人生，自信地治人痊癒。

《東坡志林‧記遊‧遊沙湖》所錄有關螺師店相田、得疾求療、異人同遊蘄水清泉寺，緊密相扣，這種層次美，具有因果連續性，可能在同一天內發生？可以確定的是在元豐五年（1082）三月貶官之後。

五　結語

隨著東坡仕宦歷程，經緯空間不斷地擴大傳播，東坡隨筆被眾人接受。

本文以《東坡志林》五卷本就《東坡志林》之分類編輯體例、修辭風格、互見滲染進行本文研究進路。歸納本研究獲得五個結論，第

52　曾棗莊、吳洪澤編：《蘇辛詞選》，頁72-73。

一、大蘇小文，現代定位：仇池翁蘇公不僅重視「意」寫，言近指遠。簡、短、深、常，不僅為當時宋人所嗜愛蒐羅，出版流傳至今。筆記《東坡志林》讀寫素養，在大學教育延續，也是經典現代化具體的展現。

第二、含金量高，值得多元視角探究：《東坡志林》所錄駁雜豐富，當然值得士林從多元視角探討研究，為圓滿豐富蘇學價值努力。予以重新分類編輯體例，寬闊閱讀者期待空間，促進辨析，獲得關注推廣。所以，《東坡志林》的審美價值何在？就在今昔學人們持續不斷探討、腦力激盪中，發生接受美學的歷史意義。[53]

第三、辭采美感深厚：多元修辭應用，不因是蘇軾小品而偏廢，愈加符合人類心理喜好規律、變化、調和，愈見修辭美感，坡翁筆下淺淺語句，言近指遠，愈顯耐人尋味。

第四、多篇互見滲染可證：以《東坡志林·記遊·遊沙湖》、〈定風波——莫聽穿林打葉聲〉及《東坡志林·送別·別文甫子辯》為例，從文本下手，找到關聯，重新組合，東坡心意躍然而出，諧趣幽默。

第五、尤其，本文從《東坡志林》五卷本文獻目錄著手，發現後人卷帙分類體例問題，並將文本雜說內容精實比對，修辭美感探索，互補互證的體察過程，就是在接受之鏈上反思調節，提出研究辨析成果，對作者東坡先生、筆記《東坡志林》風格及閱讀者三者而言，有具體實質意義，也是本文的研究價值。

---

53 〔德〕H. R. 姚斯、〔美〕R. C. 霍拉勃著，周寧、金元浦譯：《接受美學與接受理論》（瀋陽市：遼寧人民出版社，1987年），頁25。

參考文獻

一 原典文獻

〔南北朝〕劉　勰:《文心雕龍》,明萬曆十年(1582)勾餘胡氏刊本。

〔宋〕左　圭編:《百川學海》微縮資料,臺北市:國立中央圖書館
　　　拍攝,出版年不詳。

〔宋〕左　圭纂,洪浩培影印:宋刻本《百川學海》,臺北市:新興
　　　書局,1969年。

〔宋〕蘇　軾撰,王松齡點校:《東坡志林》,收入《唐宋史料筆記叢
　　　刊》,北京市:中華書局,1981年9月。

〔宋〕蘇　轍:《欒城後集》,收入〔清〕永瑢、紀昀等纂修《景印文
　　　淵閣四庫全書》本,臺北市:臺灣商務印書館據國立故宮博
　　　物院藏清乾隆四十七年(1782)文淵閣本影印,1986年3月。

〔宋〕王闢之撰,韓谷校點:《澠水燕談錄》,收入上海古籍出版社編
　　　《宋元筆記小說大觀》,第2冊,上海:上海古籍出版社,
　　　2001年。

〔宋〕陸　游撰,李劍雄、劉德權點校:《老學庵筆記》,收入《唐宋
　　　史料筆記叢刊》,北京市:中華書局,1979年11月。

〔宋〕潛說友:《咸淳臨安志》,收入〔清〕紀昀等纂《欽定四庫全
　　　書》史部11地理類3都會郡縣之屬。

〔清〕翟　鏞:《鐵琴銅劍樓藏書目錄》,臺北市:廣文書局,1967年。

〔清〕汪孟鋗:《龍井見聞錄》,收入李潤海監印,杜潔祥主編,高志
　　　彬解題:《中國佛寺史志彙刊》,第一輯第22冊117,臺北
　　　市:明文書局景印清光緒十年(1884)錢塘嘉惠堂丁氏刊本,
　　　1980年1月。

〔清〕永　瑢、紀昀等：《四庫全書總目》，臺北市：臺灣商務印書館
　　　據國立故宮博物院藏清乾隆四十七年（1782）文淵閣本影印，
　　　1986年3月。

〔清〕陳廷焯：《詞壇叢話》，收入唐圭璋編《詞話叢編》，北京市：
　　　中華書局，2012年11月。

〔清〕陳廷焯：《白雨齋詞話》，收入唐圭璋編《詞話叢編》，北京
　　　市：中華書局，2012年11月。

二　近人論著

王　梁：《《東坡志林》研究》，桂林市：廣西師範大學碩士論文，2011
　　　年。

四川大學中文系唐宋文學研究室編：《蘇軾資料彙編》，北京市：中華
　　　書局，2004年。

李月琪：《蘇軾《東坡志林》研究》，收入《古典文獻研究輯刊》七編
　　　第十七冊，臺北縣：花木蘭文化出版社，2008年。

沈　謙編：《修辭學》，臺北縣：國立空中大學，2000年。

周作人：《秉燭談》，收入《周作人先生文集》，臺北市：里仁書局，
　　　1982年，據1936年上海北新書局版影印。

馬菁珍：《蘇軾《東坡志林》文學研究》，臺中市：國立中興大學中國
　　　文學系所碩士論文，2012年。

張淨婷：《《東坡志林》融入讀寫素養研究》，高雄市：國立高雄師範
　　　大學國文學系碩士論文，2021年。

陳望道：《修辭學發凡》，《民國叢書》，第二編・57，上海市：上海書
　　　店出版社，1990年。

曾棗莊、吳洪澤編：《蘇辛詞選》，臺北市：三民書局，2014年5月。

黃慶萱：《修辭學》，臺北市：三民書局，2021年6月。

劉師健：〈《東坡志林》審美趣味與書寫策略〉，《求索》，2016年3月，
　　　　頁161-165。

劉師健：〈論蘇軾貶謫期間的審美心境——以《東坡志林》為考察對
　　　　象〉，《保定學院學報》第29卷第3期，2016年5月，頁84-89。

劉師健：〈《東坡志林》的文化意蘊與審美趣味〉，《江西科技師範大學
　　　　學報》第4期，2018年8月，頁102-107。

蔡宗陽：《修辭學探微》，臺北市：文史哲出版社，2001年。

鄭頤壽：《辭章學新論》，臺北市：萬卷樓圖書公司，2004年。

顏智英：《辭章章法變化律研究》，臺北市：萬卷樓圖書公司，2015年。

饒宗頤名譽主編，梁樹風導讀，王晉光、梁樹風譯注：《東坡志林》，
　　　　香港：中華書局，2014年。

〔德〕H. R. 姚斯、〔美〕R. C. 霍拉勃著，周寧、金元浦譯：《接受美
　　　　學與接受理論》，瀋陽市：遼寧人民出版社，1987年。

王葆心《古文辭通義‧識塗篇》「文之作法」析論

何雯意

元智大學中國語文學系碩士生

摘要

　　王葆心為中國近代著名的國學大師，一生致力於考證、義理、文章之學。對各領域頗有見地的他，編撰了一本研習古文之學的入門教材，也可視為集中國歷代文家古文論說之大成的重要著作──《古文辭通義》。文章之學乃是中國各朝代所重視的一大學問，各文家就如何寫好文章都有不一樣的說法。為此，王葆心於《古文辭通義‧識途篇》歸納及分析出歷代十四文家的文之作法，旨在能依據不同資質的為文者能循不同的路徑掌握一套完整的作文技法，繼而得出朱熹、葉夢得及曾國藩之法適用於中資者；呂祖謙、王禕、朱彝尊之說適合中資以上者為宜。而餘下之家則趨向適用於各資質為文者的結論。本文擬從王葆心所列舉出的十四文家作文之法，探究各家針對如何作文的理論要旨，並從中釐清王葆心以何標準分類不同資質的為文者特質及適用的作文方法。爾後，側重於探究王葆心個人所總結出的文家格法要義，分析「作」與「法」之間的關係。

關鍵詞：王葆心、古文辭通義、識途篇、文之作法、辭章學

一 前言

　　王葆心，字季薌，號晦堂，又號青垞。湖北羅田人，生於清同治丁卯年（1867），卒於民國甲申年（1944）。他自幼勤奮好學，五歲時就被父親送往紫雲庵，與諸兄拜讀於葉驥才先生門下。在這期間，接觸了《三字經》、《古文觀止》、《東萊博議》等蒙學教材。此後的他嗜書不輟，為其深厚的文史功底打下了穩健的基底。清光緒十五年（1889），張之洞（1837-1909）調任湖廣總督，分別在武昌、黃州創建經古書院及兩湖書院，推行新式教育。王葆心先後在兩間書院中學習，在這期間亦收穫了大量關於編輯書籍、為文之法的學問，成就其日後的治學道路。「世變日亟，干戈滿地，國學頹亡，來者紛歧，卑其長老，功利躁急，深中人心，幾許名賢，沉貍今日」[1]，是清末民初動盪局勢的真實寫照。當時的學術氛圍亦處於低靡之態：「洎歐學輸入，而天下囂然目此舊有之學曰無用。而為此學者亦遂自舍其固有之良知良能，擇此學中近似他人而可為抵制、均勢之柄者發之，以求一當於并世。其保愛舊學之心亦良苦，然茲學純粹之質亡矣。」[2]自西學傳入，天下人竟視舊有的國學為無用。在王葆心看來，拋棄舊有之學之人已失去本有的良知良能。自此，他決心投身於教育，尋求將傳統學術與新式教育結合的途徑，「要其歸，則古今中外統宗之理，其致自一也」[3]，便是他所追求的最終理想。在教學期間，他親身撰寫講義，先是撰寫《漢黃德道師範學堂講義》，爾後在其基礎上修訂

1　〔清〕王葆心：〈義例篇〉，《古文辭通義》，收入王水照編：《歷代文話》（上海市：復旦大學出版社，2007年），第八冊，卷20，頁8141。

2　〔清〕王葆心：〈義例篇〉，《古文辭通義》，卷20，頁7058。

3　〔清〕王葆心：〈義例篇〉，《古文辭通義》，卷20，頁7052。

成《高等文學講義》，最終再修訂重刊成《古文辭通義》。[4]《古文辭通義》顧名思義為古文理論的集大成性鉅作。王葆心於《古文辭通義》序言中寫道：

> 文之為學，難言矣。自今日學者言之，質學之科由算數入，文學之科由國文入。兩者自有枝幹，故能各成一學科。然而虛靈無薄，變化繁數，須先斟酌大體，而後附物，以顯厥用，其用力最難。……今所言者，承學應循之塗轍而已。以今之尋常學者施用論，宜舉由淺而深，由簡而繁諸法，層遞相餉。[5]

由上述引文來看，可得知王葆心深知文學之複雜，並不能單靠講學便能解釋地透徹。文學之科，本就屬於大範圍的學科，其中的難處在於其有太多枝節需要梳理清楚，自然難以入手。《古文辭通義》的主旨就在於「循之塗轍」，將古今文家的論說整理清楚，以辨別文學的根源與繼承，自然就能做到「其諸枝詞駢義，則反復其旨，務窮其變，不厭詳焉。」[6]此書出版後，收穫了不少好評。清末時期於京師的學術圈中，得到了桐城學派馬其昶（1855-1930）、姚永樸（1861-1939）、陳澹然（1859-1930）、林紓（1852-1924）等人的肯定。林紓更給予「百年無此作」的美譽。[7]此外，「分科大學文科諸君多展轉購求以去」[8]，可見此書在當時確實掀起了不小的波瀾。

　　《古文辭通義》的性質與定位為綜合歷代各家之論說匯集而成的

4　關於《古文辭通義》的成書及版本修訂的過程，見吳伯雄：《王葆心《古文辭通義》研究》（上海市：復旦大學中國語言文學系博士論文，2009年），頁27-29。

5　〔清〕王葆心：〈古文辭通義原序〉，《古文辭通義》，頁7033。

6　〔清〕王葆心：〈古文辭通義原序〉，《古文辭通義》，頁7033。

7　〔清〕王葆心：〈古文辭通義原序〉，《古文辭通義》，頁7034。

8　〔清〕王葆心：〈古文辭通義原序〉，《古文辭通義》，頁7035。

綜合類詩文評著作。全書共有六大篇目，分別是：解蔽、究指、識
塗、總術、關係、義例。每一篇目皆能個別對應古文之學中的各種問
題及方法進行論述，其中可視〈識塗篇〉為此書之大要，此篇涵蓋作
文章之方法，採納並彙整歷朝歷代眾文家作文章的方法及要點，以提
供當時候的學子們能有一套完整且具有系統性的作文章參考指南。
〈識塗篇〉序言提到：「為文入手，其法有三：曰讀，曰講，曰作。
讀有讀法，講有講法，作有作法。」[9]作法位列最後，意味著此方法
必然有其困難度所在，因此有規劃性的學習為文之法是有其必要性
的。然而，眾為文者有不同的特質及習性，應當對各種的作法有所認
知後，方能正確選擇自己所擅長的文體並從中鍛煉文筆，即是王葆心
編寫此書的目的之一。

二 〈識途篇〉十四家「文之作法」舉要

〈識途篇〉開宗明義便言：

> 為文入手，其法有三：曰讀，曰講，曰作。讀有讀法，作有作
> 法。三法所從入，必有其塗。程塗萬千，各有得力。細法未能
> 毛舉，大例要必綜探。殊塗合轍之談，赫然各具義指。學者舉
> 吾人自具之才質，進以前人經驗之功候，純而後肆，迷而得歸，
> 由偏諧全，以困取豫，其秩然之序不可紊也。作《識塗篇》。[10]

從以上文句來看，可得知王葆心認為作文章前須知三法，分別是讀，
講，作。這三法應該如何運用，自古以來各家各持不同的說法。縱使

---

9 〔清〕王葆心：〈識塗篇一〉，《古文辭通義》，卷5，頁7221。
10 〔清〕王葆心：〈識塗篇一〉，《古文辭通義》，卷5，頁7221。

有許多方法不能一一列舉，但主要的理論及概念應當要釐清。因此，王葆心依循前人之經驗，匯集及考察各家的作文之法，而作〈識塗篇〉讓學文者能得以「純而後肆，迷而得歸，由偏諧全，以困取豫。」同時，也讓學文者們曉得作文之法是有一套井然有序的模式可遵循的。

「文之作法」亦選取了十四文家的作文方法而談。此篇章即進入正題，教導學文者如何下筆作文。王葆心所選取的文家可說是精挑細選後而得的，其言：「吾謂朱子、葉氏、曾氏之說，用於中資為宜；呂氏、王氏、朱氏之說，施諸中人以上為宜。董氏之說，惟才、學、識兼懋之人用之，方無流弊也。」[11]王葆心認為朱子、葉石林及曾文正作文之法，適合作文水平屬於中等資質之人，也適用於初學者。呂東萊、王褘及朱竹垞作文之法，則適合水平較中等資質高，冀望自身作文工夫有所精進之人。而董樹棠作文之法惟適合資質完備之人，因此被列為最末。可見王葆心的用意旨在引導不同資質的人能選擇適合自己的作文方法。雖然各家的方法有所不同，但各家的要旨依舊是相同的，都是談預備作文章的工夫。

（一）宋子京讀與作兼行之法

宋祁（998-1061），字子京。王葆心引用了王正德（1190-1194）《敘師錄》載《宋子京筆記》云：

> 常言俗語，文章所忌，要在斷句清新，令高妙出群，須眾中拈出時，使人人讀之特然奇絕者方見工夫也。又不可使言語有塵埃氣，惟輕快玲瓏，使文采如月之光華。常見先生長者欲為文

---

11 〔清〕王葆心：〈古文辭通義原序〉，《古文辭通義》，頁7498。

時，先取古人者再三讀之，直須境熟，然後沉思格體，看其當
如何措置。卻將欲作之文暗裏鋪摹經畫了，方敢下筆，踏古人
踪跡以取句法。既做成，連自改之，十分改就，見得別無瑕
疵，再將古人者又讀數過，看與所作合與不合。若不相懸遠，
不至乖背，方寫淨本出示他人。貴合眾論，非獨耐看，兼少問
難耳。人之為文，切忌塵垈。須是一言一句，動眾駭俗，使人
知其妙意新語，中心降嘆，不厭諷味，方成文字也。[12]

從上述的引文來看，可得出五個重點：一，文章必須做到精煉有序，
要有高超的營造手法，使文章能有脫穎而出的亮點，使讀者能感受文
章的特別之處，這才可稱得上擁有真正的技巧；二，不可使用太過繁
縟的用字；三，認為為文者可參考前輩的作文方式，即可先閱讀古人
的文章，反復思考文章其中的奧妙，然後沉思文章的框架。接著，暗
中模仿古人的風格，構思好了，方敢開始寫作。四，完成後，要不斷
自我修改，進行十分的反覆修改，直到看不出瑕疵為止，然後再次讀
數過所借鑑的古人作品，看看它們是否與自己的作品相符。只有當它
們相得益彰，不相矛盾，才能將作品呈現給他人；五，要注重大眾給
予的評論，而不能單顧及自己覺得好看，同時也要減少難以理解之
處。由上所述，宋子京作文法相當注重讀與作之間的配合，並勸導為
文者，務必避免雜亂無章的書寫，斟酌每個遣詞用字讓人感受到新奇
的思維，打動人心，不厭其繁複，才能真正成為一篇佳作。

（二）葉石林之豫選文格作法

葉夢得（1077-1148），字少蘊，自號石林居士。王葆心引用孫穀

---

12 〔清〕王葆心：〈識塗篇五〉，《古文辭通義》，卷9，頁7494-7495。

詳《野老紀聞》中有關於談論葉夢得作文方法的記載：

> 石林作文必有風格。昭慈上仙，石林入郡中制服，館於州北空
> 相寺。方致思作慰表間，門人有見之者，方坐，復有謁者至，
> 石林出迎接。案上有編書題云《文格十七》，啟之，乃唐人慰
> 表十三篇，皆當時相類者。[13]

從以上的引文可得知，葉夢得的作文方法乃是在作文之前先豫選文章
風格，之後再就相關的文格進行書寫。王葆心對此作法進行了進一步
解釋：

> 此乃豫備舊文作格式，既備有種種文體，復於各體中備種種舊
> 式，而臨時依格為之。蓋宋人作文有論著、應用二體，其分自
> 宋景文。其所謂論著，必貫穿質正，分明是非，拾前任所遺以
> 寤後覺，非如應用時竊取古人語句而成也。石林此法為作應用
> 文豫備也，且大都屬諸作四六文字之事。[14]

葉夢得豫備舊文以取其格式，是因為文體種類繁多，各種文體中又備
有各種的前代書寫方式。因此，以前代文章作為寫作的風格指標，即
能應付不同的寫作需求。葉夢得自所以會有這樣的寫作方法，是因為
宋代時期文章寫作文體大可分為論著和應用兩種文體，這種區分源自
於宋景文（998-1061）。宋景文認為文章必須要有質正的思想，明確
分辨是非對錯，吸納前人的不足以達到提醒後人勿重蹈覆轍之用，而
不是僅僅抄取古人的詞句拼湊而成。葉石林使用這種方法是為了預先

13　〔清〕王葆心：〈識塗篇五〉，《古文辭通義》，卷9，頁7478。
14　〔清〕王葆心：〈識塗篇五〉，《古文辭通義》，卷9，頁7479。

備好應用文的格式，更多是為了撰寫四六文字之用。王葆心對此也做
了相關的補充說明：「宋人知制誥應詞科者皆有預選成格之法，且其
體多用四六，故為之者必從事於此。」[15]

（三）朱竹垞不立成格作法

朱彝尊（1629-1709），字錫鬯，號竹垞。朱氏《答胡翁書》云：

> 古文之學不講久矣。近時欲以此自鳴者，或摹仿司馬氏之形
> 模，或拾歐陽子之餘唾，或拘守歸熙甫之緒論，未得古人之百
> 一，高自位置，標榜以為大家，然終不足以炫天下之目而塞其
> 口，集成而詆諆隨之矣。僕之於文不先立格，惟抒己之所欲
> 言，詞苟足以達而止，恆自笑曰：平生無大過人處，惟詩詞不
> 入名家，文不入大家，庶幾可以傳於後耳。雖然，僕之為此，
> 非名是務也，實也；其於文也，非作偽也，誠也。[16]

從以上的引文來看，朱竹垞認為學習古文之法不應講求學習時間的長
短。當時候有不少人摹仿司馬遷的風格，或學習歐陽修之技巧，或固
守歸熙甫的理論，但都未得古人的百分之一水準，只是一味以學習古
文之久而自鳴，自認為就是大家。因此，在朱竹垞看來作文可以無需
太過在意立格的問題，能抒發己意，用詞達到表達之意即可。此外，
其還提到為文不是為名聲而作，而必須以真心誠意之心而作。

（四）朱子之摹擬名文作法

朱熹（1130-1200），字元晦。王葆心引用《玉海》中朱子談論作

---

15 〔清〕王葆心：〈識塗篇五〉，《古文辭通義》，卷9，頁7479。
16 〔清〕王葆心：〈識塗篇五〉，《古文辭通義》，卷9，頁7466。

文之法的記載：「古人作文多是摹仿前人而作之，蓋學之既久，自然純熟。如相如《封禪書》摹仿極多，柳子厚見其如此，卻作《貞符》以反之，然其文體亦不免於蹈襲。」[17]又如「前輩作文者，古人有名文字皆摹擬作一篇，故後有所作，左右逢原。」[18]據兩則引文來看，朱熹認為古人作文多是摹仿前人之名作，摹仿的時間久了，其精髓就會自然融入到寫作之中，寫作時就自然能得心應手。

（五）呂東萊之偏歷作法

呂祖謙（1137-1181），字伯恭，世稱東萊先生。王葆心引用《玉海》中記載呂東萊的作文方法為：

> 作文固欲多，不甚致思則勞而無功，不若每件精意作三兩篇，謂如制，文武宗室建節作帥各作三兩篇，其他詔、表、箋、銘、頌、贊、記序之類亦事事作三兩篇（祭祀禮樂之類是也。）皆須意勝語贍，（題常則意新，意常則語新。）與人商榷便無遺恨，則能事畢矣。[19]

從以上的引文來看，呂氏的作文方法可說是鼓勵為文者能全面型嘗試從各種不同的問題下手，其提出為文者面對的問題是「作文固欲多，不甚致思則勞而無功……」，意指太多人的問題出在看重作文的次數，認為常練即能達到很好的成效，卻沒有下功夫認真思考作文要旨，及花費功夫推敲琢磨用字，最後只得徒勞無功的成果。因此，呂氏認為最好的方法即是各個文體都必須嘗試精心創作一遍，而創作時

---

17 〔清〕王葆心：〈識塗篇五〉，《古文辭通義》，卷9，頁7474。
18 〔清〕王葆心：〈識塗篇五〉，《古文辭通義》，卷9，頁7474。
19 〔清〕王葆心：〈古文辭通義原序〉，《古文辭通義》，頁7456。

也要注重「意勝語贍」。在此有必要先釐清呂氏之「意」。

　　據學者羅瑩的研究指出，「意」於呂氏的《古文關鍵》中出現頻率極高，也就意味著呂氏對於「意」的作用是相當看重的。[20]從廣義上來說，呂氏認為的「意」應是指涉文章之主旨；就狹義上來說即是指文章中的「意脈」，也就是講究文章的思路和脈絡。[21]簡言之，「意勝語贍」即是呂氏於〈論作文法〉提及的兩個核心要點：一為「意深而不晦，句新而不怪，語新而不狂」[22]；二為「題常則意新，意常則語新。」[23]呂氏認為文題的形式千篇一律，為文者練習時應注重對「意」與「語」的求新，求新的同時也需知分寸，以免陷入「晦」、「怪」及「狂」的弊端之中，這就會失去了求新的意義。王葆心對此作法的理解為：「此欲人徧歷諸體以窮其變，而盡其態作文之一法也」[24]，即指呂氏之法意在讓為文者能將各文體都嘗試作，故名為「徧歷」作法，掌握各文體之特色後以達能將「意」與「語」靈活變化的目的。

（六）呂東萊讀文、編題、作文一日並行之法

　　王應麟（1223-1296）《詞學指南》引呂東萊另一種作文之法：「凡作工夫須定立課程。日須誦文字一篇，或量力念半篇，或二三百字。編文字一卷或半卷，作文字半篇或一篇，熟看程文及前輩文字各數首，此其大畧也。」[25]從此引文可得知，呂東萊認為為文者必須先

---

20 羅瑩：〈《古文關鍵》：經典的確立與文章學上的意義〉，《瀋陽師範大學學報（社會科學版）》第4期（2009年），頁87。

21 仇小屏：《呂祖謙《古文關鍵》文章論研究》（臺北市：萬卷樓圖書公司，2010年），頁545。

22 〔宋〕呂祖謙：《古文關鍵》（上海市：商務印書館，1936年），頁5。

23 〔宋〕呂祖謙：《古文關鍵》，頁5。

24 〔清〕王葆心：〈識塗篇五〉，《古文辭通義》，卷9，頁7456。

25 〔清〕王葆心：〈識塗篇五〉，《古文辭通義》，卷9，頁7466。

立定課程，一日之中必須完成誦讀文字一篇、視個人能力仍須誦讀半篇或二三百字；編文字則可作一卷或半卷，此處所指編文字應是指編輯書目，王葆心也提及自己與兄長曾在兩湖書院課試，為了準備應試考題，兩人為別搜攷書記，綴輯成文。[26]同時，也提及此法亦與宋人詞科編文字法同旨；[27]以及，要作文字至少半篇或一篇，同時在撰寫的過程中能熟看程文[28]和前人的文章。根據此學習計劃，即能有效提升為文能力。

（七）呂氏又有先立格律、次立意、次語贍之作法

王葆心引用《辭學指南》中有關於呂東萊另一則為文方法記載：

> 凡作文字先要知格律，次要立意，次要語贍。所謂格律，但熟考總類可也。所謂立意，如學記，泛說尚文是無意也，須就題立意方為親切。柳子厚《柳州學記》說「仲尼之道，與王化遠邇」，此兩句便見嶺外立學，不可移於中州學校也。所謂語贍，如韓退之《南海神廟文》「乾坤端倪，軒豁呈露」一段，老蘇《兄渙字序》說風水一段是也。雖欲語贍，而不可太長，不可近俗，不可多用難字，又須作一冊編體製轉換處，不拘古文與今時程文，大略編之，如《喜雨亭記》：「亭以雨名，志喜也。」柳文《宣文廟碑》：「仲尼之道，與王化遠邇。」似此之類，此作記起頭體製也。歐公《真州發運運園也》中間一節，此記中間鋪敘體製也。柳《萬石亭記》附零陵故事之類，此記

---

26 〔清〕王葆心：〈識塗篇五〉，《古文辭通義》，卷9，頁7466。

27 〔清〕王葆心：〈識塗篇五〉，《古文辭通義》，卷9，頁7466。

28 此處程文泛指科場前輩以及當時獲得金榜題名的考生所撰寫的示範文章，為供應考者作為應考範本。

末後體製也。[29]

從以上引文可得知一個要點，呂東萊認為為文前必須要掌握三要素：格律、立意與語贍。所謂的格律，只需要熟悉及掌握各種的修辭手法，格式或規則等；所謂立意，就如學記，泛泛空談而寫文章是無意義的，須圍繞文章的主題而寫最為適切；所謂語贍，則是講求語言的豐富性，但也須注意切不能太冗贅、近俗及使用晦澀的用字。同時，可編輯一套關於寫文的結構體制，模式不拘於古文或今天程文。如《喜雨亭記》及《宣文廟碑》適合用於記事文的開頭；《真州發連運園也》的中間段落適合用於文章鋪敘描寫；《萬石亭記》附上的零星故事，可作為文章末尾所用。

（八）程畏齋之相間作法

程端禮（1271-1345），字敬叔，號畏齋。其所著《讀書分年日程》沿用了真西山（1178-1235）所定的做科舉文字方法：

> 一、讀看近經問文字九日，作一日。二、讀讀看近經義文字九日，作一日。讀看古賦九日，作一日。讀看策九日，作一日。作他文皆然。文體既熟，旋增作文日數。大抵作文辨料識格，在於平日。〈此用剗源戴氏法。〉及作文之日，得題即放膽，〈此用疊山謝氏法。〉立定主意，便布置間架，以平日所見，一筆掃就，卻旋改可也。如此則筆力不餒。作文以主意為將軍，轉換開闔，如行軍之必由將軍號令。句則其裨將，字則其兵卒，事料則其器械。當使兵隨將轉，所以東坡答江陰葛延之

---

29 〔清〕王葆心：〈識塗篇五〉，《古文辭通義》，卷9，頁7482-7483。

萬里徒步至儋耳求作文秘訣曰：「意而已。作文事料，散在經
史子集，惟意足以攝之。」正此之謂。如通篇主意間架未定，
臨期逐旋摹擬，用盡心力，不成文矣。切戒！[30]

從以上的引文來看，程端禮所使用的方法更趨向步驟式的，核心的方
法圍繞于讀後而作文，此目的是為了讓為文者能藉著閱讀掌握不同文
體的特色後便可增加作文天數。寫文最重要的關鍵是在於「立定主
意，佈置間架」，運用平日的所見所聞，一氣呵成地將文章寫出來，
之後再進行修改即可，這樣可保持寫文章的恆心。或可想象，文章的
主題是將軍，掌握文章內容的起承轉合，就像指揮軍隊行軍一樣，必
須由將軍發號令。句子是協助將軍的助手，文字是軍隊中的兵卒，為
文者所擁有的知識、所見所聞即是武器裝備。行文時必須要懂得使文
字隨主題而轉換，蘇東坡回答江陰葛延之要求學習作文的秘訣時亦認
同寫文章，而作文的題材方面，盡散布在經書、史書和其他文學作品
中，把握住文章主題立意就夠了。因此，如果無法確定整篇文章的立
意主題和架構，臨時寫文章而草率地模仿，即便用盡心力，也難以寫
成文章。

　　對此，王葆心的看法是以上的方法雖是根據元代時期的科舉文字
示式而定，但此方法也絕對適合用於練習撰寫其他文體的方法。同
時，也提及此方法的核心要點在於「蓋讀與作相間為之，相間之法由
九日以增其數，作者相其功候而自定之可也。」[31]所謂的相間之法，
即是講求學習作文的天數可視為文者的個人能力而定，讀與作的同時
并行的效益，並認為讀與作是能相互影響的。

30　〔清〕王葆心：〈識塗篇五〉，《古文辭通義》，卷9，頁7484。
31　〔清〕王葆心：〈識塗篇五〉，《古文辭通義》，卷9，頁7485。

（九）王氏褘之境候遷變作法

王褘（1322-1374），字子充，號華川，同門宋濂於其所著《王忠文集序》稱其文凡三變：「初年所作幅程廣而運化宏，壯年出游之後氣象益以沉雄，暨四十以後乃渾然天成，條理不爽。」[32]這裡所指的境候遷變並不是單指環境變化，而是指作者隨著年齡環境而變化的寫作風格。王葆心另舉出一個變遷的例子，其引用張氏惠（1761-1802）之言：

> 余少學為時文，窮日夜力屏他務，為之十餘年，廼往往知其利病。其後好《文選》詞賦，為之又如為時文者三四年。余友王悔生見予《黃山賦》而善之，勸余為古文，語余以所受於其師劉海峯者。為之一二年，稍稍得規矩。後又肆力於學者六七年而求所謂道者。使余以為時文、詞賦之時畢為之可得二十五年，其與六七年者相去當幾何！惜乎其棄之而不知也。[33]

王葆心認為王褘與張惠言雖同是境候遷變作法，但亦有不同之處。王褘之法趨向「就一體中驗其遷變」[34]，從上文可得知王褘的變化在於其風格的轉變，而非從撰寫不同的文體中而轉變；然張惠言則是「由此體及彼體之遷變也」[35]，即是由嘗試撰寫不同的文體使風格產生變化。因此，王葆心得出一結論：「文家境候之遷變，非緣性近而異，即緣所學而異，初非徇外為人而謀變遷也。」[36]此話的主旨在於文學

---

32 〔清〕王葆心：〈識塗篇五〉，《古文辭通義》，卷9，頁7491。
33 〔清〕王葆心：〈識塗篇五〉，《古文辭通義》，卷9，頁7494。
34 〔清〕王葆心：〈識塗篇五〉，《古文辭通義》，卷9，頁7494。
35 〔清〕王葆心：〈識塗篇五〉，《古文辭通義》，卷9，頁7494。
36 〔清〕王葆心：〈識塗篇五〉，《古文辭通義》，卷9，頁7494。

風格的轉變，並非只因為天性近似而有所不同，更可能是因為所學有異。也並非為了迎合外在期望而謀求變遷。

（十）陳眉公繼儒先藏名文，文成而後相示之作法

陳繼儒（1558-1639），字仲醇，號眉公。章載謀有謨（生卒年不詳）《景船齋雜記》記載了陳眉公的作文之法：

> 陳眉公云：「教弟子者每作文，先藏一名家文於篋中。俟其文成，出而示之，如暗中得三光，欣躍異常。此課文捷法也。讀者宜隨時而讀之，如此時苦旱，宜拈《喜雨亭記》及祈雨故實、古文、古詩如宣王憂旱之章等類，使之熟讀，令心目與時令相感，最能觸發聰明。」此言深得三昧。[37]

陳眉公所教導為文方法是每教授一門課，都會先收藏一篇優秀的文章在書篋中。直到學生們的文章完成後，就會拿已事先收好的文章展示給他們看。這是一種學習寫作的快速方法，建議為文者應該隨不同的環境、時機讀一些相關的文章。比如在旱季時，可以讀《喜雨亭記》和祈雨相關的歷史記載、古文、以及宣王擔憂旱災的文章等等。透過閱讀大量的優秀文章，使感官及感知能與周遭的環境相通，這是最能激發寫作靈敏度的方法。王葆心亦補充到：

> 陳氏作文之法，導人以古為師之法也。其言讀書法使人以直觀法與文字相參照用之，於初學最宜。作文則以我驗諸人，讀書則又以文驗物，一貫之道也。其論作文不知指當時為時文者

言，亦或為作古文言之，然其法用之同題之時文最初，亦未嘗
不可參其意以規仿名家同體之古文也。[38]

從以上的引文來看，王葆心認為陳眉公的作文方法是以古文作為典
範。就閱讀方法而言，是讓初學的為文者學習用直觀的方式將所讀
的書與文字相互參照。至於作文，他主張以自己的經驗來審視他人的
作品，同時閱讀也應該用文學作品來觀察現實，這是一貫的學習之
道。陳眉公所提出的作文方法，不僅是針對當時的時文，或作古文而
言，也可參照其方法及參考古代名家的文體，亦可運用於現今的作文
方式。

(十一) 張庵爾岐所傳之豫擬題目作法

張爾岐（1612-1678），字稷若，號蒿庵，其所著《蒿庵閒話》
曰：「邢懋循嘗言其師教之作文，擬月若干道書籤上，貯之筒，每日
食後拈十籤講說思維，令有條貫，逮作文時遂可不勞餘力。」[39]從引
文可得知此法其實是取自於邢懋循之師的教學方法，其方法是計劃每
個月寫幾篇文章將其寫在書籤上，並放在筒子裡。每天吃飯後，就隨
機抽出十個書籤，然後講解這些文章的思維，訓練說理思維，並潛移
默化地影響寫作思維，達到有條不紊的成效。

王葆心對此下注曰：「此似是攻舉業文之法」[40]，是指清代時期為
防止考生作弊而提出的方法，考試的命題程序是將四書五經分段做成
書籤，主考官掣到某書某段後，即令房考於本段內容擬一題，仍以書

---

38 〔清〕王葆心：〈識塗篇五〉，《古文辭通義》，卷9，頁7486。
39 〔清〕王葆心：〈識塗篇五〉，《古文辭通義》，卷9，頁7474。
40 〔清〕王葆心：〈識塗篇五〉，《古文辭通義》，卷9，頁7474。

籤方法，掣出者即為定題。[41]因此，此方法似科舉隨機抽題目的方式，讓為文者能在短時間內根據不同的題目進行演說或寫作。

（十二）李文貞之單進作法

李文貞（1642-1718），字晉卿，諡號文貞。王葆心引用了梁章鉅（1775-1849）《退庵隨筆》中有關李文貞的作文理論：

> 學古文須先作論。蓋判斷事理如審官司，必四面八方都折倒他方可成案。如此則周周折折都要想到，有一處不到便成罅漏。久之，不知不覺意思層叠，不求深厚自然深厚，今做古文者多從傳志學起卻不是。[42]

王葆心亦將此作法稱為單進作法，然此單進作法與曾國藩的單進作法存在差異。李文貞主張為文初學者應從議論文開始入手；而曾國藩則主張作文不應從詞賦及典志類的文體入手，其餘九類問題皆能按個人的能力而學習。

王葆心依據張百熙所制定的《奏定學堂章程》中對於文章類別提出：「從前張文達奏定學章分記事文、說理文二種，而以記事文為入手之程限。」[43]即是記事文適合寫作入手的文體，又說：「吾嘗推是意謂文筆澹逸者宜先學為雜記小品文，文筆淵厚者宜先學為論著文。」[44]曾國藩亦將記事類別的問題位列在前，即認同記事文較議論文簡易。

---

41 何懷宏：《選舉社會：秦漢至晚清社會形態研究》（北京市：北京大學出版社，2011年），頁89。

42 〔清〕王葆心：〈識塗篇五〉，《古文辭通義》，卷9，頁7467。

43 〔清〕王葆心：〈識塗篇五〉，《古文辭通義》，卷9，頁7458。

44 〔清〕王葆心：〈識塗篇五〉，《古文辭通義》，卷9，頁7458。

記事文自所以較適合寫作的入門類別的原因，應在在於王葆心引用了《漢文教授法》中的觀點：「研究學科可將議論之書置而不讀，否則好下皮相不常之見解，馴至惡風。」[45]此話即指議論文之所以可暫置而不讀的原因在於以免初學者落入專寫空論空理的弊端，寫下與日常無太多關係的見解。至於，李文貞一派的文學家之所以主張應於議論文開始著手的原因有二：一，學者應作有用的文字，而議論文即能訓練為文者戒虛言；[46]二，議論文能訓練為文者的說理能力，既可隨事隨物創作，不受一定的章法所限制也沒有一定的舊有格式需遵循。[47]

（十三）朱笥河筠從記事文入手作法

朱筠（1729-1781），字美叔，號竹君、笥河。王葆心引用汪秉中（1745-1794）《朱先生學政記》記載朱筠平日講學為文之旨：「學文必自敘事始。」[48]又引用朱筠弟子李威（生卒年不詳）《從遊記》裡的記載：

> 先生詩、古文詞並於昌黎為近，每為人作傳志表狀諸篇，必先進其子孫或親故，令縷述其生平事蹟，得一二殊異者乃喜曰：「傳神專在是矣。」不知者病其毛舉細故，乃文成讀之，始覺生動婉摯，神理逼真。[49]

從汪秉中及李威對於朱筠的記載，可以得出兩個信息：一為朱筠認為

---

45 〔清〕王葆心：〈識塗篇五〉，《古文辭通義》，卷9，頁7458。

46 〔清〕王葆心：〈識塗篇五〉，《古文辭通義》，卷9，頁7459。

47 〔清〕王葆心：〈識塗篇五〉，《古文辭通義》，卷9，頁7459。

48 〔清〕王葆心：〈識塗篇五〉，《古文辭通義》，卷9，頁7468。

49 〔清〕王葆心：〈識塗篇五〉，《古文辭通義》，卷9，頁7468。

為文者應從敘事開始入手；二為朱筠的寫作風格與韓愈相似，並注重
細節的書寫。此外，王葆心另舉章學誠《邵與桐別傳》中記載其與朱
筠相處的事蹟：「當辛卯之冬，余與同客於朱先生安徽使院時，余方
學古文詞於朱先生，苦無藉手。君出據前朝遺事，俾先生與余各試為
傳以質文心……」[50]據此，王葆心就李威及章學誠的記載總結出朱筠
的作文特色在於：「朱氏從記事入手之法，據李、章兩家之說可約推
其端緒。其練習之法取前代事跡以作文材。」[51]此說即指朱筠善取前
人事跡作為作文題材，以助其在書寫時於不經意之處用以傳神，遂將
此法稱為從記事文入手作法。

（十四）曾文正之單進作法

曾國藩（1811-1872），字伯涵，諡號文正。王葆心引用曾文正《雜
著》：

> 文字為代語言，記事物名數而已。其流別大率十有一類。著作
> 敷陳，發明吾心之所欲言者，其為類有二：無韻者曰著作，辯
> 難之類；有韻者曰詩賦，敷陳之類。人有所著，吾以意從而闡
> 明之者，其為類一，曰敘述注釋之類。以言告於人者，其為類
> 有三：自上告下者，曰詔諧檄令之類；自下告上者，曰奏議獻
> 策之類；友朋相告，曰書問箋牘之類。以言告於鬼神者，其為
> 類一，曰祝祭哀悼之類。記載事實以傳示於後世者，其為類有
> 四：記名人，曰紀傳碑表之類；記事蹟，曰敘述書事之類；記
> 大綱，曰大政典禮之類；記小物，曰小事雜記之類。凡此十一

---

50 〔清〕王葆心：〈識塗篇五〉，《古文辭通義》，卷9，頁7469。
51 〔清〕王葆心：〈識塗篇五〉，《古文辭通義》，卷9，頁7469。

類，古今文字之用，盡於此矣。其九類者，占畢小儒，夫人而
能為之。至詞賦敷陳之類，大政典禮之類，非博學通識殆庶之
才，烏足以涉其藩籬哉？[52]

從以上引文來看可得知，這是曾國藩對文體的分類標準，共有十一類
別。王葆心對此作法所下的定論為：「繹文正之言，知作文宜從九類
入手，而以二類俟諸通才。蓋文有大小，學有淺深，作有難易。以望
溪之文論者，猶謂其不能受大題目。文正以先其文之小者，後其文之
大者立說，是作文之單進法也。」[53]由此可得出兩個信息，一為承曾
國藩之言，為文者練習寫作適宜由九個文體入手而作，但唯有詞賦及
典志類的文體非一般博學通才能作的；二為曾國藩文體分類標準乃是
由小至大的編排方式，先由偏主觀性的文體開始進行編排，往後的文
體則約趨向議論、說理為主的客觀性文體，為文者即能循序漸進學習
作不同的文體，即為單進作法。

（十五）潘蒼厓昂宵之解經斷史作法

潘昂宵（生卒年不詳），字景梁，號蒼厓，其所著《金石例》寫
道：

余教人作文，先要令其能解經，蓋以所說之書使之演文。既是
熟於義理，就其中抑揚以得作文之法，此是求速化之術。全章
既能解釋，則作疑義設疑以問之，以觀其見識。若能因所問得
其旨意，則心地已開，見識已到，然後斷史以觀其處事，如此

---

52 〔清〕王葆心：〈識塗篇五〉，《古文辭通義》，卷9，頁7457-7458。
53 〔清〕王葆心：〈識塗篇五〉，《古文辭通義》，卷9，頁7458。

則作詩作文無所不通矣。[54]

由以上的引文可得出，對潘蒼厓而言，解讀經典並結合分析歷史的能力是為文者最基本的能力，其所指導的作文方法乃是認為為文者應從學會解讀經典開始，透過解讀經典以此培養為文者的表達能力。當為文者能夠掌握解讀經典的義理時，再著手學習經典中的寫作風格，這樣既能快速提高為文的能力。此外，若為文者欲更多精進自己的為文能力，當為文者對經典的詮釋掌握程度達到某個高度時，則可以設一些問題，觀察他們的洞察和思考能力。如果他們能夠理解並回答這些問題，那麼他們的心靈和見識已經有了一定的深度，接著就可以進一步分析歷史，觀察他們對處事的理解，這樣一來，寫詩寫作就能無所不通。

（十六）《童氏學記》之獨造法

童樹棠（生卒年不詳）所著《童氏學記》記載：

> 凡為古文詞者，須先下神禹鑿龍門工夫，不然終身誤矣。其用要須於一線天中鑿出路徑，放出大光明世界，乃能掃去一切常語、客氣語、字字要造，要老，要到，要精。要剛，要靈，要有毛，是為獨造。[55]

所謂的獨造法，必須明白若想要寫好古文詞，必須像大禹鑿開龍門那樣刻苦磨練，否則一生都難以有所成就。由此有助於撰寫文章時，猶如於天地之間鑿開一條清晰的道路，得以將所有陳詞濫調、客套話、

---

54 〔清〕王葆心：〈識塗篇五〉，《古文辭通義》，卷9，頁7477-7478。
55 〔清〕王葆心：〈識塗篇五〉，《古文辭通義》，卷9，頁7497。

言之無物、老調重彈的文字都掃清。其中所指的「要造，要老，要到，要精。要剛，要靈，要有毛」都各有所指。「要造」是指作文章時的字字句句意指每個字都應該經過精心雕琢，不可草率敷衍；「要老」并非指陳舊，而是指歷史積澱的深邃感；「要精」表示每個字、每句話都應該表達得精確和細膩；「要剛」強調文字要有強烈的表達力和說服力；「要靈」強調文字的靈活性，要有生命力，不僅僅是枯燥的文字，還要能夠感染讀者，使其產生共鳴；「要有毛」應指的是文字的生動性和鮮活感，要有如毛髮一樣細緻、生動。綜合以上的要點，即能寫出具有獨特性風格的文章。

三 〈識途篇〉「文之作法」要義

王葆心歸納及整理各家的為文之法後，結合自身所習得的知識及經驗，分類出多項關於作文應當具備的技巧，以及不同資質的為文者應適合何種方法及原因。根據王葆心於各樣的為文作法的補充說明，以及其綜合各文家格法的論點。由此，可將王葆心「文之作法」之要義區分為「重視讀與寫」、「以古文為宗」兩大區塊來談。

（一）重視讀與寫

王葆心認為讀書之所以重要在於：「將以求得古人所已至者，更於已至之中，求其所未至也。其始也，求有以入乎古人；其繼也又須求有以出入古人也。」[56]簡言之，即是將古人所得置於己身並能運用得當後，便要開始探尋古人未及之處。讀書的目的便在於掌握古文之要後，要做到有所入也要有所出，即說讀與作之間的關係是密不可分的。因

---

56 〔清〕王葆心：〈識塗篇五〉，《古文辭通義》，卷9，頁7237。

此，王葆心所引用的為文之法亦有提到不少讀與作的方法，其言：

> 至張蒿庵之豫擬文題，呂東萊之讀文、編題、作文并行及其先
> 立格律二法，程畏齋之讀與作兼行，陳眉公之先藏名文而後作
> 文，宋子京之先讀而後作文，其立法不同，其用意專在豫備作
> 文中用工夫，使人深知讀與作有相關切之理。[57]

從以上的引文可得出，張蒿庵、呂東萊、程畏齋、陳眉公及宋子的方
法都提及讀書之重要性，雖各家的讀書立意不同，但用意皆是為作文
章而做準備。張蒿庵與呂東萊的較為接近，皆是認為透過講說及誦讀
的方式訓練為文者的思維能力以求下筆時能達到順暢精簡之效，透過
熟讀才能熟練地為文章編題，真西山亦稱：「須將累舉程文熟讀，要
見如何命題用事，如何作文。」[58]

　　程畏齋、陳眉公及宋子京的觀點則偏向於認為讀與作應該并行。
程畏齋所舉的方法雖是為準備科考而作，但透過熟讀不同文體的文
章，有助於得題而作文；陳眉公之法在於教導為文者能以不同的環境
變化而讀相關題材的文章。王葆心對此方法有所補充，認為此法源自
於袁了凡（1533-1606）的讀書法：「蓋不以時文看時文而以我看時文，
所謂轉法華而不隨法華轉也。芬憶幼時先子於三、八日命題作文，先
選此題刻文之最佳者一二藏篋中，俟芬文成時，乃發篋中所藏文命
看，覺眼界為之一豁，愧自己思腸不及遠甚。」[59]此話即指袁了凡認
為閱讀文章應以自己為主選擇適合的文章而閱讀，文章完成後，再閱
讀篋中之文，便能從中思考自己有何不足。王葆心亦曰：「葆心平昔

57　〔清〕王葆心：〈識塗篇五〉，《古文辭通義》，卷9，頁7498。

58　〔清〕王葆心：〈識塗篇五〉，《古文辭通義》，卷9，頁7482。

59　〔清〕王葆心：〈識塗篇五〉，《古文辭通義》，卷9，頁7486。

學為文，往往作何體文偏覽而後下筆，或作文後取之作印證。」[60]以此肯定陳眉公之法，而宋子京直接強調讀與作之效的方法，王葆心亦相當認同，並提出此法與姚鼐對古文的看法是吻合的：

> 葆心平昔學文多得於此，更證以姚姬傳之說，而其意益明。其《與魯賓之書》曰：「學文者利病短長，下筆必自知之。更取以與所讀古人文較量得失，使無不明了。充其得而救其失，可入古人之室矣。豈必同時人言其優劣哉？言之者未必當，不若精心自知之明也。」[61]

綜上而言，王葆心平日為學之法是借鑑陳眉公之法，而此法亦與姚鼐所說之法相似。究以上的方法皆是讓為文者能透過閱讀古人之文章，以此來與自己所寫的文章進行對照，從中反省自己的不足之處及可取之處，無需太過於同時代人之間的優劣，而是透過多讀多寫以此充實自己的筆法。不論選擇哪個方法，究其共通點都是一樣的，都是為了從習讀古人之文開始，以求在日後寫文時能在古人的基礎上有所突破。因此，由基本的讀文開始，使為文者能打好基礎繼而作文的方法，是適合各個資質為文者適用的。

（二）以古文為宗

王葆心所集結的為文法中，有好幾位文家是相當重視以古文為典範的方法。如朱熹、葉石林、曾國藩、呂東萊、王褘、朱竹垞。這幾家都有一共同點，即認同為文者能借鑒古人作文章之法，因此以上的

---

60 〔清〕王葆心：〈識塗篇五〉，《古文辭通義》，卷9，頁7488。
61 〔清〕王葆心：〈識塗篇五〉，《古文辭通義》，卷9，頁7496。

文家方法是適合中資或以上資質為文者而用。其中最為鮮明的即是朱熹之法，其言「前輩作文者，古人有名文字皆摹擬作一篇。」[62]古文之所以重要在於能為文者起到典範的作用，王葆心引用俞成（生卒年不詳）所著《螢雪叢書》之言：「謂文章一技，要自有活法。若膠古人之陳跡而不能點化其語句，此乃謂之死法。死法專祖蹈襲，活法奪胎換骨也。」[63]意味著讀文有活法，作文亦然，寫文章能循古文之跡，但不可膠於古文。此外，亦引用了黃山谷（1045-1105）之看法：「不易其意而造其語謂之換骨法，規模其意而形容之謂之奪胎法。」[64]此話意指古文之用在於激發為文者的創作題材及文法，常見的為文法有二：前者為不改變原意而重新構造語言，稱之為換骨法；後者則是能依據文章之立意，再表達出來，稱之為奪胎法。對於王葆心而言，學習古文以作文應注意：「夫文不役古，何以成文？而全摹之，是襲古，非役古也。」[65]作文章不是為了要固守古代文章之規範，創作出一篇好的文章，全盤摹仿古人的作品並不是真正的為文之道，曉得要如何借鑑古文才是要點。就如學者張少康所言：

> 任何藝術創作都不是憑空而為的，它必須要吸取前人創作的經驗。我國古代文學創作理論中所說的法度，正是指的前人創作經驗的總結。學習和掌握這種法度是必要的，但是，真正優秀的藝術創作則又不能受這種法度的局限和束縛，而應當從現實出發，有所革新，有所創造。[66]

---

62 〔清〕王葆心：〈識塗篇五〉，《古文辭通義》，卷9，頁7474。
63 〔清〕王葆心：〈識塗篇五〉，《古文辭通義》，卷9，頁7499。
64 〔清〕王葆心：〈識塗篇五〉，《古文辭通義》，卷9，頁7504。
65 〔清〕王葆心：〈識塗篇五〉，《古文辭通義》，卷9，頁7504。
66 張少康：《中國古代文學創作論》（臺北市：文史哲出版社，2004年），頁330。

四　結語

　　綜上所述，可見王葆心集結了多位文家的作文之法。其中，王葆心並未提出太多的個人意見，僅在一些論點上做補述及發表意見的動作。這就會衍生出一個問題，既然這些論點都不是王葆心自身所提出的理論，為何有論析的必要性？充其量不過是集結前人的學問，為每個作文法做分類的工作而已，其實不然。據學者常方舟在其著作裡提及：

> 文話著作的核心任務之一是描述和歸納為文之法，使學古文者能夠借此掌握一套可複製的套路範式，通過反覆操練後不斷進階，並期待最後完成對原始機械方法論的超越。既要明確古文寫作的技巧，又要求超脫其束縛，這一近似蟬蛻式的學習過程，處處充滿了有法與無法的矛盾。[67]

從上述的引文來看，可得知文話最大的作用即是將為文之法整合起來，讓為文者能掌握完整的為文方法，但法與作的界定是模糊的存在。對此，即可理解王葆心整合十四家作文法便有這一層的意義所在，其言：「自有而之無之文法。作文始於有法，終於無法，非無法也，神明乎法律之外也。」[68]前者是指作文章之法，初學應由各種方法鑽研後而求得作文之法，當法能自然的運用在行文之時，即無須再糾結或追求法之妙用。但並不是說完全摒棄法，而是法已融入在其中，行文時自然流露，這即是還需瞭解各家作法之意義。不僅如此，

67　常方舟：《失落的文章學傳統：《古文辭通義》》（臺北市：文史哲出版社，2004年），頁330。

68　〔清〕王葆心：〈識塗篇五〉，《古文辭通義》，卷9，頁7498。

最重要的原因在於王葆心認為：

> 嘗謂初學作文所最苦者，材料之寒儉，理想之單簡。胸中本無
> 多物，下筆更安有言。於是就所授學科中，或有一段可平排橫
> 說之事實與言論，皆就自然固有材料屬已領解者，始教之縱敘
> 成文，使知文友首尾，又教之橫敘成文，使知文有綱目，進教
> 之錯綜成文，使知文有詳略、變換、消納、穿插諸法，皆由自
> 然之材料進以為文自然之次第，由不變化而進之能變化，先使
> 之立乎材料無誤之地，則其文已占一層不煩改削之地步，於是
> 教者但指點其語句章段篇幅是否合法一層，學生亦但留心此一
> 層，豈非趨簡易而去紛繁之妙用乎？此教初學所宜留意者也。[69]

據以上的引文，可得知這是王葆心根據其多年以來的教學經驗而寫。
其認為初學作文最困難的地方在於所掌握的材料匱乏，理想過於簡
單。初學者心中往往沒有豐富的素材，下筆的時候自然難以做到適切
的表達。根據其所教授的學科中，已經有不少關於如何作文的材料。
因此，其整理及分類眾多文家為文之法的目的即是認為可從不同的方
法中，教導為文者如何以直敘的方式組織成文章，讓讀者能夠順利理
解文章的開頭和結尾。此外，也讓為文者能以橫敘的方式組織文章，
使文章有清晰條理的架構。爾後，可進階學習書寫錯綜複雜的文章，
讓文章更加詳細、變化豐富、具吸引力、有條不紊。這一切都是取決
於為文者能掌握多少的方法及寫作材料，而不是盲目追求為文自然的
技巧。若要從刻板無變化而逐漸能寫豐富內容的文章，必須先在方法
及寫作材料上站穩腳跟，即達到無需花費太多時間對文章進行修正的

---

69 〔清〕王葆心：〈識塗篇五〉，《古文辭通義》，卷9，頁7509。

程度。由此一來，教學者只需要指導學生確保語言、段落和篇幅是否合理，學生也只需要留意這一點，即是最好的為文之法。

本文所談及的內容，將王葆心所提煉出的各家作文法進行了論述，對這些不同的作文法進行了詮釋，尚有一些不足之處。如：王葆心所選用的文家論點是以何標準來揀擇的？王葆心一再提及古文的重要性，那應閱讀的古文跨度是否有一定的限制？這些問題，在本文並未得到釐清和解決，構成了本文的局限，以致對王葆心個人所認為的文之作法面貌如何掌握得不夠全面。上述的問題，冀望筆者在日後能進一步釐清。

參考文獻

一 古籍文獻

〔宋〕呂祖謙：《古文關鍵》，上海市：商務印書館，1936年。

〔清〕王葆心：《古文辭通義》，收入王水照編：《歷代文話第八冊》，
　　　　上海市：復旦大學出版社，2007年。

二 近人論著

仇小屛：《呂祖謙《古文關鍵》文章論研究》，臺北市：萬卷樓圖書公
　　　　司，2010年。

何懷宏：《選舉社會：秦漢至晚清社會形態研究》，北京市：北京大學
　　　　出版社，2011年。

吳伯雄：《王葆心〈古文辭通義〉研究》，上海市：復旦大學中國語言
　　　　文學系博士論文，2009年）

常方舟：《失落的文章學傳統：《古文辭通義》》，臺北市：文史哲出版
　　　　社，2004年。

張少康：《中國古代文學創作論》，臺北市：文史哲出版社，2004年。

羅　瑩：〈《古文關鍵》：經典的確立與文章學上的意義〉，《瀋陽師範大
　　　　學學報（社會科學版）》第4期，2009年。

文學研究叢書・辭章修辭叢刊 0812A12

章法論叢・第十六輯

主　　編　中華民國章法學會
責任編輯　林以邠

發 行 人　林慶彰
總 經 理　梁錦興
總 編 輯　張晏瑞
編 輯 所　萬卷樓圖書股份有限公司
　　　　　臺北市羅斯福路二段 41 號 6 樓之 3
　　　　　電話 (02)23216565
　　　　　傳真 (02)23218698

發　　行　萬卷樓圖書股份有限公司
　　　　　臺北市羅斯福路二段 41 號 6 樓之 3
　　　　　電話 (02)23216565
　　　　　傳真 (02)23218698
　　　　　電郵 SERVICE@WANJUAN.COM.TW

香港經銷　香港聯合書刊物流有限公司
　　　　　電話 (852)21502100
　　　　　傳真 (852)23560735

ISBN 978-626-386-118-3
2024 年 5 月初版一刷
定價：新臺幣 420 元

如何購買本書：
1. 轉帳購書，請透過以下帳戶
　 合作金庫銀行　古亭分行
　 戶名：萬卷樓圖書股份有限公司
　 帳號：0877717092596
2. 網路購書，請透過萬卷樓網站
　 網址 WWW.WANJUAN.COM.TW
大量購書，請直接聯繫我們，將有專人為
您服務。客服：(02)23216565 分機 610

如有缺頁、破損或裝訂錯誤，請寄回更換

國家圖書館出版品預行編目資料

章法論叢. 第十六輯/中華民國章法學會主編.-
- 初版.-- 臺北市：萬卷樓圖書股份有限公司,
2024.05
　　面；　　公分.--(文學研究叢書. 辭章修辭叢
刊；812A12)
ISBN 978-626-386-118-3(平裝)
1.CST: 漢語　2.CST: 作文　3.CST: 文集

802.707　　　　　　　　　　　113007981